国家社科基金项目（08BZW076）

族裔文化重建与文化策略

ZUYIWENHUACHONGJIAN
YUWENHUACELÜE

——美国华族英文小说与华文小说比较

王彦彦　王为群　著

中国社会科学出版社

图书在版编目（CIP）数据

族裔文化重建与文化策略：美国华族英文小说与华文小说比较 /
王彦彦，王为群著 . —北京：中国社会科学出版社，2015.12
ISBN 978 - 7 - 5161 - 7344 - 2

Ⅰ. ①族…　Ⅱ. ①王…②王…　Ⅲ. ①华人文学 - 小说研究 - 美国
Ⅳ. ①I712.074

中国版本图书馆 CIP 数据核字（2015）第 313131 号

出 版 人　赵剑英
责任编辑　曲弘梅
责任校对　邓雨婷
责任印制　戴　宽

出　　版　中国社会科学出版社
社　　址　北京鼓楼西大街甲 158 号
邮　　编　100720
网　　址　http：//www. csspw. cn
发 行 部　010 - 84083685
门 市 部　010 - 84029450
经　　销　新华书店及其他书店

印　　刷　北京君升印刷有限公司
装　　订　廊坊市广阳区广增装订厂
版　　次　2015 年 12 月第 1 版
印　　次　2015 年 12 月第 1 次印刷

开　　本　710×1000　1/16
印　　张　11.25
插　　页　2
字　　数　203 千字
定　　价　46.00 元

序

程金城

新时期以来，随着对外开放的不断扩大和深入，特别是与国外文化交流的日益广泛，以及当代中国文学研究范围的拓展，对海外华文文学的研究方兴未艾，成果不小。但是，对华族英文小说的研究则不多见，而把华族英文小说与华文小说进行比较研究，进而从族裔文化重建与文化策略的视角做出论证阐释，则无疑是一种学术创新和研究领域的延伸。正是从这个角度说，王彦彦博士的这本专著有其独特的学术价值和贡献。

王彦彦这本书的基础是她已完成的国家社科基金项目。当初立项的时候，国内学界对华族英文小说创作情况的研究还很有限，特别是将华族英文写作与汉语写作进行比较研究更有相当的难度。如何区分出族裔文学中的华文写作与英文写作的差异，并对其中的原因做出有深度的科学的阐释，是本命题的研究能否获得学术价值和理论意义的关键。几年过去了，今天摆在我们面前的这本专著，针对这些难题，结合文本分析进行探讨，层层深入，回答了诸多困惑，较系统地展示了美国华族英文小说与华文小说的差异状况及其微妙关系，解析了其中的社会历史的和文化的因素，抵达了本命题的主旨，其主要学术建树和价值我以为在于以下方面。

首先，作者注意到了海外华族文学创作的复杂性和研究角度的多维性及变易性，并从概念的厘清辨析入手，提出本研究的领域的新概念，找到了研究的新起点。作者在书中指出，当今全球移民大潮方兴未艾，中国是一个移民大国，美国亦是一个移民接收大国，全球化进程加深了移民问题的复杂程度，这些情况直接影响了移民及其后代的文学创作：一些第一代移民不再将文学语言局限于华文，而是采用英文写作，或是华文、英文的双语写作；一些华裔作家在作品里极力淡化族裔特性乃至族裔意识；此外还出现了具有华人血统的混血裔作家，他们在写作中努力展现自身华人血统传统的一面，等等。这就揭示了当代华族文学的景观与新内容，而已有的研究概念存在许多争论，显然不能够完全涵括这一复杂的文学现象。更重要的发现是，造成这些复杂现象的主要原因来自于作家们在写作意图、创作立场等问题上存在较大差异，然而在这些差异的背后却有一个共同点，即作家们具有华人血统并对这一血统带来的华人传统有所意识。由此她采用"华人"的一般释义将研究涉及的创作统称为"美国华族小说"。这不仅是概念的辨析，而且是对研究对象的重新审视和观照。

第二，从文学语言差异入手，尝试比较美国华族英文小说与华文小说的异同。作者对于美国华族文学不同语言的创作采取了比较研究的视角，突破了过往研究主要集中于单一研究领域的情况。因为作者认识到，语言是文化的载体，同时语言中包含了大量的人类潜意识、无意识，选择什么样的语言进行创作，是作家某些下意识心态的流露，同时文学语言也会极大影响到作家的创作过程和作品最后的呈现形态。基于这样的理性认识，作者认为，虽然美国华人移民与华裔同为华族，但文学语言与文化环境的差异却使他们的文学创作表现出不同的特征，其中包含的文化策略也有较大差别。从分析中可见，即使美国华族为了应对多元文化局面而开始将族群视为一个整体，在具体文化建构活动中，移民与华裔不同的文化诉求造成的力量分散仍旧是需要解决的问题。这样的结论，给人诸多启示。

第三，在分析美国华族小说的唐人街叙事时，首先厘清了唐人街文化不能简单地等同于中华文化，为了在美国社会中立足，唐人街文化必然对中华文化进行某些调整乃至变形。由此注意到作家们在叙事中都具有双重视角，即一方面他们以他者的目光观察，另一方面又作为文化内部的人进行着体验。差异在于：移民作为唐人街的外来者进行观察，同时又是中华文化的内部成员，以此体验本民族文化在异国土地上的延续和变异；华裔则首先是唐人街文化的内部成员，但他们对于深层的中华文化又有陌生感，加之他们生长的美国文化背景，中华文化不免成为某种程度上的他者。

第四，过往的研究中均注意到台港留学生文学（主要是 20 世纪六七十年代）与新移民文学具有可比性，但这些比较忽略了在表现中华文化时，二者在民族意识方面的差异。王彦彦在本书的研究中则有新的发现：总体而言，留学生、尤其是台湾留学生在表现中华文化时有着较强的中华民族自觉意识，故而他们将中华文化作为精神家园，在面对异质文化的冲击时通过皈依中华文化来解决问题。这与新移民文学往往着重于批判、反省国内的文化沉疴大不相同。

第五，本书揭示出，在新历史主义思潮影响下，文学中的历史叙事发生了极大变化。美国华族的小说都表现出对历史话语建构的兴趣，但在华裔和新移民的创作中，其历史话语的差异是十分明显的。美国华裔的历史关注主要集中于美国华人移民历史，通过文学叙述将曾经被主流遮蔽的历史再现出来，重新建构美国华族历史；新移民更多关注 20 世纪以来的中国历史，从民间立场出发建构个人历史话语。造成差异的主要原因在于二者的话语建构背景不同——华裔的历史叙事以美国历史主流叙事为参照，新移民则以个人历史话语对抗国内长期以来的宏大历史叙事。

上述这样一些见解，突破了以往研究的单一维度，其中重要原因得益于王彦彦开阔的学术视野与独立思考精神，她将华族文学中的英文写作和华文写作的文学现象置于全球化时代和美国族裔文学写作的整体背景，进行跨文化、跨语言的对比研究，同时，时时关照着文化重建和文化策略建设的主旨，并与文本的细读分析结合起来，促进了该领域的研究在多方面的进展。

移民潮的方兴未艾决定了族裔写作的变动不居、新作不断，其中可阐释和思考的问题还很多，这不是一本书所能穷尽的。彦彦对此有清醒的认识，所以本书只是在某些方面着力并有所突破，而不可能对太多的作品逐一分析，这是本书的有限，也是它的特色。重要的是她发现并阐述了华族小说中华文写作与英文写作的差异，并建立了属于自己的自成体系的研究范式，将其从文化重建与文化策略的视角做了论述，提出自己的见解。仅此这些，本书就值得赞赏和推荐。

　　彦彦的研究领域不限于此，博士论文也不专注于此，但是富于创新的学术勇气和稳实沉潜的学术探索，依然给读者以欣喜和诸多启示。她在生活中平实低调，人缘很好，而在学术上则能不受干扰、很有定力，颇有些特立独行的味道，这在今天难能可贵。祝愿她在学术道路上稳步前行！

2015. 10. 18 于兰州大学

目　　录

引　言

　　中国的海外移民开始极早，移民们的海外生存经验构成了华人海外文学创作的重要基础。历经多年发展，海外华人、华裔的文学创作今天已经成为重要的文学现象，获得研究界的广泛关注。而海外华人、华裔创作中所包含的跨文化特质，在当下后殖民的语境中，更具有特殊的研究价值和研究意义。

一　研究对象及相关概念

　　目前对于如何命名海外华人华裔文学创作的问题有许多争论，形成了诸如"世界华文文学""移民文学"等概念，这些概念或从语言角度出发，或从作家民族血缘出发，试图涵括海外华人、华裔文学创作的复杂现象。围绕这些概念的命名与阐述也引发研究界的论争，至今仍没有统一的定论，因此在本书展开之前，首先要对研究对象做一个界定。

　　本书以美国华人移民及其后裔的小说创作为研究对象，由于美国华人移民及其后裔的文学创作在今天海外华人、华裔创作中占有重要地位，如何为其命名的争论也最为激烈。早期国内研究界主要关注美国的华文创作，由于此类作家多是第一代移民，故称之为华侨文学，随着20世纪80年代新移民数量的快速增加，同时也受到台湾六七十年代留学生创作的影响，研究界先后出现了如"留学生文学""新移民文学"等影响甚广的称呼，其中"新移民文学"更是沿用至今，成为一个有着相对固定的内涵与外延的研究概念。

　　国内对美国华裔的英文创作研究展开得晚一些，与这些作品一同进入国内研究者视野的，还有美国华裔为自身文学创作所做的命名。

对赵健秀等华裔作家提出的 Chinese American Literature 这一概念该如何翻译，学者吴冰、张子清、王理行、郭英剑等展开讨论，分别提出"美国华裔文学""华裔美国文学""美国华人文学"等多种译法，并对这一概念的内涵提出各自的见解和阐述。

已有的研究概念不仅存在许多争论，而且在我们将美国华人移民及其后裔的文学创作视为一个整体加以研究时，上述概念显然不能够完全涵括这一复杂的文学现象。当今全球移民大潮方兴未艾，中国是一个移民大国，美国亦是一个移民接收大国，全球化进程加深了移民问题的复杂程度，这些情况直接影响了移民及其后代的文学创作：一些第一代移民不再将文学语言局限于华文，而是采用英文写作，或是华文、英文的双语写作；一些华裔作家在作品里极力淡化族裔特性乃至族裔意识；此外还出现了具有华人血统的混血裔作家，他们在写作中努力展现自身华人血统传统的一面；等等。造成这些复杂现象的主要原因来自作家们在写作意图、创作立场等问题上存在较大差异，然而在这些差异的背后却有一个共同点，即作家们具有华人血统并对这一血统带来的华人传统有所思考。本书无意对美国华人移民及其后代的文学创作进行命名，只是为了研究能够展开，对研究对象及范围做一界定，因此采用"华人"的一般释义将研究涉及的创作统称为"美国华族小说"。在此，"华族"为"华人族群"的简称，而"华人"一词采用了《辞海》中的解释，指的是"中国人的简称。亦指已加入或取得了所在国国籍的中国血统的外国公民"①。根据这一概念，无论是早期居住在美国而未能加入美国国籍的华人移民还是出生于美国的移民后裔，无论作家的文学语言是华文还是英文，其创作都能被涵括进来。

此外，从比较研究的可比性出发，在这一宽泛的定义之上还需要加上一个限定条件，即这些有着华人血统的作家们在创作时对于自身民族血统、民族文化传统等有一定的自觉意识，并将之在作品中加以表现。只有同时具备了上述两个条件，才是本书所讨论的"美国华族

---

① 《辞海》，上海辞书出版社 1979 年版，第 280 页。

小说"。

二　美国华族文学与族裔文化

全球化时代，随着移民大潮的推进，由移民现象所带来的社会、经济、文化等方面的问题也日渐复杂，并成为今日的研究焦点之一。在这一背景下，美国作为接纳移民的大国，其国内对待移民的态度、政策不断地在发生变化。总体而言，美国接纳的移民群体大致可分为两类：一类是来自西方第一世界国家的移民，相同或相似的种族、文化、历史乃至国家地位，使得这些西方移民很快在美国找到归属感与认同感，"成为你自己"的美国梦于他们而言并不邈远。另一类则是来自第三世界国家的移民，他们中的大多数不仅在种族上与美国白人不同，而且其民族文化同美国主流文化存在较大差异，他们是美国社会的他者，融入并不是容易的事情，同时美国对他们的态度及政策也往往多有变化反复。以中国为例，在17、18世纪美国社会对于中国多有想象和美化，19世纪至20世纪初，中国形象一度变成愚昧落后和野蛮的代表，这一形象变化带来了主流社会对于华人移民的猜忌排斥；第二次世界大战时期中国在八年抗战中表现出来的坚韧英勇以及战争中与美国等西方世界在同一立场，这些都使得在美国的中国形象得到极大提升，华人移民及其后代也受到主流社会的赞美和欢迎；1949年以后在冷战局势下，中国形象再度跌入低谷，针对中国及华人的负面舆论在美国社会大肆传播；"文化大革命"后大陆推行改革开放，受到西方世界的欢迎，中国形象再度得到提升。美国社会对中国形象的评价变化不仅直接影响了美国对华人移民政策的制定，也影响了在美华人移民及其后代的具体生存境遇。正是在这种情形下，受到民权运动及美国黑人运动的启发，来自第三世界的移民及其后代开始形成族裔意识，并为之展开斗争，我们通常所说的美国华裔文学也是在这一背景下正式形成并被命名的。

时至今日，族裔文化及其论争在美国依然有着重要的地位，且其内涵也比命名之初得到很大扩展。从后殖民角度来看，美国华人族裔的文化建设不仅限于指那些移民子女所作出的努力，也应该包括第一代移民们的文化表达与文化塑形。因为无论华裔与第一代移民之间存在多大差异，由于外在的种族差异影响，美国社会总是将他们视为一个整体加以看待的，这就决定了美国华人族群在取得自身少数族裔身份与权利之前只能彼此求同存异，作为整体而战斗，这也是赵健秀等华裔作家对第一代移民的态度先后发生变化的主要原因之一。其次，无论华人作家是用华文还是英文写作，他们都具有"少数"的自觉意识，并以此面向"多数"展开自我描绘和自我表达；90 年代以后使用华文写作的移民作家也逐渐意识到自身在美国社会的位置，并自觉归入美国少数族裔中，他们的写作或许还受限于语言，未能直接对美国读者发声，但其创作内容已构成一种族裔文化建设的行为：如严歌苓的小说《扶桑》对早期在美华人历史进行再叙事，构成了一种对主流历史的补白和纠偏，这一尝试与美国华裔作家的努力殊途同归。

美国华族的族裔文化建设不仅仅存在于华裔作家的英文创作之中，移民作家的华文写作无论是否具有充分的族裔意识，在客观上都构成了族裔文化的重要组成部分，并成为后来者创作的传统和资源。研究美国华人的族裔文化与文学创作的关系，我们应采取历史的眼光从整体上加以把握。

三 美国华族英文小说与华文小说的共同点

美国的华族文学创作取得了辉煌的成绩，产生了极大的影响，不仅在美国被纳入主流文学的视野，在中国（尤其是大陆），也日益为研究界所重视。美国华族文学是一个复杂的现象。首先表现在文学语言的使用方面。一般而言，作家创作时往往采用自己最熟悉的语言，对于第一代移民作家来说，英文作为他们的第二语言，把握、驾驭起来都有相当的难度，他们熟悉的是华文，以之为文学语言再自然不过。然而先有林语堂、蒋希曾，后有哈金、严歌苓，这些作家们或以英文写作在西方成名，或在一段时间的华文写作后开始了英文写作，他们的英文作品与华裔的创作形成了有意味的比照。其次，美国华族文学经历了曲折的发展历程，受到时代、历史等诸多因素的影响，美国华族文学的发展并非一帆风顺。从 1848 年中国劳工大量进入美国始，直至今天，美国对待中国及华人的态度有过多次的变化，其间更是发生过几次排华的大浪潮。这些外界变化是与华人的生存息息相关的，必然对文学产生重大影响。美国华人必须寄身美国社会才得以生存，美国社会对华态度上的恶意、偏颇，或是不同阶段间的巨大落差，都会给华人带来困惑，民族文化间的差异使得他们不能完全理解造成这一结果的原因，从而带来心理上的某些不自信，20 世纪大部分时间里中国在世界上的弱势地位加剧了这种不自信，造成了华族文学作品中往往下意识的透露出作家及其族群进退失据、观念及标准矛盾混乱等问题，如华族文学中的自我认同困惑。同时代族群内部的不同作家有不同的主张和发展趋势，或是同一作家在不同的创作时期有不同的信念与标准，因而想要简单有效地将美国华族文学整合起来是件困难的事。最后，美国华族作家的来源也相当复杂。20 世纪上半期中国曾经沦为半殖民地，至 1949 年新中国成立，原来的中国领土分为不同区域，内地与台湾、香港、澳门地区长期隔绝。这不仅是地理上的、制度上的分离，更是意识形态上的分离。在 20 世纪 70 年代末之后，美国华族的构成中不仅有台湾等地的移民，更有越来越多的内地移民。冷战时期西方世界对中国内地的封锁，使得中国内地成为一片神秘的土地，无论是台湾等地的华人移民还是美国本土的华裔，受到西方媒体宣传的影响，对于内地及内地移民往往有先入为主的偏见，使美国华族文学内部情况愈加复杂化，更遑论意识形态的差异给作家创作及交流带来的巨大影响。

梳理这一纷繁的现象是复杂的工作，本书主要从文学语言差异入手，尝试比较美国华族英文小说与华文小说的异同。语言是文化的载体，同时语言中包含了大量的人类潜意识及无意识内容，选择什么样的语言进行创作，是作家某些下意识心态的流露，同时文学语言也会极大地影响到作家的创作过程和作品最后的呈现形态。建立在跨文化经验上的写作，同时也是一种文化翻译行为，对文化翻译的研究，最终还是落实到语言上来。

一般而言，美国的华文小说主要是华人移民群体创作的，而英文小说的作家主体是移民二代乃至二代以后的华裔。移民群体与华裔在生长环境、文化背景等方面存在许多不同，但其小说创作中仍然有许多共同之处。

首先，他们都属于美国的华人族群。作为少数族群，他们的创作必然寻求外界对本族群的理解、同情乃至支持，美国的主流社会构成了他们写作的大背景。美国在对华问题上，历史上有过多次的反复；同时，在美国的文化中，中国是他们界定自我的一个最重要的他者，针对于此，美国文化发展出了一些关于中国的定型化形象，如代表着"黄祸"的傅满洲，代表"模范少数族裔"的、被无性化了的陈查理等。这些形象借助大众文化的传播威力，已经成为多数美国公众认识中国与华人的潜意识前提，从而成为华族寻求与美国公众沟通的最大障碍，华族作家在写作中不得不以这些定型化形象为主要参照对象来进行创作。解构美国关于中国及华人的定型化形象、建构作家所认为的"真正的中国""真正的华人"，是移民华文作家和华裔英文作家共同的目标，也是他们作品的主要内容。

其次，移民作家与华裔作家具有共同的民族血缘和民族文化传统，他们的小说创作都必须依托于中国。人类的文学创作，究其根本，在于回答"我是谁"这个问题，关于"我"的诸多描述中，民族血缘是最明确稳固的。华人移民作家和华裔作家在后天上可以有多重选择，但他们关于自我的述说必然得从民族血缘出发，即使他们从博大的中国文化传统中选取的内容不同，对中国文化传统做出的解释不同，这个基础也不会改变。

美国华族的华文小说与英文小说的共同点还表现在具体社会实践与文学创作的相互影响方面。从 20 世纪 80 年代以来大量涌入美国的华人移民潮，使得华人移民已经成为美国华族不可或缺的重要力量，在争取族裔权利、表达族裔诉求的社会实践中，美国华裔必须与华人移民联手。族裔文学是族裔斗争中重要的构成部分，族裔群体的追求和目标会在其中反映出来；同时借助文学特有的传播和影响，这些追求与目标被反复强调后作用于人们的意识，最终影响了人们的行为。打破种族歧视的"玻璃天花板"、建构相对客观公允的"华人"概念，既是美国华人社会实践的目标，也是华族小说创作的努力方向。

四　美国华族英文小说与华文小说的差异

虽然有着许多共同点，但在很长的时间里，移民的华文小说与华裔的英文小说并未被看作一个整体，其发展也是各有轨迹。造成这一现象的主要原因，来自文学语言的差异。使用什么语言进行创作，意味着作家以哪一群体为自己作品的主要受众。从创作心理学来说，作家在构思、创作阶段已然开始考虑作品的读者，所设置的读者类型必然影响到作家的写作策略。运用华文写作的作家，其心目中的读者自然是有华文阅读欣赏能力的人，而这些人里面华人占了绝大多数；相应地，阅读英文作品的大多数读者来自西方世界或主要生活在西方世界，这应该是华族英文作家为自己作品设置的首要读者群。同样借助文学作品向读者吁求理解与支持，对于这两个不同的读者群体，作家采用的方式与角度自然不会一样。语言对文学创作的影响不仅表现在构思与写作策略方面，作为文化的载体，不同的民族语言同时也体现了不同的民族文化心理，显示出不同的思维方式，华文与英文之间的语法差异很好地体现了这一点。美国华族英文小说与华文小说的差异不仅表现在读者预设、写作策略及文化心理方面，其中还存在一个特殊的情况，即一些第一代移民作家采取英文写作，这种写作具有文化翻译的企图与特点，同时又是一种跨语际实践，林语堂可说是其中的佼佼者，他们的创作与前二者又有明显差异，即从文化翻译角度比较，第一代移民的英文写作无论从翻译的程度、翻译选取的视角等方面，都与移民华文写作和华裔英文写作不一样。

造成美国华族英文小说与华文小说差异的另一个原因在于作家们对自我身份的认知存在着差异。"华族"概念的提出主要建立在民族血缘基础之上，但对作家创作的研究却不能只从民族血缘出发来进行。在共同的民族血缘之下，作家们的生活经历、文化背景、文化身份等方面的差异，使他们在"华族作家"这个大概念下形成了不同的创作上的小群体。作家的生活经历是写作的重要来源，而文化背景则直接影响了作家的写作风格及写作目标。在争取族裔权利、建构族裔文化的共同大方向下，美国华族作家群体内部中来自不同文化背景的作家，对于这一实践的前景所做的构想和期待是不同的。对华裔作家而言，他们建立族裔文化，作为美国的少数族裔在多元并存的前提下，获得平等的对待和宽松的生存空间，最终实现自己国籍与族裔认同的统一；而多数的移民华文作家所看重的主要在于平等地位和宽松的生存空间，对他们来说，并不存在国籍与族裔认同的分裂问题，二者的差别是本质性的。此外美国华族作家处在文化差异甚至是文化冲突的前沿，他们直接面对着来自异质文化的冲击，并在这一冲击下建构自我，自我的建构需要一个相对应的参照系统。华裔作家生长于美国，他们认为自己应该是美国的主人，但是白人主流社会对他们的排斥与异化，否定了他们本该有的社会地位，重新树立起自身的族裔形象才能获得主流社会的认可、占据一席之地，因而他们的自我建构以美国白人社会作为参照，不仅要改变白人社会所形成的华人刻板印象，同时也需要证明自身与白人主流文化价值具有相当的一致性，在文学创作中他们通过梳理早期华人在美国的历史，来说明华人移民对于美国社会的贡献，从而证明华人移民不是"不可同化"的过客，不过是主流社会杜绝了他们融入美国的机会，华人移民和他们的后代同欧洲移民一样为这个国家而奉献，是这个国家当之无愧的主人。其次，文学作品中也塑造了华裔的形象，这些华裔不仅精通西方现代文化，同时也切身感受到主流社会施加的压迫和排斥，坦露他们的感情世界，让美国社会意识到华裔除了有着黄色皮肤之外，与一般的美国人没有本质不同，而黄色皮肤给他们带来的文化特点对于美国社会文化多元化有积极的意义，能令白人主流文化看到自身的盲点和缺陷。华裔文学中还对西方世界一再丑化的华人社区进行描绘，西方文学中往往把华人社区表现为肮脏堕落、充满罪恶的地方，华裔以自己的经历展示了唐人街的另外一面，或是突出唐人街与美国普通社区的共同之处，或是通过唐人街居民的遭遇说明白人主流社会才是造成唐人街混乱的真实原因。唐人街描写同时也改变了西方文学中华人非人的偏见，这片社区里居住的人们与白人一样，有同样的人性和感情，也有对于美好生活的渴望和向往，他们更多时候忍耐着来自主流社会的恶意和敌意，而非宣传中所说的威胁着白人社会。正因为华裔的自我建构以美国社会为参照，因此其作品的背景主要放在美国土地上，创作内容针对美国主流文化的偏见与诋毁，最终目的是建构自我的美国身份。

华人移民虽然也处在文化冲突的前沿，然而他们的民族身份与文化身份是相统一的，他们选择美国作为居住生活的地方、选择加入美国国籍，只是在国籍身份上选择了美国，而在民族自我意识中，他们依然属于中华民族，是中国人。在华人移民接触到美国文化时，这一民族身份意识让他们不自觉地站在中华文化的立场上来进行比较对照。他们的自我建构主要的参照系其实是中国，因为同样是中国人，与国内的同胞比较，这些移民接触到最新的西方现代文化，为了适应美国当地的生活，他们对于美国文化做了有选择的接纳，包括一些价值观念等，对于自身的中华文化他们也无形中做了一些改造，这些都使他们与国内同胞不再完全一样。从 19 世纪末 20 世纪初以来中国就一直在追求现代化，在这种追求的影响下国人将现代、西方放在一个先进的位置上，移民来到国外接纳了这些文化，潜意识中他们也会回顾并以批判性眼光审视自己的国家和文化，由此认为自己的改变是有意义、有价值的，他们需要将这种新的认知传递回国内，为国内的现代化进程提供参考和帮助。在移民创作的华文作品中，这种自我建构一方面表现在有意识地对西方社会文化里较好的东西的介绍，作家将这些西方文化及社会内容都做了自己的理解和阐释，以便为国内的人所理解、接受，他们或是以为自己所介绍的正是西方社会文化的本来面貌，或是认为自己介绍的内容才是对国内有用、适合于中国情况的西方社会及文化。在这样做的过程中，他们实际上在进行着一种文化翻译。而翻译的目的就在于让国内认识一个真正的西方，纠正国内原有的对于西方世界过于美化或过于消极的看法。另一方面，因为作家的自我建构是以中国为参照系，因此在作品中作家们大多详细描述了华人移民的海外生活，这种生活描述不仅仅为对美国社会的表现提供了具体形象的认识，更重要的是写出了中国人在海外的生活状态和生存经验，这一表现很容易引起国内读者的共鸣，同时也表现出移民作家在民族身份认同上与国内是一致的，他们是站在群体的立场上表现海外中国人的遭遇。另外，出于同样的原因，移民作家的作品中形成了"思乡"这一突出而重要的主题。思乡的表现多种多样，或是对于故土家园的思念，对于亲人的思念；或是通过对于中国文化、尤其是古老文化传统的皈依来表达一种文化选择和文化态度，从而委婉地表达了思乡之情。移民作家虽然在民族身份问题上认同于国内，但他们毕竟生活在美国社会，无论是对异族文化带来的不适感，还是美国社会的歧视，他们都有着鲜明而深刻的感受，这些经验引发他们的思考，开始试图沟通东西方文化，一些早期的移民英文写作就是这样产生的。而20世纪60年代末，美国华裔开始参与到少数族裔的斗争中去，努力树立华裔的少数族裔形象，这些斗争发展到今天有了很大收获，同时也逐渐对移民产生影响，一些移民作家采取英文写作，参与到斗争中，即使那些依然采用华文创作的作家也将纠正华人在美形象、呈现早期美华被遮蔽历史作为自己写作的主要内容。作家意识里民族身份认同固然没有根本的变化，但处于文化夹缝的意识得到进一步加强，他们的自我建构不再仅仅只有中国这一参照系统，美国同样也成了参照的对象。

正因为美国华人移民作家与华裔作家之间存在这样一些差异，因此也带来了他们在文学创作上的差异。从小说创作的情况来看，美国华族的英文小说与华文小说在发展过程及特点上存在着较大的不同。

美国华族的英文小说最早的作者是水仙花。她是一位欧亚混血裔，在小说中她塑造了美好善良的华人形象以对抗西方对于华人的污蔑和歪曲，在她的小说里可以看出她主要在族裔身份上与华人认同，而非认同中国文化。此后一批早期中国留学生开始英文小说写作，如李恩富等人，他们的英文作品一方面介绍中国文化和习俗，一方面则对美国社会进行审视。这些留学生写作并未形成有共同主张或倾向的潮流。20世纪三四十年代林语堂的英文小说在西方世界十分著名，作者对于中国文化的描写介绍使得西方人将之看作了解中国的书籍。40年代以后华裔开始活跃在英文小说创作领域，他们以自身的亲身经历和体验向美国介绍华人及华裔，刘裔昌、黄玉雪等人的创作以自传体小说的方式，极力表明华裔与美国人的相同之处，寻求主流社会的理解和接纳。60 年代新一代华裔登上文坛，他们的创作与族裔运动相结合，赵健秀等人通过小说建构华裔自己的族裔文化，不再像前辈一样通过相同来吁求主流社会的认可，而是强调了差异，在差异中构建文化，表达自我。

美国华文小说产生的时间也极早，从最初的《苦社会》到后来的唐人街写作，这些作品的共同特点是向华人介绍美国社会，这些介绍突出了华人在美国的苦难与困境，为华人入美提供借鉴或警告。60 年代一批台港留学生开始了华文小说创作，他们感受到文化差异带来的尴尬处境，同时身受种族歧视与漂泊之苦，在小说中他们借助中国传统文化来形成自我形象，对美国社会及文化展开批评，带来了华文小说的一次兴盛。80 年代后大批新移民从大陆出发来到美国，同时也带来了华文小说的繁荣局面，无论是作家队伍的规模还是发表作品的数量及产生的影响，华文小说在这个时期都达到了前所未有的高度，而新移民作家创作的倾向是多样化的，并且还在不断发展和演变的过程中。

纵观美国华族英文小说与华文小说的发展过程，我们可以看到二者在许多方面存在差异。

首先，从创作者的角度来看，英文小说的作者大多是知识分子，无论是华裔还是那些选择了英文作为文学语言的移民作家，知识分子的身份让他们的创作站在一个整体性较强的高度上来审视美国社会和华人群体、中国社会文化。华文小说的作家中则有不少来自民间，如唐人街写作里许多作者是在唐人街艰苦谋生的普通人，他们的小说不那么讲究文学风格和文学技巧，而侧重于讲述华人移民的故事；即使作家中一些人在国内也属于知识分子阶层，如新移民作家中的许多人，来到美国后迫于生存压力他们也不得不落入华人社区的底层，对于民间草根的生活有着较多的了解，即使在后来的写作中他们也关注一些宏大的主题，民间生活和草根经验已然构成他们的写作底色。

其次，英文小说侧重对中国文化和中国人的介绍，因为英文小说的受众选择是美国人或西方人，对于这些读者来说中国是神秘而不可解的。英文小说的作者作为华人群体一员希望在西方世界站稳脚跟，就需要西方世界对他所属的群体有一个相对公正的认识，正是在这个意义上，无论早期的移民英文写作还是后来的华裔写作，面对西方介绍中国文化都是一个重要的内容。在介绍中国文化的同时他们也在纠正改变西方社会观念中的中国人的形象。华文小说里侧重对美国社会和美国文化的介绍，华文小说的受众是阅读华文的中国人，对于中国人而言陌生的美国社会能够引起极大的阅读兴趣，作家也塑造中国人形象，但是和英文小说中将西方世界的中国人形象作为潜在参照的做法不同，华文作家塑造中国人形象的时候也在纠正，不过这一纠正是针对国内已有的形象特色来展开的。

再次，英文小说和华文小说都表现出对于文化主题的兴趣。英文小说的作者在表现中国文化与美国文化差异的时候努力寻求两种文化沟通的可能性，如早期黄玉雪建构的"双重身份"等，最终的目的是要获得主流社会的接纳。华文小说作者的表现兴趣更多放在文化本身，无论凸显两种文化可以融合或是彼此矛盾，作家们的表现都明显缺乏那种通过文化诉求获得美国主流认可的意向。

最后一个差别是，在华裔的英文写作中，以性别差异形成了不同的倾向且彼此争论，这些争论说明在族裔运动的大旗下，华裔作家之间的性别矛盾并没有被消除，而不同性别作家采取的不同斗争策略，包括他们自己的争论，从族裔斗争整体上看无形中造成面对主流社会时力量的某种削弱。华文小说的创作则表现出以作家来源地区分的区域性划分特点，这一特点的形成与1949年后中国特殊的历史境遇有关，当社会主义中国在大陆成立之后，台湾、香港实际上有很长一段时间与内地是彼此隔绝的，三地的意识形态存在极大差别，这些都对作家的心理产生了影响，因而争论主要是在三地作家之间展开。

文学创作的根本目的在于文化建构和文化表达，美国华族的英文小说与华文小说无论彼此有多少差别，共同的地方在于，作家们都迫切需要在一个新的情境中确立自身身份，尤其是文化身份。在今天，全球化速度加快，文化多元化趋势已经形成，这为具有跨文化经验的作家们带来了机遇，他们拥有自我表达的充分自由，然而在这一情境下同样也存在着危机，多元化旗帜下的信息过度爆炸的时代里，人们的任何表达都转瞬即逝，当我们强调多元化特点时，自我个性特征反而容易被淹没。在这种情况下，我们从族裔文化建设和文化策略角度入手研究美国华族小说创作，希望能得到借鉴和帮助。

五　研究内容

本书的研究主要从四个方面展开，在研究方法上，采取了文本细读与整体分析相结合的办法。研究内容具体如下。

第一章对英文小说和华文小说中的中国叙事展开比较，这些中国叙事主要包含两个方面。中国叙事的第一个方面，对中国文化的表现，包括中国的习俗、传统文化、神话故事和传说等。华文小说中对中国文化采取的是再现的方式，通过展示中国文化作家们一方面抚慰了思乡之情，另一方面将之与美国文化进行比较。新移民作家的华文小说还表现出对中国文化的审视与批判。无论作家的写作意图为何，有一点是共同的，就是他们都是作为中国文化内部的人对之展开表现和审视。英文小说则表现出将中国文化化的特点，在林语堂代表的移民英文小说中作家们将中国诗意化、审美化，从而构建一个文化中国形象，借助文化审美这一人类共同的兴趣来沟通东西方文化；华裔作家则立足于自身美国处境的立场，对中国文化进行改造加工，一来让中国文化表现能够切合美国文化价值观念，二来通过中国文化突出自身族裔属性。他们所写的中国文化并非中国文化自身，而是美国化了的中国文化，在这个过程中，中国文化被符号化了。中国叙事的第二个方面，是作家们都表现出对中国历史讲述的兴趣，而且他们的关注点是一样的，都着重讲述中国现代史和"文化大革命"期间的故事。差别在于英文小说的现代史叙事是典型的苦难叙事，极力突出苦难的特征，而华文小说的现代史叙事重在重述，针对国内主流叙事对中国现代史展开重新表述，重述的努力之一就是历史叙事中民间立场、个人历史话语现象十分突出。在"文化大革命"叙事中，华文作家一方面接受了大陆新时期以来的主流判断，对"文化大革命"展开反思和批判，另一方面又发展出人性主题，将之置放于"文化大革命"

背景中进行表现。英文小说对于"文化大革命"多有隔膜，在写作中着重从人性的角度展开批评。英文小说作者的中国历史叙事动机与华文小说作家并不相同，他们讲述中国历史目的在于对父母一辈移民做出解释，他们的族裔身份来自父母一辈，父母一辈的移民形象对他们自身的族裔形象建构有着重要的意义和作用。

　　第二章对英文小说和华文小说中的美国叙事进行比较。美国叙事包括对美国形象的塑造以及对美国土地上唐人街的描述。在美国形象塑造方面，作家们涉及的不仅是对美国社会生活的描写、美国文化的表现，同时还涉及生活在美国土地上的华族对于美国梦的追求等问题。华文小说中对于美国文化与中国文化的差异表现出很强的敏感性，这些文化差异给小说中人物带来痛苦的体验，甚至让他们迷失了自己，也有部分华文小说表现出急于同化于美国的迫切心态，将同化看作是华人移民的成功之路。不论作家笔下人物选择同化还是无法同化，在美国梦的理解上许多作家都将之简化为物质标准，以成为中产阶级获得财富作为指标。英文小说突出了美国社会的种族歧视与迫害的内容，着重写出华裔和华人移民在美国社会遭遇到的种种苦难，如失语状态，如暴力的受害者，等等。而在哈金代表的新移民英文小说中，美国形象塑造出现了新的内容，作家突出了美国作为高度发达的现代化国家，其盛行的消费主义文化对于移民的异化。在唐人街叙事里同时还涉及华人（唐人）的形象塑造情况。华文小说的作者作为移民，他们对于唐人街怀有亲切的情感，这是华人移民在海外的飞地，是他们落地之处的安身之所，华文小说中对此有着详细的描绘和表现；而唐人街上的居民是作家的同胞，对于这些居民的生活习惯等作家完全能够理解，这使得华文小说的唐人街叙事是"自己人"所做的描写。但是任何一个社会只要存在经济活动就会有经济压迫，唐人街内部也是一样。许多移民作家初来美国只能在唐人街谋生，他们有着底层的生活经验，同时也发现了唐人街内部的阶级差异和阶级压迫，作家用文学形式将之表现出来，构成唐人街叙事的新特点。英文小说中对唐人街的描写则是从外部观察者的角度来写的，即使作家和人物生活在唐人街，他们也是唐人街内部的"他人"，很难与这个社区完全融为一体。在英文小说的唐人街叙事当中表现出作家对于唐人街的态度，这种态度有一个变化的过程：从开始的完全排斥到后来的逐步接纳，但这种接纳也是有限度的，华裔可以将唐人街作为自我的一个构成部分正视它的存在，但最终他们还是选择离开唐人街，只将它存放于记忆之中。时代与社会的发展带来了唐人街的变化，新移民小说家在英文写作中对之也做出了表现，这种唐人街叙事充满了审视性目光和批判意识。

　　第三章从文化建构角度来分析英文小说与华文小说的文学主题。不同的文化建构意图会影响到作家对于文学主题的选择，以及在同一主题上的不同表现。在英文小说的创作主体——美国华裔看来，他们要建构的是美国的少数族裔文化，文化建构的指向是美国，因此在用文学建构族裔身份的时候，其认同主题着重表现华裔自我认同在美国所遭遇到的挫折，华裔本是美国人，是美国社会的主人，这种挫折是不该出现的；同时华裔还是少数族裔，是华族，早期美国社会的同化理论要求华族放弃自身的民族身份，当华裔开始建设少数族裔身份的时候，他们还需要对华人身份进行认同和确立。这些构成了他们在身份建构与认同主题上双管齐下的特点。华人移民作家民族身份认同上并没有什么障碍，但正因为他们认同于中华民族，他们首要考虑的就是有了跨文化经验之后与国内同胞的差异，他们的身份建构是以中国为背景来展开的，只有到了 20 世纪 90 年代以后，新移民作家逐渐参与到华裔的族裔斗争中，华文小说中的身份建构和认同主题才出现新的变化。文学主题的第二个方面是对于文化主题的表现。文化主题不仅是对作家具有的两种文化进行表现和比较，考察两种文化之间的关系并表达对于文化关系的某种期待，同时文化主题还承载了作家们对于所建构文化的期待和想象，华裔作家的文化建构在于确立族裔文化，而新移民作家的文化建构是一个特殊群体的文化建构，二者间显然有着差别。

　　第四章讨论的是在小说创作中作家们表现出来的文化策略之异同。英文小说与华文小说在文化建构策略上同中有异。一是作家们都同时采用了建构与解构并行的策略，差别在于解构的对象不同、解构的目的不同以及解构时采用的手法不同。二是作家们都采取了文化翻译的策略，并在文化翻译的过程中保持民族差异性。但英文小说与华文小说在所翻译的文化内容上有差别：华文小说着重翻译的是美国文化，英文小说则翻译中国文化；翻译的对象也有差别，英文小说面向美国社会进行翻译，华文小说更多面向华人读者进行翻译。

在今天全球性文化交流越来越频繁的情况下，如何在多元化的情境中保持我们的民族文化独特性，同时又能跟上世界文化发展的脚步，美国华族的文化经验有着很好的借鉴价值和意义。

第一章

民族"根"的追寻与再现：中国叙事

华族作家的文学写作绕不开中国这个民族身份，无论他们对这一民族的体验和认识是什么样的。华文小说的作者熟练掌握了中国语言，具有丰富而直接的中国生活和文化体验，在他们的创作中，中国是写作的"前话语"或"前文本"的构成部分。英文小说的作者中，除去少数移民作家外，大多是在美华裔或有着华族血统的混血裔，他们缺乏直接的中国生存经验，但相较于其他美国公民而言，中国意识依然扎根于他们体内，是他们的经验中独有的、血脉中的重要构成，因而不论他们有意无意、愿意或不愿意，中国叙事在他们的小说中都占有重要位置。在这里，我们并非一味强调血缘—文化关系的先天性或绝对性，然而不可否认的是，血缘对于文化意识、文化体验等有相当重要的影响。总体而言，华文小说作者在文化认知上固然将中国视为自身的民族本源，深受美国黑人运动影响而兴起的美国华裔族裔运动同样把遥远的中国看作族裔之"根"，是他们表达族裔诉求、重塑族裔形象时无法绕开的部分。

美国华族小说的中国叙事，或是为了重述再现中国，或是为了赋予中国这一概念以新的形态。无论叙事的出发点是什么，在叙事所涵括的范围上，华文小说与英文小说有很多共通的地方，主要集中在两大方面：一是讲述中国的文化传统，解释中国文化的内涵，或描写习俗的传承；一是讲述中国的历史，将之置于新的社会、文化背景下重新考察，或是反思与再现。

第一节 文化中国与中国文化

在族裔经验中，文化在个体认同中占有重要地位，无论是给陌生环境中的族群提供精神家园和情感慰藉，还是面对主流文化进行族裔形象的解释或展现，文化是出发点和依据。美国华族小说里对中国的展示，往往通过对习俗的详尽描绘，伴随着相应的解释，将这些习俗在文化层面上诗意化或是妖魔化。文学创作的目的是表达某种诉求，华文小说作家与英文小说作家在文学诉求上存在较大的差异，所设立的目标亦不同，因此他们的小说中虽然涉及的是同一个中国文化，叙事塑造出来的文化中国却各具形态。

一　华文小说中的中国文化叙事

19 世纪末期，清王朝走向末路，中国社会民生凋敝，迫于生存压力，大量华工背井离乡，远赴海外。其中，奔赴美国的华工数量最为巨大。从 1850 年至 1882 年间，华人进入美国的移民浪潮有三次，分别为 19 世纪 50 年代加州的淘金热、19 世纪 60 年代修建太平洋铁路和 19 世纪 70 年代参与加州的农业开发。即使在这个历史学家所称的"自由移民时期"，华工在美国社会遭遇的是歧视性的苛待乃至压迫。自 1882 年起，美国政府及各州开始制定一系列针对华人的歧视性法案，1888 年推出《禁止华工来合众国法案》，开始长达 61 年（1943 年该法案宣布废除）的绝对排华时期，在美华人的境况跌至最低点，不但要承受各种不平等不公正的待遇，一些地方甚至出现有组织、大规模的排华暴行。

不平则鸣，在美华人不但要忍耐思乡之苦，不得不与亲人相隔天涯，更要为保障基本的生存权利而抗争，这些痛苦的生命体验最终以文学形式得以传递，形成早期的美华文学。1960 年，阿英收集整理这一时期作品编成的《反美华工禁约文学集》中，收入诗歌 14 篇，小说 8 部，戏曲 2 本，事略 4 篇，散文（含政论）24 篇；此后广东中山图书馆参考研究部提供作为"补编"收入的作品 19 篇，共有近50 万言①，其创作数量甚多。由于这一时期美华移民主要是由中下层

---

① 刘登翰：《双重经验的跨域书写——20 世纪美华文学史论》，上海三联书店 2007 年版，第 19 页。

劳动者构成，他们的文学创作首要追求的不是审美目标，而是宣泄内心痛苦、传递生存经验等实际目的，他们以华文作为创作语言，并采用当时中国普通民众习以为常的文学载体（如章回小说、文言诗歌等），其作品主要在华人群体内部传播。

早期华文小说可以《苦社会》为代表作，亦为开篇之作。该小说五万余言，光绪三十一年（1905）由上海图书集成局排印，上海申报馆发行。原名《苦社会初集》，然未有"续集"见世，是一部未竟之作。《苦社会》四十八回内容可从结构上分为三个部分：（一）描写阮通甫、鲁吉园等江南落魄知识分子在国内谋生无着的生存困境，折射出晚清社会的衰败与凋敝，共23回；（二）第24回至第34回则写鲁吉园等充当华工，在"猪仔船"上的非人遭遇；（三）第35回以后叙述重心转向旧金山，通过鲁吉园等偶与故友重逢，带出在禁约浪潮中华人遭到的种种迫害，即便是正当商人也遭受迫害，不得不变卖财产返回故国。

小说中直接与中国有关的叙事集中在第一个部分，通过长期滞留于外省的世家之后阮通甫，在丧父后因生活无着而返回苏州故乡，进一步引出一系列与他同样落魄的江南知识分子的故事。在这些故事里，作者以写实的笔法描写了黑道人下太湖劫私盐、营官吃黑逼命等事，甚至还写了商人与尼姑的一段奇特姻缘，将目光集中在晚清社会的种种腐败现象上，表现底层人生的穷困潦倒。通过这些描写，作者为阮通甫等人后来举家去国甚至卖身为工的行为作了解释和铺垫，他真正要表现的是旅美华人的痛苦遭遇，他们在海外异乡遭遇到种族歧视的压迫，而在自己的祖国面对的则是生存的绝境，陷入"思归则游子无从，欲留则楚囚饮泣"的尴尬境地。正因如此，小说中虽也会涉及中国文化传统和日常习俗，却主要是作为故事的背景，或是充当情节场景之间的衔接过渡或引子，比较起精神化或诗意化的文化来说，作者更在意物质层面上的社会实况，并借此对晚清中国进行揭露与批判。小说中的暴露性描写与鲜明的批判意识，很容易让人联想起诸如《二十年目睹之怪现状》一类的作品，但该小说与之又有所不同，作者并未将笔触仅仅停留在对当时社会的揭露批判上，而是进一步指出，造成小说人物远走异乡、卖身为工等一系列行为的根源，正是晚清黑暗社会造成的巨大生存压力，人物的悲剧性遭遇恰恰起源于此。比较于单纯将华工悲惨境遇归结于当时美国社会种族歧视环境的做法相比，《苦社会》同时表明衰弱且腐败的晚清中国亦是悲剧的原因，这种表达显然要全面而深刻。

不仅是《苦社会》，这个时期华文小说涉及中国的叙事，并没有形成鲜明的自觉意识，中国是他们的故事或叙事的背景，只是存在于那里，而非被赋予什么特殊的含义。对于这个阶段华文小说作者来说，他们虽然具有了跨文化的实际经验，在心理上他们依旧立足于中国，生存的巨大压力、跨文化经验还没有时间沉淀等因素，都是造成其小说中国叙事特点的原因。

20世纪三四十年代，美国华人移民中知识分子的数量有了很大的增加，他们在谋生之余也进行文学创作。在这些华人移民作家中，最著名的莫过于林语堂，只是他的小说以英文写作，带来了这一时期华族英文小说在白人读者中的巨大成功。华文小说创作则没有那样的风光，无论是作者还是读者，均主要集中在唐人街，如小说集《人间爱》（1948）是由纽约的华侨文化社出版的，而登载了二十余篇华文短篇小说的《新苗》杂志亦是唐人街华人所办杂志。这个时期的华文小说在价值取向上延续了中国大陆"五四"传统，体现出对中国大陆极大的认同感，也是一种与中国大陆联系的表现。而在小说内容上，作家们主要关注的是"当下"，是在美华人的感受和生活，美国唐人街是主要的故事舞台，以中国大陆为背景的中国故事则数量极少，中国文化传统的叙述亦不突出。

20世纪50—70年代，华文小说的创作主体是来自台湾、香港的留学生，尤其是台湾留学生，写下了许多优秀的作品。这些小说的共同点是，都有浓厚的漂泊感，思乡主题突出，对文化冲突有异乎寻常的敏感和关注。漂泊与思乡的主题是相辅相成的，正因为无根漂泊，才会加倍思念故土家园，在幻想中对故土家园进行描绘成为慰藉的最佳办法，中国叙事因之在这些小说中占有重要地位。文化冲突首先来源于文化差异和比较，中国文化作为作家的写作立场和文化身份，同美国文化形成鲜明对照，因此港台留学生笔下的中国传统与习俗描写往往承载了更为丰富复杂的象征含义。

不少留学生小说写到了中国独特的生活习俗，包括日常的诸多生活细节。如白先勇在小说《玉卿嫂》中多处写到桂林的小吃、桂戏，写到过年的习俗："这几天，我们家里的人个个都忙昏了头，芋头糕、萝卜糕、千层糕、松糕，甜的咸的，要蒸几十笼来送人，厨房里堆成了山似的。"不仅写习俗的表现，还解释习俗背后约定俗成的意义："桂林人规矩到了年三十夜要早点洗脚，好把霉气洗去"、"大年初一不做事，讨吉利"等。这些内容并不与人物命运或情节推进发生直接联系，只是一种背景式的构成，然而作者以絮絮的口吻将之娓娓道来，语气间充满了回味与留恋，其中洋溢的思乡之情不言而喻。

然而物质生活和细节的再现并不能真正安抚留学生们感受到的怀乡之苦以及在异质文化中生活所带来的矛盾煎熬，他们的情感能够在文学幻象中获得短暂的快乐，他们的精神却急需站立的基点，于是他们更多的是向传统文化求助，进而使得笔下的中国超越了时空的限制，成为一个文化的精神家园。

聂华苓的名作《桑青与桃红》中，桑青在中国的经历占据了作品绝大部分的篇幅，尤其是她未去台湾前的生活，在她的故事里，聂华苓讲述的不仅是一个人的现代命运，也是中国的现代历史。桑青的父母重男轻女，她为此愤而离家，漂泊路上她记起小时候父亲教的古诗《儿归行》："儿归儿归，儿胡不归，而以鸟归？鸟鸣山中声怆悲。"这首诗本是用来讽喻后母虐待继子的，在小说中则有多重用意。一是表达人物漂泊无所归的惆怅无奈，年少的桑青奔波在因国难而艰险重重的途中，本应成为她休憩港湾的家却没有她的容身之地；二是这首诗也暗示了桑青的命运，从离家那一刻开始，她的人生中就是一连串的被困与逃亡，空有回归之愿却没有可归之处；此外桑青的故事也包含了作者对台湾及台湾人归无可归命运的理解。对古诗词的借用使得短短的几行篇幅中包含了丰富的意蕴，小说人物与作者的感怀也染上历史的沧桑。

小说里还有不少地方涉及古代中国文化，如沈家纲对桑青介绍北京天坛，从建筑的结构、建筑的功用和历史，一直到建筑各个部分的特殊象征含义，详尽分明，最后他说道："（曾经的天坛——笔者注）人站在那儿好像真的挨着天了。人在坛心轻轻说话，可以听到很大的回音。"而现在"我梦见的天坛，景象完全不同了。祈年殿、皇穹宇、圜丘到处是军队的大炮、枪支、弹药。汉白玉石栏杆晾着军人的破裤子"，文化的静谧安宁与世道的混乱慌张形成鲜明对比。同样地，在桑青与沈家纲的婚礼上，证婚人万老太爷满口"谦谦君子，窈窕淑女"，古老的文言陈说的是古老的教条与标准，穿插于其间的则是流亡学生谈论中国人民解放军的解放进程、国共两党的谈判破裂，存在于历史时光中遥远的宁静与当下生动且紧迫的战争对比，展示的不仅是桑青这一部分人的不能融入时代、不合时宜，同时也写出了他们最大的挣扎不过是逃避，桑青不是因为爱情而结婚，而是因为在茫然无措的时候婚姻似乎成为她可以逃去的地方，婚礼上古老习俗与时代并置时的格格不入，使得婚姻也变得不真实起来，桑青最终没能在这场婚姻中获得停留的机会，只能继续漂泊的脚步。

　　无论是沈家纲梦里的古老天坛，还是桑青所选择的婚姻，他们用以逃避现实的都不是具体的事物，而是这些事物背后的传统意义：沈家纲渴望的是天坛背后所蕴含的古老秩序，因为他不能应对现代的混乱；桑青则把传统的婚姻视为浮萍生世中可以凭靠的一片陆地，因为长期以来她只能在被困窒息与漂泊间二选其一，身不由己。小说中的中国叙事已经不是简单的描述，它构成了一种文化的氛围和气息。

　　与20世纪初以来的华文小说相比，留学生小说在中国叙事方面表现出强烈的自觉意识，中国文化传统不再只是故事的背景，而被赋予了文化内涵，并且是人物乃至作者的精神家园。在留学生作家与50年代以前华文小说作家身上，都有较强的现代民族国家意识，他们都在追求着这一意识与生活实践的统一。不同在于，50年代以前的华文小说作家民族身份是完整而统一的，在借助文学寻求民族及群体出路的时候，虽然环境十分艰难，却多有一个明确的方向，即寻求中国的现代化道路、摆脱弱国的卑微地位，个体信仰的差异不会改变这一目标。而留学生作家尤其是台湾留学生作家从一开始民族身份就有了裂痕，1949 年后内地与台湾、香港地区的分离，使得他们在情感认识上认同于"中国人"，但实际的地理位置和时代境况又让他们意识到自己是不同于内地的"台湾人/香港人"，因此他们的探索是从否定出发的：他们不满台港当地的现状于是出走，出走后不满西方世界的实际情形，于是四顾茫然，在这个过程中他们原以为能够凭借的资源几乎被否定殆尽，最终只能转向历史，转向民族身份还没有被割裂的过去，寻找可能有的救赎，于是他们笔下的中国传统和文化被赋予特殊的意义。比较于新移民小说的中国叙事，这些留学生小说表现出对中国文化及传统的一种固守和坚持，相应地对西方文化颇为排斥，不若新移民小说那样开放和包容。究其原因，新移民作家是在现代后期的背景下展开写作，这个时期许多观念不再是凝固而单一的，包括民族身份、文化身份，多元化、文化包容性等已经成为思想的新风向。此外，新移民作家的"文化大革命"经历，以及在国内所接受的教育，都使得他们面对传统和文化时首先采取的是审视的态度，而不是无条件的拥抱。

造成差异的另一个原因，是作家与中国文化及传统①的关系有着微妙的差异。中国文化及传统发源于中国内地，在这片土地上发展演变，对于长期生活在中国内地的人来说，无论是文化和传统本身，还是它们的后续发展变化，都是一件自然而然的事情，它们的影响也是潜移默化地融入潜意识中的。在文学写作中，文化与传统是他们创作

---

① 这里所说的中国传统与中国文化，是将之作为在时间中不断发展变化的概念，而不是一个忽略了变化与差异的整体性概念。中国传统与中国文化包含的内容极其丰富，在历史上也有很大的变化，例如"孝文化"是中国传统文化的一个重要构成部分，五四时期，其内涵有了较大的改变，一些过去的要求在五四新思想的批评下，作为"愚孝"被否定，这些观念已经深入当代中国人的意识，成为不需要特别说明的事情。中国的传统与文化观念发生重大变化的时期，除了五四之外，也包括 1949 年新中国成立以后。对于内地的中国人而言，这些变化不会引起特别的注意，往往当作传统文化的内容囫囵接受下来。但是对于不在内地生活的华人如台湾人而言，因为没有经过这种变革时期，还是会坚持改变前的一些观念。这种情况，颇类似于葛兆光说过的，在思想发展的过程中，新的观念出现时是作为一种知识的，在传播开后为人们接受，慢慢演变为不证自明的常识，身处其中的人们自然不会去求证或特意思考。

的前语境，是展开想象和思索的背景空间，无须特别给予注意，而出现在他们笔下的文化和传统的内容，也是古代与近代、现代并存的，作家不会做具体的区分。留学生作家则不同，由于现代历史原因，台湾及香港都与中国内地割裂开来，这使得他们的民族身份不如内地的中国人来得完整，他们是"中国人"，但又是"台湾人"或"香港人"，在中国内地的文化及传统发生重大变迁的历史时期，他们大多没有身处其境，在观念上，他们会有意识地把古代中国与现代中国区分开来。文学写作中这些作家往往表现出对于古代传统和文化的某种坚守，对于民间文化的认同，而在面对现代以来形成的诸多文化传统则有一定的疑虑，由此形成他们在中国文化内部既是"自己人"同时又是某种程度上的"他者"的微妙立场，留学生小说中突出了中国现代以前的传统文化，塑造当代中国内地人物形象时出现的某些误解，以及将选择异国婚恋等同于背叛自身民族文化等等做法都与这种立场有关。

20 世纪 80 年代以来，随着新移民数量的急剧增加，新移民小说逐渐占据了华文小说的主要位置。新移民作家大多具有较明确的文化自觉意识，在小说中展示了中国的传统与文化，尤其是那些具有乡土中国背景的小说。这些描写丰富而细腻，主要还是作为故事展开的必要背景，较少被赋予精神家园的文化含义，同时也是作家写作民间立场的一个构成部分。新移民作家不是不关注中国传统和文化，而是与古代以来的传统习俗自身相比，他们更在意现代以来，尤其是"文化大革命"后传统习俗发生的变迁及成因。诸多的"文化大革命"故事，展现的不仅仅是人性的扭曲与畸形，同样显现了在时代冲击下传统与文化的脆弱及其变异。

在华文小说的中国文化叙事中，作家对文化有意识地加以表现是经历了一个发展的过程的，这个过程的变化与作家队伍素质的变化直接相关，同时，作家们对于文化内涵的认知在实际创作中也存在比较明显的差异。

二　英文小说中的中国文化叙事

19 世纪末 20 世纪初期，美国华族的英文小说作者有两种人，一种是在中国生活十余年后移民美国、接受美国教育成长的知识分子，一种是拥有华族血统的混血后裔。这两类作家都生活在美国排华浪潮逐渐高涨的时期，均因为自己的华族血统感受到歧视和压迫，因不平于美国社会当时对华人形象的歪曲污蔑，他们试图通过文学形象纠正社会上的错误观念，寻找沟通东西方文化的共同点。

美国华族最早的英文小说应为李恩富（Yan Phou Lee，1861—1938）的《我的中国童年》（*When I Was a Boy in China*，1887），这是第一部华人写作的英文自传性作品。作为清末留美儿童的第二批学员，李恩富在完成教育后留在美国，一生郁郁不得志。当时洛思罗普出版社邀请从世界各地来美国的青年人写作文章，以向美国人介绍他们各自的文化，此为李恩富的应约之作。他希望借助这个机会澄清美国人对中国的诸多偏见，有意识地采取通过个人童年生活的线索串联起中国社会习俗的写作方式。他对自己的写作环境和背景十分清晰："我常常发现，美国对中国人的风俗习惯、行为方式及社会制度等仍然持有谬见。这不能怪普通美国人，因为他们只能从报纸或走马观花式的游记中了解我们的国家，无从了解真相……因此，我在这一系列文章中所介绍的中国人的风俗习惯、行为方式及社会制度往往会与一般美国人的看法相冲突。"（《我的中国童年》）因而在作品中不但详尽介绍了中国的历法、家庭结构、饮食游戏、宗教节日、女性地位等内容，还附录了当时中国社会风情照片等插图，以增加美国人对中国的感性认知。

书中对中国习俗的叙述十分详细全面，几乎到了事无巨细的程度，如对中国人餐桌礼仪的描写：

> 长辈没有落座之前，小辈不能就座；大家都落座后，小辈须用眼色询问是否可以开始用餐，长辈严肃地点点头表示同意后，大家才开始用餐。饭前先上汤，此后大家都右手执筷，左手端碗，把碗

举到嘴边，再用筷子把饭拨进嘴里，间或从公用的菜碟中夹一块鱼、肉，或蔬菜。不过，大家都只能从最靠近自己这一侧的碟子里夹菜，要是把筷子伸到碟子的另一边就是违反了礼节。先吃完的人要对其他人说一声"慢慢吃"，这便是我们说"对不起"的方式。每餐之后，中国人都会洗手洗脸。（《我的中国童年》）

这段描写对任何细节都不忽略，从吃饭的准备动作——"右手执筷，左手端碗"，到正式行动——"把饭拨进嘴里"，逐一写来，有条不紊。对于中国读者来说这样过于烦琐的写法，在美国人看来却是一种充分的解释。对于普通人而言，文化差异不是抽象的理论，恰恰是日常生活细节中表现出的各种不同，在西方中心主义思想影响下，普通人很容易将生活细节的不同理解为进步与落后的差距，从而收获虚假的荣耀感或增强他们的自信心，李恩富平实的语言则突出了这不过是中国人吃饭的方式，属于不同文化中人们各自的不同选择，并没有优劣高下的区别。此外，这段描写充满了仪式的意味，就餐的动作背后都有其独特的伦理价值含义，整个餐桌礼仪充分体现了中国人尊敬长辈、重视礼节的观念，这样的观念是比较容易引起人们的共鸣的，即使他们属于不同的文化。通过强调餐桌礼仪中蕴含的伦理价值观念，李恩富找到一个西方理解东方世界的基点，古老而复杂的表现形式所体现的价值取向与西方并没有根本的不同。

这段描写在开始的时候采用的是第三人称的方式，以完全客观冷静的口吻描述中国人就餐的过程，到了后来，作者又说"这便是我们说'对不起'的方式"，人称的使用恰恰说明作者在意识深处仍旧将自己归为"中国人"，而这部作品是他作为一个"中国人"为介绍自己的民族和国家而写作的。正是意识深处这明确的民族意识，使得作者在作品中不由自主地将中国与美国放在一起比较，他接受的是西方现代教育，从这一标准出发，19世纪末的中国社会实在有很多落后之处，他却努力在其中寻找一些闪光点，如通过比较风筝得出中国风筝比美国来得先进的结论；或是用幽默的手法让一些不符合现代标准的现象显得不那么刺目，极大地缓和了批评的尖锐程度，如对于传统私塾教育的描绘。

这种处理方式体现了 20 世纪初中国知识分子的复杂心态，他们从还保留着封建制度的清王朝走入世界，对于现代性充满渴望，同时他们又是接受了中国古典传统的一代，传统文化中对民族血缘的重视、对文化传承的强调同样存在于他们的意识中。他们一方面根据现代标准回头审视自己的国度，批评的背后是渴求祖国走上现代化道路的心愿；另一方面，完全抛弃祖国的传统习俗，或是在文学中给中国留下一个单一、负面的形象，这些做法都令他们感觉是一种背叛。矛盾心态下，他们有意识地为中国的一切寻找西方世界能够理解、符合现代价值观念的解释，并努力从中国传统和文化中寻找优秀的内容，改变西方关于中国的刻板印象。与李恩富同时代的华族英文作家容闳、蒋彝等人的作品都有这一特点。

同一时期致力于在小说中改善中国人形象的作家还有水仙花，她本名埃迪丝·莫德·伊顿（Edith Maude Eaton，1865—1914），是北美第一位华裔女作家。水仙花是一位欧亚裔混血儿，从小对于种族歧视的痛苦深有体会，在她看来，无论是中国的母亲还是英国的父亲，他们的民族文化都有可爱之处，亦有不足的地方，单纯否定哪一方的做法都是不正确的，她对自己的混血儿身份有充分的自觉，并认为这是一种优势，使得她能够"一手伸向西方，一手伸向东方"，成为一座"桥梁"。寻求东西方沟通的途径是她写作的目标。

水仙花生活的时代，中国人和中国的形象是神秘的、不可理喻的，人们不仅强加了许多负面的含义于其上，他们对于中国人的认识也多是聚焦在那些外交官、社会名流等身上，反而对国内唐人街里普通的中国移民视而不见。水仙花的写作弥补了这个空缺。她的著名作品是小说集《春香夫人》（*Mrs. Spring Fragrance*），里面塑造了许多华人的形象，他们"小巧玲珑，惹人喜爱"，"向广大读者展现了一个全新的世界"（《纽约时报》评论）[1]，在他们身上水仙花展示了中

———————

[1] ［美］尹晓煌：《美国华裔文学史》，徐颖果主译，南开大学出版社 2006 年版，第88 页。

国文化传统的美。与同时代来自中国的移民作家相比，水仙花对于中国日常生活和诸多习俗并不熟悉，她所了解的中国生活经验主要来自唐人街，因此她没有过多对中国的习俗传统做解释，而是把写作的立足点放在了普遍人性上。普遍人性可以超越文化、民族的限制，是人类能够共通的部分，由此，小说中人们价值的高低好坏判断不再来自种族的差别，而是个体人性价值的体现。

小说《一位嫁给华人的白人妇女》（*The Story of One White Woman Who Married a Chinese*）及其续篇《她的华人丈夫》（*Her Chinese Husband*）讲述一个被白人丈夫抛弃的白人女子米妮，在困境中得到华人商人刘康海的帮助，最终嫁给了这个华人得到幸福的婚姻。小说采取的是米妮第一人称叙事的方式，使故事具有相当的感染力，在米妮的生活陷入绝境时，刘康海慷慨地将她带回唐人街的家里，在这个中国的大家庭中米妮被人性的温情包围着，她没有感受到种族差异带来的隔阂，逐渐恢复了生活的信心。普通美国白人眼里神秘的中国家庭秩序井然，人们不仅承担起各自的责任，并且彼此关爱，展现出人性最美好的一面。米妮在遇见白人前夫时亲口将他与刘康海作了比较："你虽身高六尺，心胸却如此狭隘，与他（刘康海——笔者注）高尚的灵魂相比，真是一个天上，一个地下。"小说中米妮前夫体格健美，是所谓完美的"浪漫的情人"，刘康海在这些方面无法与他比较，但刘康海高尚的灵魂和值得让人信赖的品质得到米妮真诚的爱慕，作者有意识地弱化了小说中华人男主人公的物质特性，而强调他的精神特质，这种做法同在描写中国家庭时淡化复杂的生活程序而强调家庭成员间的情感互动一样，都是希望通过对中国传统及民族文化中具有美好人性特征部分的表现来唤起美国读者的理解与肯定，从而淡化种族差异带来的隔膜敌意。

19 世纪末 20 世纪初美国华族英文小说作家在同样的社会背景下开始写作，他们对于种族偏见带来的危害有切身的认识，并将改善这一情况作为自己写作的目标之一。这样的写作中，中国叙事部分的针对性十分明确而强烈，写作中站在中国文化的立场上向白人社会呼求理解的特点也很突出，这是他们与其他时期华族英文小说作家不同的地方。在他们内部，由于各自身份和经历的差异，采取的写作策略又有所差异。总体来说，那些来自中国的移民知识分子虽然接受了西方现代教育，潜意识中依然深受中国传统文化观念的影响，在民族身份的认知上保留了对中国的认同与归属，他们是作为文化中的"自己人"来写中国的传统与文化的，西方世界虽然是他们选择的参照对象，他们还是忍不住要为自己祖国的文化辩护。混血华族则不同，他们缺乏对中国文化的直观经验，他们对之有相当的同情，但不认为自己身在这一文化之中。移民作家为自己的祖国、民族和文化辩护，他们则是为华人亦是人类中平等的一员而辩护。

1936 年林语堂来到美国，开创了他文学生涯的新领域——小说写作，此后他的英文小说成为西方世界了解中国时最受欢迎的途径。出国前林语堂就是一个成功的文学家，和同时期的五四作家不同，他从小受信仰基督教的父亲教诲，一直在西方人办的教会学校读书，对于西方文化更为熟悉，并在某种程度上采取了西方视角观察社会。五四运动中这一视角有效地帮助他发现社会落后甚至腐败的地方并加以抨击，同时他也感受到自身在中国文化教育方面的缺陷，开始了自学的过程。特殊的经历为林语堂后来的跨语言写作提供了便利，作为长期生活在中国的华人，即使青少年时期接受的中国传统教育相当有限，因为长期浸淫在这种文化的氛围之中，他比西方人更容易对中国文化传统产生理解和共鸣；而过去的教育也使得他比同代中国知识分子更深地了解西方文化和西方人的心态，在面向西方读者写作时能够抓住读者真正感兴趣的角度，迅速引发读者的共鸣。这个特点是林语堂英文写作取得成功的重要因素。

林语堂是怀抱着沟通东西方文化的理想开始他的英文创作的，他的英文小说是 20 世纪四五十年代美国华族英文写作的重要收获。他介绍展示中国传统文化的集大成之作当属小说《京华烟云》（1939），这部作品借鉴了中国传统小说优秀之作《红楼梦》的写作方式，通过姚、曾、牛等几个大家族的兴衰离合，一方面描述了从八国联军侵华起至抗战爆发几十年间，现代中国社会的变迁；另一方面在塑造人物、描绘日常生活细节时将中国文化和传统渗透其中，作了全面而详尽的展示。林语堂总是极力发掘中国日常生活和习俗中的美，赋予其浓厚的诗意。在一个家人聚集在一起吃螃蟹的场面描写中，他不仅细致地写了用于吃螃蟹的独特工具、这些工具的使用情况，还让笔下的人物吟诵相关的诗词，就是人物之间活跃气氛的玩笑背后都有相应的典故，而这些典故作者都作了周到的解释，于是一个聚餐的场面笼罩着浓厚的文化氛围，中国气息扑面而来。就是一些在"五四运动"中被否定和抨击的传统习俗，林语堂也能从中阐发出新意。中国女性缠小脚的习俗不仅曾使西方人惊讶，也是五四以来中国知识分子猛烈抨击的陋习，小说中作者借姚木兰的眼睛观察一个缠小脚的女人，她深深地被小脚女人行动间的风姿之美打动了，甚而遗憾自己不曾有获得这种美的机会，聪慧的姚木兰思想开明远甚于同代人，然而就连她也无法抗拒这种美的魔力，小脚女人的仪态美由此可见。林语堂的这种处理未必是辜鸿铭那种一味复古的顽固，当时整个西方世界强调缠小脚的习俗对女性心理和生理造成巨大残害，进而形成中国是一个人性人权缺乏的野蛮国度的印象，在这一背景下林语堂侧重从审美的角度来分析这一习俗，说明中国人并非追求残忍，只是美的魔力无法抗拒，在追求美的过程中有什么过度的行为也变得容易理解。林语堂和20 世纪初期华人移民英文小说家一样努力向西方读者解释中国的传统和生活，他比前代作家更进一步，这种解释不是仅仅停留在发掘人类生活共同点的层面，而是上升到人类对美的共同追求层次上，从物质世界上升到了精神层面，因而出现在他笔下的是文化的中国，诗意的中国。

　　林语堂的英文小说在那个时代的美国可以说是独具一格，同一时期美国还活跃着一批年轻的华裔作家。从刘裔昌（Pardee Lowe）、黄玉雪（Jade Snow Wong）登上美国文坛开始，很长的一段时间里华裔成为美国华族英文写作的主要力量，他们创作上的趋向代表了美国华族英文写作的一般特点。刘裔昌的《父与子》（*Father and Glorious Descendant*，1943）通过父子两代人的冲突来表现文化冲突的主题，虽然采取美国行为方式却依然坚守着中国传统的父亲与坚定地要同化于美国文化的儿子之间矛盾不断，最终以父亲接受儿子的异族婚姻、儿子在寿宴上回归自己的家庭位置作为和解。刘裔昌给了小说一个和解的结局，但这种和解是有限的让步，儿子只是在生活的压迫下（排华政策下华人不能在白人社会里找到打杂以外的工作）接纳了家庭优先于个人的观念，对于其他的中国传统他依旧排斥，因此小说在涉及中国传统和习俗的部分中都采取的是嘲讽的口吻或是否定的态度。小说里曾写到中国人喜庆时放鞭炮的习俗，但是因为鞭炮的巨大声响，喜庆的场面变成一场闹剧，白人邻居误以为是帮派火拼而招来警察；刘裔昌更详细地描绘父母为了滋补身体是如何吃掉一只重达 55 磅的野猫的，这种夸张得近乎失实的写法正体现了他对父母中国做法的不满和厌恶，正如他小说里所说："他（指父亲——笔者）的中国习惯和观念稀奇古怪、莫名其妙、令人羞耻！"一心要和美国同化的刘裔昌在涉及中国的描写中显然采取了他那个时代美国主流社会的立场和视角，中国传统和文化对他来说是一个无法理解而讨厌的"他者"。

　　黄玉雪生活的时间比刘裔昌要晚近二十年，正赶上美国社会的中国形象从低谷开始上升的时期，这意味着比起刘裔昌，黄玉雪的种族压力要小许多，同时也拥有更多的机会和可能。黄玉雪敏锐地发现美国主流社会对华裔背景的兴趣，这一背景成为她进入美国社会的契机，为她和美国人交流提供了话题，她选择将族裔背景与美国化结合起来的道路，迎合了当时社会对"模范少数族裔"的呼唤。《华女阿五》（*The Fifth Chinese Daughter*, 1950）就是为此而作的，正因为将族裔背景作为一种资源，一种独特之处，黄玉雪没有表现出刘裔昌那种与中国疏离的态度，她用了许多篇幅描写华人家庭内部的生活，这些生活细节能为美国人的中国想象提供具体而详细的画面。她也写两代人之间的冲突，只是这冲突发生在父亲和女儿之间，然而无论女儿进入美国主流社会并实现个体自我价值的态度有多么坚定，在心理上她依然期待父亲的肯定和认同，她了解自己的决定有多么正确，同时时刻为了父母的不能理解和原谅感受到深刻的痛苦，就这一点而言，她并没有真正偏离中国传统孝道的要求，始终认可父母的权威。中国传统的孝道是西方世界最难以理解的内容之一，宗教改革之后西方文化就将人的个体推到了至高无上的位置上，个体为自己负责，因而个体不容侵犯；中国文化则建立在家族文化基础之上，这一影响到五四以后也没有消除，家族为个体提供庇护和帮助，相应地也要求个体将自己奉献给家族。在此文化中产生的"孝文化"要求子女对长辈要顺从，要时刻为了长辈和家庭放弃自我的权利；对于接受美国教育而成长起来的华裔，他们认为这一要求剥夺了他们立身处世的基础，于是奋起反抗。许多华裔的小说都以两代人冲突作为主题，而冲突的显著表现就是中国的"孝文化"带来的伤害以及引发的激烈抗争，华裔主人公到了最后才挣脱孝道的束缚。小说中黄玉雪通过努力获得社会认可，社会给予的荣耀则让父母原谅了她，她满足了孝文化里要为家族增光的要求，此前违背父母命令的行为就有了合理的解释，她还是中国传统所要求的"好孩子"。

《华女阿五》里关于中国文化的叙事还有一个值得注意的地方，黄玉雪用了许多篇幅描写家里的食物烹饪，突出了中国菜烹制过程中与美国不同的细节，有的地方还写上了如芙蓉蛋、咕咾肉等流行中餐的食谱。这些内容是当时美国人感兴趣的中国内容，作者写作时的迎合用意十分明显，同时无意中使得中国形象被这些烹饪和菜谱取代，中国被物质化了。而将中国物质化是一种东方主义的诡计，作为西方世界的"他者"，东方——中国必须表现出负面的价值和品质，才能够帮助西方确立自己的形象，然而任何民族的文化都是生动而丰富的，西方世界只能通过赋予它们凝固的含义来把握和驾驭它们，将文化物质化显然是很合适的一种手段，用具体的物质意象代表文化中不同的内容，意象的物质确定性取消了文化含义的复杂和发展的可能，文化被简单地固定下来；将这些物质意象反复使用，令它们的含义确定并传播开，物质意象演变为稳定的符号系统，参与到人们的日常生活构成中，反过来又使物质意象的含义得到加强，人们逐渐忘怀了物质意象含义是自己创造和赋予的这一事实，反而将物质意象与其含义之间的关联看作一种天然的联系，是一种知识。例如时至今日华人女性在西方世界印象中仍旧同"神秘而性感的尤物"画上等号，作为欲望对象的"尤物"就是活生生的华人女性的物质意象，这一观念影响深远，以至于在反种族主义、反对东方主义的今天，西方世界的普通人们还是不能摆脱这一印象。同样，在黄玉雪的时代里，白人主流社会对于华人的态度虽然有所缓和与改善，但他们愿意认可的是华人身上不会对他们的种族优越感带来威胁的东西，所有"中国式"的东西里，有什么比菜肴更具有异国情调足以为生活增加调剂同时又不会产生威胁感的呢?!因而那个时期的"中国热情"大多集中在关注中国菜肴和烹饪艺术方面。黄玉雪的中国叙事抓住了那个时代主流社会的需求，同时也使得她通过中国叙事表达的对中国传统和文化的认同不那么彻底，也不那么纯粹完全，与林语堂这样来自中国的移民作家比较，黄玉雪英文小说的中国叙事是站在"美国华裔"而非"中国"的立场上进行的。

无论是刘裔昌还是黄玉雪，或是雷庭招（Louis Chu），他们的小说在涉及中国文化和传统的时候，叙事的重心没有放在那些日常生活习俗中，而是着眼于他们在华人家庭中感受到的中国传统，构成这些传统的并非古典的精英文化，而是家庭日常仪式的含义和父母具体的要求。造成这个特点的主要原因，是这些华裔缺乏直接的中国生活经验，对他们而言华人父母就是中国的一切，20 世纪七八十年代以前，美国主流社会对华人群体抨击最为激烈的就是他们的"不可同化"，因为"不可同化"华人被剥夺了美国公民的权利，华裔生长于美国，他们的个人前途完全寄望于这个国家，在这样的时代背景下华裔不顾一切地追求同化的实现。在与美国同化的道路上，父母对中国传统的坚守以及家庭中的"中国式"的要求成为他们最大的障碍，为了克服这个障碍，在文学中他们表现出对中国传统的疏离。即使在《华女阿五》这种似乎以族裔身份为自豪的作品里，疏离依然存在，作为个个人奋斗成功的典型、主流社会认可的"模范少数族裔"，黄玉雪的父母以及她的华人家庭同贫穷、种族歧视一样，是她冒险途中需要战胜的对象，是压迫的来源，黄玉雪面对父母和家庭所取得的胜利，也是面对中国传统的胜利。

20 世纪 60 年代末，在世界范围内的民族解放运动和美国国内的黑人民权运动的影响与鼓舞下，亚美运动也发展起来，对美国华裔的文学创作产生深远的影响。1974 年，美国华裔陈耀光和赵健秀主编的文学选集《唉咦!》（*Aiiieeeee*!：*An Anthology of Asian American Writers*）出版，这部亚美文学选集被看作是亚美文学的"里程碑"，有的美国学者甚至将选集的前言与导论称作亚美文学和文化的独立宣言①。在该书前言中赵健秀等人将亚美文学的定义作了细致的划分和要求，真正的亚美文学不仅应由那些出生在美国或是幼年起就生活在美国的华裔来创作，这些作品中还应该表现"亚美感性"，以区别于其他来到美国的亚洲人的创作，做出这样区分的原因是："华裔美国人和日裔美国人在地理上、文化上、历史上与中国和日本隔绝，分别已经有四代人和七代人的距离。他们已经演化出新的文化和感性，既与中国或日本有显著不同，也明显有别于白人的美国。"（《唉咦!》）

对"亚美感性"的论述是美籍亚裔运动的一种策略，通过拉开与父辈的母国文化以及美国白人主流文化的距离，美籍亚裔试图建立自己的独立形象，由此出发争取族裔权利和地位。华美运动是亚美运动的构成部分，其主张自然与之保持一致，从亚美运动的立场出发，赵健秀等人也论述了美籍华裔在文学、文化创造上表现"华美感性"的重要性，并以此为标准衡量一直以来的华美文学。论争的焦点之一是究竟何为"华美感性"，从资料来看，陈耀光的解释最为清晰："抛开一切中国的东西，抛开一切白人的东西，扯平了，剩下的就是华美。"② 他把华美同中国和美国都剥离开，值得注意的是陈耀光对概念的阐述是以否定的形式完成的，其中并没有真正的肯定性内容。实际上，要说明华美的文化内涵，离开中国或美国背景都几乎是不可能的，它们之间有千丝万缕的关联，正因如此，很长时间里虽然赵健秀等人努力说明"华美感性"是什么，但这些说明多数停留在感性的描述层面，而不是理性的简要概括。

从华裔作家对"华美感性"的解释中可以看出，他们决定在文化

---

① 见赵文书《和声与变奏——华美文学文化取向的历史嬗变》，南开大学出版社 2009 年版，第 105 页。

② 同上。

上同时对中国文化和美国文化开战，从而创立自己独立的族裔文化。然而这个理论在落实到实践中时表现出了它的局限性，华美可以对中国文化宣战，毕竟这一文化在遥远的距离之外，但在他们对美国文化宣战时不得不有所选择，他们可以反对种族主义文化，却不能反对提倡自由、平等、独立的美国核心价值观，因为他们的族裔运动就是建立在这一价值观之上的，他们努力的目标就是要成为美国社会中平等的一员。这一情形反映到这个时期的华美文学中，我们可以发现，作家除了激烈抨击种族主义外，文化战斗的矛头主要对准了中国文化，英文小说的中国叙事出现了新的特征。

为了表明美国华裔同中国分离的决心，这个阶段的英文小说对代表了中国的文化、习俗乃至移民都抱以嘲讽和否定的态度。作家们通过父子冲突来表现对中国传统的厌弃，故事中父亲作为第一代移民对中国怀有特别热烈的忠诚，并强迫孩子继承这种态度，而作为华裔的孩子激烈反抗。赵健秀（Frank Chin）的短篇小说《牺牲》（*Food for All His Dead*，1962）就讲述了一个这样的故事，约翰尼的父亲得了重病，却坚持要参加唐人街的双十节庆典并发表讲话，他在庆典上再次劝说儿子不要离开唐人街，要儿子帮助唐人，约翰尼拒绝了："爸，或者我不是唐人，或者我不过是一个中国的意外。"并宣称"大部分我不喜欢的人都是中国人。他们连笑都带口音！"他的决绝态度成为压垮父亲的最后一根稻草，庆典之夜还没有过去，他的父亲已经濒临死亡，父母将他赶出家门。小说不仅让约翰尼开口拒绝了自己的中国血缘身份，并通过他的视角使充满了中国人的唐人街显出一种令人厌恶的面貌。小说开始伴随着庆典的喇叭广播声的，就是约翰尼支撑着正在浴室里咯血的父亲的景象，宣布节日开始的广播声听在约翰尼的耳中就是"近乎呼喝"，令人不快，因为节日聚集到一起的人群则"煞似一堆油滑滑的东西和臭虫在水面浮动"，华人老妇"好像一群白脸的大甲虫"。在这些描绘中作家选择的意象和词语明确地表达了他的倾向：唐人街的一切都是令人不快的。唐人街作为海外华人的"飞地"，很长时间里承担了保存中华传统的职责，是中国文化在海外的代表，对唐人街的彻底否定正代表了对中国文化的拒绝。约翰尼拒绝中国文化的态度之坚决，与刘裔昌小说《父与子》中的儿子如出一辙，但是刘裔昌笔下的人物最后还是回到了家中，与父亲达成谅解，约翰尼付出的代价却要惨痛得多。他是爱父亲的，拒绝成为中国人是他的个人选择，本应得到尊重，却因为父亲的死亡紧随着他的拒绝而来，二者间如此紧密地相连使他不得不背负沉重的负罪感，即使这个错误实在不该算在他的头上。这也是小说标题"Food for All His Dead"的含义，在唐人街压抑的文化氛围中，老一辈的死亡也能成为一种压迫性的力量，破坏年轻一代的人生。显然在拒绝中国文化的道路上，这个时候的赵健秀等人要比刘裔昌走得更远。

另一位作家陈耀光（Jeffery Paul Chan）则是通过夫妻关系来表现中国文化的残忍。《在海法的中国人》（*The Chinese in Haifa*）里华裔比尔·王与自己来自唐人街的妻子婚姻失败，他的妻子带着唐人街的习气，坚持要让孩子们学习中文、继承中国传统，离婚后妻子将比尔同孩子们隔绝开，不惜送孩子去香港，并将比尔家里的东西搜刮一空，连个喝水的杯子也没留下。比尔与有着同样民族血缘的妻子不能沟通，却能够和犹太邻居成为好友。犹太邻居的和善体贴同华人妻子及其一家的贪婪粗鲁形成鲜明对比，小说中唯一直接提到中国的地方是比尔反问自己怎么被妻子及其一家弄成了窝囊废，是"恐怖的中国式刑罚？灌水？或是把他前额的脑神经切除了？"字里行间充斥着前现代的暴力和恐怖。这样的文字不会帮助中国给西方读者留下好印象，而这种暴力的语言正适于表达比尔对中国的疏离和不认同。陈耀光的另一篇小说《夏姨的弥留之际》（*Auntie Tsia Lays Dying*）中一辈子生活在唐人街并也将死在唐人街的夏姨全身散发着"深藏已久的东西所发出的甜腻腻的霉味"，这个小脚老太太的死亡预示着唐人街也将走向死亡，年轻的华裔若不想窒息只有离开一途。

华裔希望通过对中国文化及传统的否定来表明立场，将自己同顽固地要继续"做中国人"的移民区别开。然而他们忽略了文化传承的影响并非只有教育这一途径，实际上从他们出生于华人家庭的那一天起就不可能把中国文化完全排除在自己的生活之外，幼年跟随父母履行的每一个中国仪式在他们的心理上留下烙印，在继承了父母的血

缘的同时，他们也接纳了父母所属民族的集体无意识。更何况要确立
自我形象，仅仅依靠"我不是……"的表述远远不够，缺乏具体内
涵的"我是华美"不足以唤起白人主流社会对他们的正视。华裔们
很快意识到过多地认同于中国固然会给他们进入美国主流社会的努力
带来阻碍，完全抛弃自身的中国成分却只能使自己变得面目模糊、无
法辨识。美国黑人等少数族裔在文化上的成就给了他们灵感，意识到
曾经被他们深深排斥的中国文化可以成为建设族裔文化的资源。新的
亚美文学选集《大唉咦！》（*The Big Aiiieeeee！：An Anthology of Chinese
American and Japanese American Literature*，1991）出版时就表现出美国
华裔文化态度上的这种转变，赵健秀等人不再一味拒绝中国传统，在
申明华裔同现实中国之间的距离时，他们又强调这一距离并不同时存
在于华裔和中国文化传统之间，《唉咦！》中华裔努力划清同中国传
统文化的界限，而《大唉咦！》中他们开始讨论华裔笔下的中国传统
是否"正宗"以及怎样才能传递真正的中国文化。

　　1991 年的《大唉咦！》是美国华裔文化态度变化的正式理论宣
告，在创作实践中这一变化发生的时间要早得多。1976 年女作家
汤亭亭（Maxine Hong Kingston）引起轰动的作品《女勇士》（*The
Woman Warrior*）中就出现了中国文化元素，并在作品中占据了主要
地位。

　　汤亭亭与赵健秀曾就"真假华裔作家"发生过论争，这一论争被
形象地比喻为"关公大战木兰"，他们分歧的焦点集中在如何表现中
国文化以及如何塑造华裔女性/男性的形象问题上。赵健秀批评汤亭
亭的作品加强了美国社会已有的关于中国的刻板印象，并为之提供新
的想象题材，是一种背叛族裔、与主流社会同流合污的行为。这一批
评立场有鲜明的社会意识形态特征，实际上赵健秀也是一个积极的社
会活动家，他将为族裔利益奋斗作为自己的使命，并强调文学在这一
斗争中应当承担的责任和发挥的作用。比较而言，汤亭亭不止一次强
调作家创作的自由，对于她来说写作首先是一种创造，作家应该保有
创造的自主权利。各自立场的差异带来观念的大相径庭，但在赵健秀
对于表现"真的"中国文化的强调和阐述中可以看出，他们都承认

并十分看重一点，即中国传统文化可以也应当成为美国华裔文学创作、文化创造的重要资源。

小说《女勇士》最引人注目的特点是对古典诗歌《木兰辞》的创造性借用。第二章"白虎山学道"给读者讲述了一个美国华裔版本的花木兰的故事：少女花木兰在从军之前一直在白虎山跟随师父求仙学道，15年时光中只能通过魔镜一般的水葫芦看到家人、慰藉思念之情。外族入侵时没有长兄的她接受了使命的召唤，下山从军保卫家园，其间遇见了青梅竹马的恋人，在战斗间隙她也完成了结婚、怀孕、生子等人生各阶段。《木兰辞》中花木兰从军是出于孝道，而非自己的人生道路选择。木兰的父亲虽然年老，传统的"忠诚文化"要求他在君主有命时必须应召出征，木兰对于君主没有忠诚的意识，作为女儿她忠诚的对象是父亲，即她的责任在于遵循孝道，因此在战争胜利之后她选择了回归田园，她做出了英雄的事迹却没有成为英雄的自觉，成为英雄也不是她的理想，战争结束后要继续履行孝道，她就应该回到父母的身边。古典的花木兰是一个孝顺的榜样，作为女性她缺乏实现个体价值的主动性，也缺乏自觉的性别意识。而在白虎山学道的美国花木兰不同，她历尽艰苦的学习就是要成为一个有本事的人，这实际上是实现自我价值必走的第一步；外族入侵时师父们要求愤怒的她必须等到学成之后才能下山，免得人们"失去一位保护神"，她对这一说法的接受正说明她认识到并接受了自己的英雄身份，作为一个英雄必须有博大的胸怀包容所有需要她的人，因此她结束了对自己丈夫和弟弟的担心，而开始"想起那些将被打死的人，我的心就流血；想到那些将来到这世上的人，我的心也在流血"。白虎山上充满现代气息的木兰形象是对《木兰辞》的一种颠覆，她不再是只会孝顺父母的女儿，而成为民族英雄，带领人们反抗皇帝的暴政，把公平和正义带到各地，她同最不平凡的男子一样做着伟大的事，却始终没有失去自身性别的特征和命运。

汤亭亭不仅对中国传统文化进行借用和改写，她还有意把一些传统故事张冠李戴。小说里的木兰在出征前被父母带到祠堂，在这里她的后背刺上了铭记仇恨的字，刺字的目的不仅仅要她自己记住这些仇恨，还包括万一她死了以后她的身体依然可以继续把仇恨传递下去。汤亭亭将中国家喻户晓的"岳母刺字"的故事张冠李戴地穿插到木兰的身上，这是一种混合的手法，目的不在于向读者介绍所谓"正宗"的中国文化，而是赋予木兰这个人物以新的含义，木兰成为为族裔报仇雪恨、保护族裔的英雄，这才是作者想推介给读者的全新的华裔女性形象。无论是混合还是改写，汤亭亭的小说灵感直接来源于中国传统文化是毋庸置疑的，她的处理方式说明，和老一代华人移民相比，中国传统文化与世界上其他的文化一样都是后来者创作的源泉和资料，她没有老一代人那种将中国文化视为祖先遗物的诚惶诚恐心态；作为一个出生并成长在美国的华裔，她在情感上首先确认的是自己的美国人身份，华人文化是族裔身份的一个构成部分而非全部，那种严格的民族情感（必须完全忠实于民族文化的原貌并将之传续下去）对她不构成限制；较之来自遥远中国大陆的文化，美国华人的文化对她更为重要，中国文化只是帮助她理解移民父母以及解释自身族裔起源时必用的凭借之物。她是站在美国华裔而非"中国人"的立场上写作的，只要能与美国主流社会互相沟通，改写中国文化不是什么问题。汤亭亭与赵健秀在许多问题上存在明显分歧，但站在美国华裔立场上写作中国文化这一认知却是相同的，20 世纪 80 年代以后大部分美国华裔也接纳了这一点。

20 世纪 90 年代以后一些新移民作家也参与了美国英文小说的创作，其中最广为人知的作家当属哈金（Ha Jin）。哈金的小说用大量的篇幅描绘了 1949 年至"文化大革命"前后的中国社会，从自己的角度讲述这一段历史才是他写作的真正目标，小说中也有涉及中国传统和习俗的描写，如他的短篇小说集《小镇奇人奇事》是以一个边远小镇为背景的。在 20 世纪的六七十年代，这样的边远小镇比较封闭，人们还保存了许多传统的习俗，正因如此《葬礼风云》中的丁亮才会因母亲的丧事陷入进退两难的境地，作为一个国家干部若违背了上级的政策无异于自断前程，作为一个儿子将母亲火葬则触犯了当地的习俗，光是舆论压力就能够压垮他的小家庭。事情最后戏剧性地得到解决，然而古老习俗在当代依然具有的强大力量给读者留下深刻印象。总的来说，哈金小说中多数中国传统的叙事都是作为小说的背景或情节推动力出现的，他无意于特别向读者解释这些传统和习俗，他的叙事语言令人觉得这些内容读者本来就不陌生，即使他的英文小说主要面向的还是英语读者。

哈金另一部著名小说《等待》里描写了一个乡下小脚女人同解放军军医的婚姻故事，作家对于小脚女人的设定和描绘曾引起许多论者的批评，认为其中表现了哈金对于东方主义的某种迎合态度，并且是对当代中国形象的一种扭曲。哈金的设定或许将个别当作普遍现象而夸大了，然而在涉及对中国社会传统习俗的描写时他多数作品基本采取的是写实的手法，而不是华裔英文小说的改写或混合。

作为创作英文小说而获得盛名的华人移民作家，哈金有一个著名的前辈林语堂，比较两人的中国文化叙事可以发现，哈金的语言平实而简洁，他只是讲述有这么一个习俗存在着，影响并塑造了人们的生活。既没有林语堂小说中大量的解释，也没有将习俗与文化含义、审美价值相联系的努力。这种处理方式可造成这么一种印象，即所写到的文化和习俗同其他地方的文化习俗——包括西方世界的文化习俗——一样，是人类生活诸多形式中的一种，它们之间没有高/低或进步/落后的等级差别，这种对待所写内容理所当然的态度阻断了猎奇者的窥视目光，或许表达了作家这么一种认知：需要批判的不是来自哪里的某种文化，而是所有文化中表现了人性堕落或缺陷的那些部分。

三　中国文化和文化中国

华文小说中出现的中国文化及传统习俗的描写并不算少，这实际上是作家们潜意识的一种外在显露。华文小说作者有在中国长期生活的经验，对中国文化传统十分熟悉，能熟练地运用华文进行文学写作，对他们来说，自己是"中国人"的观念根深蒂固。虽然他们来到异国他乡，甚至加入美国国籍，但这只意味着生存环境的改变，国籍与民族身份的分离不会给他们造成困扰。在他们心目中，国籍是外在的个人选择，民族身份却是与血缘一样天然延续的。这一心态不仅早期自称"华侨"的老一代移民有，在 80 年代以来的新移民作家心里，国籍与民族身份分离的情况同样不会造成他们的困惑，这一点与美籍华裔有显著差异。

作为华人，在文学写作中涉及中国文化及传统习俗几乎是自然而然的事情，因为作家们早期习得的文化已然成为他们文学创作的前语境，亦是他们的写作资源（在对美国生活尚未熟悉、未能融入当地生活之时国内经验对文学创作的意义更为重要）。身为华人在文学写作中会自然地关注与自己一样的华人群体，描写华人则离不开和中国有关的叙事，这是作家笔下此类人物存在的根本。华文小说表现中国文化或传统习俗时有着自己的独特之处：一方面作家的经历使得他们作为该文化之内的人，写作时往往采用自己人的视角，主要是从文化内部来审视和评判所写的对象，由于太过熟悉的关系，他们也容易和这一文化有着同样的标准，存在同样的盲区；此外，作家们在充分而准确地了解中国文化方面有着足够的自信，叙述时易于采取一种权威的姿态，表明自己对中国文化的传述是正确的说明；最后还需注意一点，即作为文化内部的人，大多数华文小说家对中国文化有着深切的感情，叙述中往往不经意间流露出文化自豪感，尤其是在涉及已有定论的中国古典文化之时。

华文小说中塑造的大多是华人形象，一是作者对于自己族群内部的人总是比较了解熟悉，二是华文小说的诉求对象显然是华文阅读者，其中绝大多数是华人，描绘读者熟悉的形象才能引起足够的阅读兴趣。华文小说将中国文化作为故事的背景和结构组成，让人物活动于其间、经历自己的命运，小说里表现的主要是人物与环境的冲突，而非异质文化间的冲突，而英文小说里许多主人公都是华裔，他们在美国环境下成长，对于中国文化的熟知程度还不及美国文化，当他们进入到中国文化的氛围中时，感受到的文化不适感恰如他们遭遇到异质文化之时。

华文小说研究中思乡主题特别引人注目，很长时间里占据了华文小说主题的重要位置，这一情况的形成与早期华人的境况心态有极大关系。早期的华人移民多是迫于生计或出于求知目的远走海外的，无论在异乡的土地上生活了多久，传统观念——尤其是民族心态中对于土地家园的眷念对他们依旧有直接影响，现实中他们或许已经明白了归国无望，但在心理上却依旧抱持着落叶归根的想法，出于这种心态他们自称"华侨"。美国近代以来有过漫长的排华时期，艰难的处境更令华人移民感受到"人离乡贱"的痛苦。当故国的形象通过文学得以再现时，思乡之情也得到了慰藉，故国文字重现了那些熟悉的场景和习俗，所唤起的回忆因为距离故国关山遥远而显得弥足珍贵。这些文化内容同时又是属于族群内部共享而外人不能了解的，在作者和读者之间唤起了心有戚戚的情感体验，在这个传播—接受的过程中，族群的向心力得到加强，从而能够团结起来抵御外部环境的压迫。

　　台湾、香港留学生小说中对思乡主题也有出色的表现，然而在现代政治与历史的影响下，这些小说中的思乡主题与早期华人移民的写作相比较在源头上就已经被割裂了，留学生作家的思乡是双重的。1949 年后台湾香港与大陆失去了联系，台湾留学生作家大多是台湾"外省人"，他们的祖籍在大陆，且有大陆的生活记忆，这种分离使得他们看不到重返祖先故土的希望，台湾在 50 年代实行严厉的舆论和文化管制，割断了现代五四传统在台湾的延续，令这些留学生感到传统的不完整，因而他们的思乡首先是对大陆家园的思念。另一方面，留学生作家来到西方世界求学，目的不仅仅在于知识的获取，尤其是台湾留学生，他们对于岛内的政治专制、经济贫困十分不满，寄望于西方世界尤其是美国的自由民主理念能够成为他们的精神资源，改变岛内现状，然而美国社会的现实让他们失望了，自由民主平等的旗帜下不仅种族主义大行其道，极端个人主义的观念和物质至上的社会风气都是他们无法接受的，异国漂泊的孤独感使得他们对台湾的感情爱恨交加、十分复杂，构成又一重的思乡情绪。他们在小说中回望台湾，回顾起源于大陆的中国古典文化传统，这种反复讲述是在进行精神上的返乡之旅，为漂泊者建构一个栖身的精神家园，以对抗他们不能接受的物质文化带来的巨大冲击。

　　留学生小说的中国叙事偏重于对文化表现的另一个原因在于异质文化冲击带来的震撼感。他们深受传统中国文化影响，在心理和思维模式上更倾向于东方世界。20 世纪以来西方世界凭借武力建立起自身在世界上的中心地位，第三世界在频频遭遇失败后，无论内心里对西方文化的观感为何，都把西方作为一个标准，努力向西方世界靠拢也成为奋斗的目标和方向。然而西方与东方之间不仅在文化上存在根本差异，西方在世界上的中心地位给它们的文化带来了话语霸权，不论有意无意，这一霸权必然形成压迫性的姿态，第三世界的知识分子在进入西方文化之时就能感受到其将不同民族文化等级化的强势做法，以及随之而来的压迫感，对于第三世界知识分子来说这是难以接受的，作为一种反作用力，他们在心里会产生抗拒感，排斥西方文化。另外，西方的现代文明早在 20 世纪初便已显露弊端，招致其文化内部一些有识之士的批判，到了 20 世纪中后期，这些弊端带来的问题越发明显，加之这一时期后现代主义思潮开始兴起，其颠覆传统、质疑权威的做法本就易于引起青年的共鸣，留学生作家因此在面对西方文化时带上了审视和批判的目光，不再像大多数现代时期的前辈那样只是单纯的向往和服膺。然而他们所来的地方——第三世界相对贫弱的状况又使他们的文化批判缺乏足够的底气和自信，而中国古典文化在历史上曾有很长时间占据着领先的位置并被世界所认可，他们只有返回过去才能确立和西方一样强大优越的文化身份。当他们转向中国古典文化时发现，西方内部对于现代文明的批评屡屡和中国传统文化中的一些价值观不谋而合，如以自然为参照批判现代都市文化对人的异化，提倡人们回归自然、重建与自然的和谐关系；或是通过赞美人与人之间的情感关爱、唤起群体意识来对抗现代社会中人与人之间的冷漠疏离；等等。重述中国文化能够加强留学生作家们的文化自信，并对他们留学之前已经成型的价值观念构成保护，进而确保个体意识的完整性。最后我们还应注意到，留学生小说在表现不同的文化冲突时，大多采取了以中国文化为标准的态度，他们写作中表现出来的某些矛盾恰反映了在面对现代化时他们特有的踟蹰心态。

　　华文小说中描述的中国，侧重的是再现中国文化，这种反复讲述可以抚慰游子的思乡之情，可以为在陌生环境里狼奔豕突的知识分子提供文化和精神上的凭借。而英文小说中的中国叙事，则是倾向于将中国形象文化化，出现在作家笔下的是一个文化中国。

英文小说中文化中国的主要形态有两种，一种是林语堂小说中将中国诗意化的做法。林语堂的小说用了大量篇幅介绍中国传统文化，包括各种习俗和古典文学，他笔下的主要人物已经不仅仅是典型环境中的典型形象，更是作者文化理想的载体和象征意象。如《京华烟云》中的姚木兰，她的文化性格体现了林语堂对于中国在现代化情境下文化选择的思考，姚木兰精通中国传统文化，不足十岁就能阅读甲骨文，其聪慧明敏就是长辈们也赞叹不已，面对现代西方文明她没有一味排斥，而是认真研习其中合理进步的东西，然而在骨子里她依然坚守了中国传统的处世原则，不但为自己赢得了内心的宁静，也给周围的人带来勇气和希望。姚木兰开明而不媚外盲从，古典而不僵化封闭，她身上体现的正是林语堂对于现代中国文化的某种期待和设想。小说侧重文化描述、文化解释，甚至从文化角度塑造人物形象的做法都使得其中的中国形象具有文化化的特点，"中国"这一概念不再仅仅是一个地理空间中的民族国家，同时也成为审美领域中的审美对象。

林语堂选择文化角度来塑造中国形象、从而打破西方世界里的刻板印象，他采取这一策略的原因之一在于，林语堂生活的现代时期的中国战乱频仍，山河破碎，虽然开始了现代化进程，许多地方却依旧停留在前现代的状态下，在当时人们普遍接受的现代标准衡量下，这样的中国难以引发人们的尊重之心。而在文学叙事中突出中国形象的文化含义，可以用灿烂的古代文化取代现实中混乱黑暗的中国社会，唤起世界的尊敬和同情。然而古典时代的文化中蕴含的价值标准许多都与现代要求不相符，甚至是被现代文明所排斥和反对的。在这种情况下，作家只有站在纯审美的角度发掘古代文化的价值，从无功利审美的立场对其价值给予肯定。原因之二则同林语堂的写作意图有关。林语堂自觉地将自己的文学创作作为沟通东西方的桥梁，想要沟通异质文化，他就必须面对不同民族之间文化心理和思维模式的差异，这些差异中有一些是难以通约的，要克服这种障碍，作家只能借助于一些被认为具有普遍意义或普遍价值的观念。林语堂的写作背景是20

世纪四五十年代的美国社会，之前的几十年间美国一直在推行排华政策，与之对应的是通俗文化中形成了关于中国和华人的刻板形象，在这些表述中华人被描绘成"非人"，缺乏正常人类的情感和思维能力，如美国通俗文化中家喻户晓的傅满洲，狡猾残暴，自私而缺乏情感，等等。显然通过共同人性的诉求来沟通美国与中国文化的道路是行不通了，因为在通俗文化的描写中，华人首先是缺乏人性的族群。林语堂只能借助于美，美是人类共同的追求，而中国古代文化之美对于西方世界来说并不陌生，几个世纪前传教士和旅行家就已经对他们介绍过了，并成为西方世界的一种共识。林语堂的写作又一次唤起了这些记忆，拉近了彼此的距离。有了对于中国古老文化的良好印象，再去理解现代苦难中的中国人以及漂泊海外的华人就要容易得多。

英文小说塑造文化中国的另一种手法则是将中国转化为文化符号，对这些文化符号的阐释贴近美国社会现实，从而被美国大众接受，甚至成为美国文化的构成部分，有意识地采取这一策略的主要是华裔作家。华裔作家和移民作家同样感受到种族歧视带来的痛苦，然而具体处境却是不同的：华裔生于美国长于美国，心态上他们并不认为自己和美国白人有什么不同，华人移民在来美国之前有比较长的中国生活经验，从民族身份上来说他们始终认同的是中华民族，美国主流社会拒华、排华的做法若不是严重影响到生存，他们也不会太过敏感；华裔在美国接受的教育使得他们具有强烈的公民意识，正是这一意识让他们发现，他们失去了本应是与生俱来的公民基本权利，对于这个发现他们不满、愤怒，进而奋起抗争，个体的身份问题和政治意识形态问题紧密地羁绊在一起，并表现在他们的文学作品中，华人移民则将美国国籍仅仅看作单一的问题，国籍的变化不会给他们的民族身份造成混乱，坚守自己的华人民族身份不影响他们履行美国公民应尽的责任和义务，更不会给他们的心灵造成困惑和窘迫，他们也会争取族群应有的权利，但个体身份问题和政治意识形态问题是分开处理、分别看待的。

华裔作家的特殊处境使得他们必须面对一个问题：即使在心灵上他们自认是标准的美国人，然而种族的生理特征使得他们无法回避自身与白人的差异，种族区别对待的现实更是提醒他们并未真正被主流社会接受。怎样将种族特点变成一种立足社会的优势成为他们考虑的主要问题。早期华裔作家如黄玉雪明确宣称，她发现华人特点给了她进入美国社会打开交往局面的便利，她同白人一起谈论华人的生活习俗、华人的菜谱，她的华人特征很容易给陌生人提供打开交流局面的话题。出于这一经验，她无论在生活中还是在事业上都有意突出了自己的华人特点，在证明自身与美国主流保持一致的前提下表现一些华人的独特性，她的小说也是这么做的。当中国在她的笔下被分割成厨房里一份一份的菜谱时，中国就不再是一个完整的形象，它成了代表异国风情的一种文化符号，对中国的了解被简化为对中国菜谱的了解。20世纪60年代末的少数族裔运动中，新一代华裔作家对于黄玉雪等人的处理方式激烈抨击，认为这一做法实际上是和主流社会同流，强化了主流社会的中国刻板印象。受到美国黑人运动经验和黑人文学的启发，赵健秀等人开始用文学讲述中国文化，从中发掘构成美国华裔的文化之根。

　　赵健秀、汤亭亭等年轻华裔作家在小说中都表现出对中国传统故事的偏爱，中国的神话故事、民间传说、古典文学作品频繁出现在他们笔下，不论他们对于什么是中国文化的精髓、应如何表现中国文化等问题上有多大的分歧，在处理上都有一个共同点，就是赋予笔下的中国故事和中国人物以能够同美国华裔现实结合的特性，即使这一特性未必符合原型。赵健秀小说中一个重要意象就是关公，在中国传统文化中关公因为他的正直忠诚、英勇善战、严守儒家道德规范等受到人们的尊敬，古典小说《三国演义》也是这样塑造他的。赵健秀早期在唐人街听过关公的故事，在这些故事里关公被作为战神和文神的代表，赵健秀将这一说法移入自己的小说中，他笔下的华裔少年在自我认同的苦旅中多亏了关公形象的引导作用，才能从同化的泥淖中脱身而出。赵健秀借笔下人物之口指出，对于美国华裔而言，生活是战争，历史也是战争，生活与历史对于华裔群体缺一不可，只有像关公一样具有战斗意识，才能真正站稳脚跟、获得自己的权利。因此他在关公形象上强调了两点，一是战神，不单突出了关公的英勇善战，更重要的是他所具有的战斗的勇气和意识；二是文神，是传播和记载族裔文化的英雄。向关公学习的华裔少年不仅要勇于战斗，而且有传承族裔文化的自觉意识①，如此才是真正意义上的族裔英雄。强调关公形象的这两个特点，作家是有其现实针对性的，关公的战士形象对于美国主流社会刻画出来的懦弱阴柔的华人刻板形象是一个有力的反击，其次，以这样的关公作为榜样的华裔富有战斗性，更有利于族裔运动的胜利。

汤亭亭笔下闻名西方世界的花木兰，对于中国读者而言却是十分陌生的。《木兰辞》中那个因为孝道替父从军的木兰，到了汤亭亭的小说中变成了一个民族英雄，她不仅勇敢坚强，同时也有爱恨分明的情绪，她的战斗目标是推翻皇帝的统治，为自己和那些受到迫害的人们报仇雪恨，在她身上，那些独立、平等的观念显然符合现代文化的标准，而非来自古典时代的封建社会。汤亭亭改写《木兰辞》，目的就是要创造一个新的华人女性形象，以对抗来自华人社会的男权压迫以及美国白人主流社会的种族歧视，为此她有意忽略了人物原型的本来含义，而是结合自己的创作目的以及美国社会的现实问题，赋予其新的含义。如此一来，无论是关公还是花木兰，当他们出现在华裔作家笔下的时候，就不再是来自古老文化的典故，而是被赋予了新含义的意象，这些意象通过文学传播，其内涵稳定下来并广为人知，成为一种文化符号，其中并不包含这些意象原来的价值观念。

综上所述，美国华族的英文小说中，其中国文化叙事是将中国文化审美化符号化，构成作品的一个独特元素，吸引了西方读者的兴趣。而华文小说里，作家通过对中国文化的回顾和再现，慰藉思乡的情绪，或是给漂泊的灵魂一个精神憩息之地。前者对中国文化多有修饰改造甚至再创造之处，后者则基本保留了中国文化的本来面貌。

---

① 赵健秀等人说的族裔文化，与早期华人移民有所区别。早期华人移民在强调族裔文化传承时，指的是中国传统文化离开大陆后在海外的延续，赵健秀等人则是指美国华人移民文化应得到保留和延续。

第二节　历史再现与历史重塑

　　历史对于任何一个民族/族群来说都具有重要意义，它说明了我们的来源，是我们立足世界的根基所在。历史同时也提供了一个意义系统，使同一民族/族群的人们得以共享文化，并形成自我认同。文学作品创作的根本目的在于认识我们人类自身，文学中的历史叙事为这一认识提供了具体内容，并随着时代变迁而不断进行新的阐释。

　　美国华族小说中存在许多中国历史叙事，无论是华人移民还是土生华裔，中国历史都是他们自我身份建构不可缺失的部分，在对中国历史的关注中，华文小说与英文小说在关注的具体历史阶段上表现出共同的兴趣，他们多着力讲述 20 世纪以来至"文化大革命"前后的中国社会，形成了现代史叙事和"文化大革命"叙事两大类型。华文小说与英文小说相似的第二个方面表现在，它们对于当代（指经济转型成功之后）中国缺乏关注和表现，一直将目光凝聚在现代时期或"文化大革命"时期（有时也包括新中国成立后"十七年"时期）。造成这一情况的原因在于美国华族作家缺少关于当代中国的直接感性认识，具体到移民作家和华裔作家间，情形又有差异：美国华裔的中国印象主要有几个来源，即移民前辈的讲述、文化知识的学习、同代移民的故事及留下的印象、大陆旅行时浮光掠影的印象，等等。其中移民前辈早已离开大陆，对于大陆状况的了解还停留在去国之时；和华裔同一时代的移民多数对中国大陆没有完整认知，且华裔与同一时代的华人移民之间接触并不十分紧密；至于文化知识，华裔主要接触的是西方世界关于中国的各种论述，这些都不能给他们提供完整而深入的中国认知，造成了他们笔下中国历史叙事的局限。华人移民作家有过直接的中国生活经验，但他们的感知也主要停留在离开中国的那个时期，主要是 80 年代，当时中国社会文化的变化还没有完成，自中国走上市场经济的道路后，城市化步伐逐步加快，工业文明的特征越来越突出，引发了许多复杂的社会现象和文化现象，这些都是海外移民作家难以把握的，正如南帆所说，他们对于当代中国"除了感性认识不深刻之外，更多的还是理性的理解不透彻"。当代中国成为美国华族小说中历史叙事共同的困惑。

华文小说和英文小说在诉求对象上存在根本差异，作家的写作目的也有很大不同，因而美国华族小说在上述共同点之外也有各自的侧重之处和不同的写作策略，我们可以分别从现代史叙事和"文化大革命"叙事两个方面来做一比较。

一　乡土中国与苦难故事：美国华族作家笔下的中国现代史

1919 年的五四运动拉开了中国现代化进程的帷幕，对于现代化的具体内涵虽然存在着不同的解释，但现代性追求却是 20 世纪中国的主旋律，塑造 20 世纪中国人的形象，离不开对这一段历史的叙述。

华人移民作家在生活中首先面对的不是个体身份认同的问题，而是个体生存的困境，这种困境的成因与种族歧视密切相关，但在个体经验中却表现为具体的人和事。此外，早期移民多为华工，文化教育程度不高，主流社会也没有给他们提供在洗衣、开餐馆之外的其他工作，他们始终在生存线上挣扎。这些都让他们只能把目光放在具体的事实上，早期移民作家的华文小说多数描写唐人街和华人在美国的生存状况，对于现代中国既没有余力多加关注，也缺乏足够的消息来源。

早期移民知识分子来到西方世界，怀抱着求知、求真理的理想，他们在美国虽然也有华文创作，但由于在内心深处他们抱持着学成归国、报效民族的信念，关注的焦点主要在国内而非美国，即使其中有些人注意到美国华工的悲惨处境，也是直接将这一现象与现代时期中国的国力落后联系起来，从中发出渴望祖国早日实现现代化的呼求，他们是为了凸显弱国子民的悲惨境遇而将目光投注在美国华工身上，这一类文学创作中最著名的莫过于闻一多的《洗衣歌》。移民知识分子的海外写作重点还是放在向国内介绍现代文化和现代思想，对于当时中国社会缺少客观的描述和观察。

现代历史叙事成为华文小说的突出现象，首先是在台港留学生作家的创作中。台湾、香港留学生因 1949 年前后离开中国内地，青年时代又游学欧美、感受到文化差异带来的震动与痛苦，在他们的心态上产生了双重漂泊感。他们思念祖先的故园——中国内地，又需要一个强而有力的文化对抗西方文化的话语霸权，中国成为他们的主要写作对象。因为政治原因，50年代至70年代的大陆是相对封闭的，极具神秘色彩，消息的匮乏使这些作家无从想象中国内地，他们所能叙述且与现代中国及他们自己关系密切的，便只有现代时期的中国。这一段历史对于他们而言具有特殊意义，现代中国的变迁最终使得他们随父母离开中国内地，离开熟悉的故园，梳理这段历史不仅是讲述父母一辈的命运，也是树立自身个体意识的必需。

出现在留学生作家笔下的中国现代史主要集中在几点上：国共战争以及最后国民党的溃逃、抗日战争。对抗日战争的描写勾画出现代中国多蹇的命运，在不断遭受到列强凌辱的系列遭遇中，日本的悍然侵华可以说是最大的危机，而抗日战争却使国人的民族意识空前强烈起来，也极大地凝聚起民族的向心力。留学生作家们来到美国后，不仅遭到主流文化的排斥，同时也看到华人群体内部的倾轧争斗，在这样的情形下，借助文学唤醒民族意识显然除了具有文化上的意义外，也有其现实的含义。此外，在这些历史叙事中也流露出作家心态上的某种困惑：同为华人的台港人和大陆人，他们共同经历过现代中国的血与火，本来应该是一家人，却在冷战期间的意识形态斗争中被强行分割为不同的群体，那么什么是民族？民族意识的内涵又是什么呢？

许多留学生作家在随父母离开大陆时已经有了记忆，对中国内地的生活也有相当的熟悉程度，而匆忙离开的仓皇更是给他们尚年幼的心灵留下不可磨灭的印象，其后在台湾的生活中，父母以及他们自身感受到的种种不如意，尤其是台湾作家因岛内意识形态压制而产生了文化窒息感，这些原因都促使他们回望中国内地，而离开中国内地前的那一场国内战争更是成为他们写作中的情意结，笔触时常要回到那个年代去，在表现人与命运的关系时也喜欢以那个时代为背景来展开故事。在他们心中，或许没有什么比那个年代更能体现人之命运的荒谬感，因为他们从自己及父母那里就已经见到了这种不可解甚至是无从分说的荒谬。《桑青与桃红》的故事是表现台港华人移民命运的代表作，女主人公的命运一语概之，就是漂泊，用作家聂华苓的话来说，是困与逃。而这个命运最初的成型就是在中国内地，在现代中国的土地上，女主人公逃出了家、逃出了北平、逃出了台湾，最后她再没有可以逃去的地方，只能在美国的公路上不停流浪，直到死亡。而造成她最初选择出逃的是那个封建意识依然有强大影响力的家庭，父母的重男轻女思想以及家中让人窒息的氛围，这实际上是现代中国的特点，虽然五四运动提倡个性解放，猛烈抨击封建思想，但在缺乏足够长的时间的前提下，社会运动虽然能带来改变，在具体的现实生活层面，旧的传统和观念却没有那么容易消退，在家庭生活中被保留下来不少，就如桑青父母重男轻女十分理直气壮。而在出逃的途中，纷飞的战火给少女带来的只有磨难和苦痛，她找不到可以停留的地方，她从一个空间逃到另一个空间，从理想逃到婚姻，始终不能安定下来。她的命运其实在中国内地的时候就已经注定了。

留学生作家在面对西方文化时，还感受到异质文化带来的巨大冲击，很长时间里他们有着文化不适应症，此时他们凭借的力量来自中国传统文化，而西方的现代文明所有的种种弊病是早就有人猛烈抨击的，留学生作家对西方文化的审视和批判最终也落实到同样的地方。按照现代工业文明的逻辑，现代时期的中国结束封建时代走上现代化进程，这是历史必然的进步，而这一进步是西方文明所带来的，它是古老中国的福音。照这样的逻辑，走向现代化的中国理应获得美好的局面，而作家们在描绘现代中国时，重现了时代的混乱和国家的灾难，便是对这一逻辑提出的质疑。这种质疑并非意图完全否定中国的现代化进程、想要躲进复古的白日梦里，而是针对着是西方世界拯救了中国这一神话。这个神话是 20 世纪西方现代话语所营造出来的。在《桑青与桃红》中，现代的武器打破了古老天坛的宁静，原来的井然有序此刻被混乱所取代。现代西方在给中国带来了科学技术、现代思想之外，同样也带来了战争、混乱和对古老文明的破坏。揭开西方现代话语所遮蔽的这一切，本身就是作家们对西方现代文化的一种批判性的姿态。

新移民作家在小说中对于中国现代史的叙事，往往有着很大的时间跨度，表现出某种整体表现 20 世纪中国现代史的追求，只是这种对历史的整体把握并非是试图展现历史必然规律的宏大叙事，而是想要写出时间流动中的变与不变。新移民作家小说里表现出来的历史观显然是受到了新历史主义的影响。

新历史主义是对于传统历史观的颠覆与解构，在传统历史观念里历史意味着真相，对历史的把握需要从社会发展规律的整体性出发，落实到文学历史叙事中，往往要求作家从历史必然规律的角度来表现社会人生，想要把握历史整体就应将叙事重心放在那些重大事件上，人的社会生活取代个人生活占据文学的主要地位。而新历史主义则打破了人可以把握历史的幻象，提出历史也是一种叙事的观点。当历史也是一种叙事行为时，里面必然包含了叙事人的视角和倾向，人们不得不对其真理性产生疑虑。从文学角度而言，在传统历史观的影响下，文学叙事涉及历史时追求的是符合历史真相，现在这个"真相"受到了质疑，文学家有了更加广阔的天地发挥自己的想象力，创作的思路得到扩展。新历史主义对小说创作的影响主要表现在对于历史个人话语的热衷，民间立场的历史表述等方面，这些也是新移民小说中常见的现象。

新历史主义既名为"新"，意味着存在着一个所谓的"旧"与之形成参照。同样的，在作家的创作中采用了新历史主义的观念，他们的写作行为也有一个参照系存在，这个参照系往往来自作家早期的文学经验和文学阅读，来自他们的文学背景。新移民作家经历过"文化大革命"，他们早期的文学经验与大陆"十七年"文学息息相关。那一时期中国文学的历史叙事，准确地说是一种体现了历史必然性和整体性、带有明显意识形态特征的"革命"叙事，在这种叙事中个体往往被整体所湮没，历史规律的整齐划一掩盖了日常生活的反复多变，这种叙事固然方便作家和读者把握历史脉络和轮廓，同样也有造成生动的日常悄悄流失的潜在弊端。"文化大革命"结束后的社会反思最终没有只停留在"文化大革命"十年，而是对于 1949 年后中国的状况展开反省和追问，"革命"叙事中包含的缺陷和盲区同样引起讨论和纠正，走过"文化大革命"并多少参与了新时期反思行为的新移民作家在尝试新的历史叙述手法时，下意识地就会将"革命"叙事作为创作的参照物。严歌苓的《第九个寡妇》中王葡萄对当下生活的执着，对革命启蒙话语的疏离；《刀口上的家族》（沈宁）从一个家庭的命运出发，不仅写了现代中国历史，同时也从新的角度对历史给出了自己的价值判断；刘索拉在《女贞汤》中更是以荒诞寓言的手法对"革命"叙事作了彻底的颠覆和反讽。

　　新移民作家历史叙事偏爱个人话语的另一个原因，同他们选择的文学主题有关。在新移民小说中，探索人性是一个重要的主题，对人性的挖掘往往立足于个体生命，现代中国是一个战乱频起、文化动荡的时期，人性往往在这样纷乱的时刻最难以掩饰，这使得他们笔下的中国现代史多以个体视角来展开。此外自 20 世纪 90 年代以来民间立场写作十分盛行，尤其是小说的历史叙事中多采用民间立场，中国内地当代小说中这一现象十分显著，新移民作家虽然在海外进行文学创作，他们选择的文学语言——华文决定了他们不可能忽视中国内地读者和文坛，因为世界上最大的华文读者群正在中国内地，新移民作家想在内地文坛获得一席之地，就必须关注内地文坛的动向并作出自己的回应，在民间立场写作上亦是如此。严歌苓小说中现代史叙事十分突出，她站在民间立场，试图从生民角度勾勒出现代中国历史和民间文化的风貌，这种勾勒表现出对当代中国内地传统主流性话语的颠覆与疏离。《小姨多鹤》写抗战胜利到"文化大革命"结束的中国社会，在描写日本侵华战争带来的破坏时，出人意料地采取日本平民的视角，作为战败国的普通百姓，多鹤和她的同胞们承受了战争引发的民族仇恨，刚刚成长为少女的多鹤被当作货物一样地按斤论两买卖，她作为人的基本尊严被彻底剥夺了，变成了生育的工具，对这一切待遇她没有反抗的可能，更失去了反抗的立场，归根到底，是日本军人的残暴让小环失去了生育能力。多鹤是一个活生生的人，有自己的情感和思想，但在他人的目光中，她属于"日本人"这个群体，当军队撤离之后，她作为"日本人"承担了战争带来的仇恨与后果。严歌苓的叙事视角让读者认识到，战争带来的苦难对平民而言，并不会因为国籍的差异而有所不同。多鹤最终在小环和张俭的将心比心的温情对待中认同了这个家庭，他们构成的家庭在形式上是畸形的，从内核上来说却是充满人性温情的，造成畸形家庭形式的是战争，温情的氛围却是每个人努力营造的结果。《第九个寡妇》中王葡萄的故事更是说明了在时代的混乱和苦难中，能够支撑人们活下去的并不是启蒙的精英话语或是现代科学技术，而是混沌却不失美好的人性，以及良莠混杂的民间伦理。

新移民小说的历史叙事打破了当代"革命"叙事中线索清晰、方向明确的现代史轮廓，从民间立场、个体视角出发，写出了那个时代的混乱、迷惘，乃至现代性的荒谬，刘索拉甚至在《女贞汤》中将这种荒谬具象化。由此，新移民作家试图恢复现代史中那些被宏大叙事所遮蔽的内容，树立起个体的"人"在历史中的主体地位，将人性探讨的问题放在历史这个更为宏大的背景中加以考察。另外，新移民作家对中国社会文化的认知受到他们出国时间的限制，他们在作品中写中国和中国的历史，根本的目的是表现和审视中国社会文化。然而他们中的多数人是在80年代离开的，当时中国社会文化还带有明显的农耕文化气质，这一家园记忆使他们将中国文化理解为一种乡土文化，当他们在思考中国如何进入现代进入世界的问题时，自然而然地把这个问题转化为乡土中国与现代的遭遇，要表现这个主题最典型的莫过于中国现代史里发生的情况。现代时期的中国虽然踏上了现代化道路，却因为列强的侵略、国内动荡等各种因素，远远谈不上现代化的实现，事实上，传统的农耕文化依旧占据了主导地位。正因如此，在关于现代中国的历史叙事中，乡土中国的形象被树立起来。

在英文小说中正面描写中国现代时期状况的首推林语堂，他的《京华风云》《风声鹤唳》向西方世界展现了现代中国的社会及文化心理的变迁，写出了当时中国两三代人的命运。抗日战争爆发时林语堂居住在国外，但作品中相关的部分都是立足于他回国几个月的见闻，有其真实性在当中。然而从作家自身的角度来说，作品中的这些内容与其说是回顾过去的历史叙事，莫若说是对"当下现实"的描绘来得准确，缺乏历史叙事所具有的回顾性视角，因此不能真正纳入英文小说历史叙事的研究之中。

　　英文小说里的中国现代史叙事主要还是出现在华裔作家的笔下。华裔作家没有经历过那个历史时期，但是他们的移民父母来到美国后，对于自己经历过的那些灾难和动乱心有余悸，多数人是在不甘的情绪中放弃了回国的希望，在思乡的痛苦和悲怆中，免不了对子女反复描述自己曾经历过的一切，华裔作家由此对中国现代史有了自己的印象。移民父母在战争中遭受了许多损失，尤其是心理上留下深重的创伤，甚至留下一些性格上的缺陷，引发了他们与华裔子女间的冲突和矛盾。谭恩美（Amy Tan）在《喜福会》（The Joy Luck Club，1989）中塑造的四个中国母亲就是如此，她们在现代中国吃尽苦头、身世凄凉，因此来到了美国后也不能放下各自的执念，并使得这些执念变成了女儿们的噩梦。子女们唯有借助着父母的讲述一点一点重现当时的情形，并自己逐一注释，才能理解父母，而理解父母责是他们接受华裔身份必须迈出的第一步。

　　因为文化差异的关系，华裔想要从文化心理上彻底了解他们的父母几乎是难以办到的，但是对苦难的同情却是人类共通的情感，他们从这一点出发，再回头看经历过苦难洗礼的父母时就没那么难以接受。于是在他们笔下中国社会那些为现代化所触及的地方充斥着各种战乱、逃亡，未为现代化触及的角落里却是被愚昧、野蛮所控制，这样的土地上人们都在遭受深重的苦难，由此形成了华裔小说现代中国史的苦难叙事。《支那崽》（China Boy，李建孙）中丁凯的母亲在战争中逃亡，为了在劫匪面前保护自己的女儿，大家闺秀的她做出了向劫匪飞掷砍刀的行动；《喜福会》里吴晶妹的母亲在战乱中不得不舍弃两个女儿，对于一个母亲而言亲手舍弃自己女儿的生命是一件多么残忍的事情；《接骨师之女》（The Bonesetter's Daughter，谭恩美）里露凌的丈夫死于日本人之手，她和慈善学校里的老师吃尽了苦头。如果说战争给人类带来的灾难是一样的，不论它发生在中国的土地上还是外国的土地上；那么在现代化未能照耀到的中国的角落里，给人们带来苦难的那些古老的习俗文化，对华裔来说却不是容易理解和把握的。正因如此，华裔小说的苦难叙事中发展出一个新的特点：幽灵叙事。当作家需要处理那些难以把握的古老文化内容时，他们最终不得不借助于幽灵的力量，以一种神秘而不可解的方式让故事进行下去。《接骨师之女》中神秘的"龙骨"和伴随而来的诅咒，《女勇士》则索性以"生活在群鬼间少女的回忆"（Memoirs of a Girlhood Among Ghosts）为副标题。幽灵叙事不仅可以将作者意识深处无法言说的东西以具体的形象显示出来并构成一种隐喻，同时也表现华裔作家与中国文化传统的尴尬关系：民族血缘使得中国传统及文化成为他们族裔背景必不可少的部分，对他们有一定的影响和制约作用；然而成长在西方文化环境中的他们却始终难以如中国人那样掌握这一文化的核心，在文学表现上始终无法彻底摆脱文化"外在者"的视角。同时，这种幽灵叙事在某种程度上又迎合了西方世界对于中国的刻板想象，与作家们希望借助于父母祖国的历史叙事来打破主流社会偏见的意图形成一种悖论。

二　反思与批判："文化大革命"叙事

60 年代是 20 世纪世界史上的一个特殊时期，在全球范围内爆发了反文化浪潮，尤其在美国，年轻人将对现有文化建制的不满外显为诸如偷窃、吸毒、性自由等行为。在这一场反文化运动中青年学生是主力之一，这一点从表面上看与同一时期在中国爆发的"文化大革命"十分相似。

1966 年"文化大革命"爆发，以红卫兵为主力的造反派先从"破四旧"入手，鉴于当时国外对中国的消息来源有限，运动之初的口号与行为被西方知识界的叛逆者理解为是反文化浪潮的中国表现，而且"破四旧"将反文化行为进行得更为彻底，他们拍手欢呼，奔走相告。在这种错误理解下，一些国外作家——包括港台作家在文学中留下了美化"文化大革命"的描写，西方知识界对中国大陆产生了向往之情，一些港台留学生作家本来就对中国大陆怀有原乡情结，更是意欲参与到他们认为是伟大历史事件的这一活动中。陈若曦将愿望贯彻实行，于 1966 年同丈夫回到大陆，至 1973 年才离开，她对在"文化大革命"期间的经历留下了深刻印象，在此后的写作中反复描写，表现"文化大革命"成为她小说的母题之一。

陈若曦"文化大革命"叙事的代表作是小说《尹县长》，作者采取第一人称的叙事方式，给这个故事增加了可信色彩。"我"在一次出差中来到兴安，见到了尹县长，第一次见面留下的印象是尹县长的温和谦虚，"真是中国由南到北典型的老干部模样"，第二次的谈话里则看到了尹县长的淳朴忠厚，以及极度的真诚，对于那个年代中国人来说至为重要的理论学习，他学不会就是学不会，不曾有丁点儿的掩饰虚夸，他的沮丧和迷惘也是真实的。这样的一个人却被当作军阀枪毙了，至死都在喊着"共产党万岁！毛主席万岁！"作家在描写尹县长的外貌时刻意突出他是一个典型的老干部，使得他的形象特征和命运具有了普遍意义。在小说中，陈若曦首先突出的是集体对于个人的挤压。这种挤压表现在集体性话语对于个人的压迫和否定中，无论是疲劳轰炸式的"谈心说服"，还是尹老头说的："批判算什么！不要说干部……连我这个小小老百姓，这几年来，在大会小会上，也不知被批判过多少回了"，都表明集体性话语对个人的压迫在"文化大革命"期间是极为常见的，以至于尹老头都习惯了，以至于身为知识分子的"我"在明知荒谬的情形下依然劝说尹老头向"谈心"的干部低头。其次，小说还充分表现了集体性活动对于个人生活的凌虐，充满暴力的批斗、公审是如此，大部分老百姓几乎是在什么都不明白的情况下就被卷入"运动"中亦是如此，尹县长对于"运动"完全不了解，当他看到小张臂膊上代表"革命"的红袖章时，他的眼神是诧异的，他苦恼着"这文化革命跟我有什么大关系"，然而就是这场运动要了他的命。

在尹县长的个人生活被集体活动挤压的过程中也表现出那个时代反理性、反逻辑的特点：尹县长虽然是国民党军人，但他阵前起义的做法使得两三个县没有牺牲就插上了红旗，按照国家政策他有功无过，到了红卫兵这里就完全罔顾事实，只抓着他参加过国民党军队的事，把他定性为反动军阀。在辩论时尚且还记得相关国家政策的人提出异议，小张等人不是就对方的观点进行反驳、解释国家政策，而是直接反问血债是否要血偿，双方语言间毫无逻辑联系，却成为给尹县长定罪的重要依据，这是一种反理性的做法。而"文化大革命"期间全民批判也是理性丧失的表现。参加运动并得到一定话语权的人经过洗脑一般的所谓帮助教育，已经失去了独立思考和判断能力，小张从开始的苦恼到后来一心要定尹县长的死罪之变化就是表现，其他参加运动的农民们只是跟从，即使本能让他们产生困惑，在缺乏话语权的情况下也不会发挥什么作用。在尹县长临刑前喊口号时，农民困惑地问他都喊"毛主席万岁"了为啥还要枪毙，红卫兵的回答则是："不要多管闲事！"从这一句话就能看出话语真正掌握在何人手里。

这篇小说还极力突出了"文化大革命"的荒谬，荒谬也是反理性带来的结果。尹县长对于刘少奇《论党》的挨批有疑问，"我"的解释是因为里面引用了孔孟的话，尹县长提到毛主席也引用过，我理所当然地回答："那当然不同，毛主席引用的嘛！""别人用就是别有用心，妄想复古！"评价正误的标准不是客观事实，而是"看人下菜"。更为荒谬的是尹县长极度的真诚却为他的毁灭带来重要的证据。在他的罪行中有一条是谎报成分，而他不是报低而是报高了，他不过是一个为了求生存 15 岁就当兵的人，在学习班学习后他觉得"把自己说得越坏越光荣"，甚至遗憾自己没有一个军阀或特务头子的父亲，他觉得成分报高了才可信——"哪个不都以为我们是地主恶霸出身的？"在他内心，"真实"显然有两种，一种是真有的事，一种是看上去可信、别人肯相信的事，他不觉得这二者有什么冲突，而且他优先选择的是以第二种为真。这种奇异的心态带有典型的时代特点，也加深了尹县长命运的悲剧性。

作为亲历"文化大革命"的知识分子，陈若曦对大陆当时的革命话语表现出特别的关注，小说反复提到作为基层干部的尹县长对马克思主义的困惑，他几次说自己学不会、看不懂，怀疑马克思主义"本来就不是给中国人看的"。马克思主义是现代革命启蒙性话语，是为无产阶级代言的，尹县长在参加过学习班后不仅没有学得现代理性，反而陷入混乱甚至以为丑化自己才是正确的事，为了追求别人的正确和可信，他可以罔顾事实本身。这一荒谬性情境正是极"左"思潮对马克思主义歪曲解释后的结果。小说写大陆"文化大革命"主要致力于对这一荒谬性的挖掘，海外传得沸沸扬扬的"文化大革命"

暴力和残酷性，作者并没有投注太多笔墨，得到尹县长和尹老头的死讯后，"我"不问原因，只在脑子里反复出现"一句平日诵熟的毛泽东的话：死人的事是经常发生的"，举重若轻之间反讽意味喷涌而出。

"文化大革命"很快就不再只限于对旧文化的批判，而演变为更加激烈的打、砸、抄家和造反夺权，消息传出后西方世界的声音顿时发生180度的大转变，从最初的叫好演变为严厉谴责。在当时的西方媒体宣传中，"文化大革命"面目主要有两个特点：一是"洗脑"后丧失个人意志如蓝蚂蚁（西方媒体这一比喻意在讽刺"文化大革命"期间单一的着装风格）一般的群氓，二是灭绝人性的暴虐行为。媒体的宣传描绘几乎是海外了解大陆情形的唯一通道，这些描写不仅令海外华族震惊，也刻入他们的内心构成另一种刻板印象，直到20世纪八九十年代，这些刻板印象的影响仍未完全消除。

美国社会在排华时期曾经塑造出关于中国人的刻板印象，在此类描绘中华人是麻木而缺乏人性的：他们要么怯懦愚昧，要么残暴不仁；即使在将华人作为"模范少数族裔"的正面形象而推出的时期，华人形象（如陈查理）也是恭顺而女性化的，明显缺乏西方文化所看重的个体意志。当海外华族能够借助文化力量发出自己的声音时，他们对这种刻板形象提出了抗议，并试图在文学中改变之。"文化大革命"时期西方世界对于当代中国人的想当然的丑化却得到许多华族作家的认可与接纳，这一情形的出现一方面和当时意识形态领域里的斗争依旧激烈有关，虽然麦卡锡主义在60年代遭受猛烈抨击，但冷战时期的意识形态对于人们的影响依然明显，人们在面对社会主义中国时往往难以保持客观或平和的态度，许多华族作家在这个时期对于社会主义中国并没有太多的亲近感；另一方面，当媒体提供一个新的"中国人"形象时，由于这个形象带有明显的时代特点，被从华人的整体中划分出来，着力突出1949年以后这一时间概念，对于冷战期间的海外华人来说这一划分符合他们的利益，当1949年后的"大陆人"与普遍意义上的华人概念分离后，他们能够在文学中证明自身并在某种程度上迎合主流文化以取得一定的认可。文学中丑化、歪曲"文化大革命"前后的内地中国人形象不仅延续的时间较长，而且构成了来自台港移民的偏见，他们拒不认同、接受大陆人是中华同胞，在彼此之间划出等级高低，在心理上形成优越感，内地移民与台港移民群体之间也因此产生了许多矛盾。

在中国内地 70 年代逐渐"解冻"、主要是新移民来到海外后，台港作家开始在小说中描写新移民的形象，如陈若曦、聂华苓等。他们也写一些有追求、上进、肯奋斗的新移民，但比较起来，那些冷漠、自私、追逐物质利益的形象更占多数。陈若曦的《突围》中上海姑娘姚莉以结婚为事业，武汉大学教师路晓云为了在 6 个月内结婚费尽心机，她们的结婚是留在美国、获得物质利益的手段，而与感情无关，所以认识男朋友是"逮着"一个人，能够记下男友姑妈的喜好却无法回答爱或不爱男友。於梨华在《寻》中这样形容内地新移民：

　　　　眼前坐的，是个胸有成竹、算盘打得比你还精、看见过乌云、经历过狂风暴雨、对彩虹和晚霞都视而不见、见而无感的"文革"特产的女性。她要的是安全感、稳扎的经济，父母小妹较好的物质生活，现代化的舒适的家，一个对她崇拜而又有能力给她以上这些的丈夫。（《寻》）

在这段描写中新移民女性是沉稳得令人害怕的、充满算计与心机、只追求物质而缺乏诗意情感和审美能力、能够毫不犹豫地把婚姻作为交易的人，作家通过叙述者"我"拒绝到这位女性的家中做客来表达自己的不认同。文中将这位内地女性之所以如此庸俗逐利的原因归于"文化大革命"的影响，这种说法表面上看似乎公平，实际上暗示了读者经历过"文化大革命"的内地人已经变成了庸众，将"文化大革命"与庸俗逐利直接联系起来，从而拒绝了描绘新移民形象中其他方面甚至是优秀之处的可能性。此外，台港海外作家在描写新移民时的偏颇之处还表现在，同样是在西方世界里寻求生存，来自台港的女性即使也以婚姻为目的，但她们还会为爱情的有无及多少而苦恼，在新移民女性这里则完全不在意爱情，她们甚至用物质取代了爱情需求。而作家们给台港移民女性安排的结局、对台港移民女性的评价都要好于新移民女性。

　　新移民作家也注意到了存在于台港移民与新移民之间的这些矛盾，严歌苓的小说《栗色头发》《大陆妹》等对之作了表现，《栗色头发》里新移民女主人公给人帮佣，在香港移民家庭与白人家庭之间最终选择了后者，白人家庭虽然会让她感到种族区别对待的痛苦，来自同胞香港人的压迫和情感伤害更令她难过；《大陆妹》中到美国投亲的大陆妹，在台湾亲戚家里处于半仆半亲的地位，她被当作"带菌者"，当这家人的小孩儿在幼儿园染上虱子时，大陆妹被拖到浴室做粗暴的检查，似乎只有她才会造成这样的传染。小说中使用的"大陆妹"这一词语是台湾媒体所创造的，有着丰富的经济等级和文化歧视的内涵："'大陆'两字暗指经济落后，因此追求金钱利益，而'妹'字暗示追求金钱的方式是透过女色与青春……'大陆妹'两大主要意符是金钱与女色——她对金钱的欲望使得她轻易地成为性欲对象，也使得剥削她的人在道德面上振振有词（'是她自己要的'）。"[1] 造成这种歧视的原因与国外对于"文化大革命"前后中国形象的一味丑化密切相关。

　　"文化大革命"结束后，新时期文学的第一个潮流就是"伤痕"文学，作家们以"过来人"身份立场，对"文化大革命"进行揭露和批判，"伤痕"文学在创作和接受上的盛况与国人的心态密切相关，中国人在"文化大革命"的十年中先是困惑，到了后期不满情绪日益明显，1976 年清明节的"天安门事件"是这一情绪的总爆发。此外，"文化大革命"后中央政府对之进行定性，是"十年浩劫""十年动乱"，"伤痕"文学亦是响应主流意识形态而产生的，主流意识形态话语对文学语言起了直接引导的作用，文学中对"文化大革命"的批判最终落实到对"四人帮"的控诉上。其后很快出现的反思文学将"文化大革命"写作带到了新的层面，反思文学作家们不

---

[1]　Shih Shu-mei，"Gender and a New Geopolitics of Desire：The Seduction of Mainland Women in Taiwan and Hong Kong media"，转引自李亚萍《20 世纪中后期美国华文文学的主题比较研究》，博士学位论文，暨南大学，2004 年，第 76 页。

仅反思"文化大革命"也反思推行极"左"路线的十七年，不仅批判了"文化大革命"暴行，更思考在暴行之下的人性，挖掘"文化大革命"得以发生的文化根源，批判民族劣根性。新移民作家出国前国内文坛这一关于"文化大革命"叙事的基调必然对他们后来的写作产生影响。在美国华文小说和英文小说的"文化大革命"叙事中有一个共同之处，即都存在着"伤痕"文学式的控诉与揭露，对"文化大革命"抱有整体否定的态度，突出"文化大革命"的暴力与专制特征。然而也存在极大的差异，比较而言，新移民小说中所具有的反思性恰恰是多数英文小说所缺乏的，同时，比较于内地文坛主流话语多数从历史发展必然规律及现代理性立场出发来展开"文化大革命"反思的做法，新移民作家主要从个体、人性、民族文化心理出发来展开反思，他们舍弃了宏大叙事的整体性，却紧紧抓住了活生生的"人"。

严歌苓在小说《穗子物语》中别出心裁地以一个小女孩的视角来展现"文化大革命"，作为亲历者的穗子和其他"文化大革命"亲历者不同的地方就在于，她在"文化大革命"开始时还是个孩子，她的思想和感情皆处于懵懂状态，因而也是最纯粹、最真实的。在《角儿朱依锦》里她只有八岁，对于世界、道德、理性等的认识还是混沌一片，她无法在心里作有效的判断和分析，同时这个年纪的孩子对外界充满好奇，因此她会把围观李叔叔跳楼当作一种热闹；成人的世界对她也缺少防备，她可以看到、听到许多事，因为不能作理性的分析，她只能听从内心的本能来区分和选择自己的所见所闻。正是这种本能让她在周围成年人道貌岸然、义正词严的背后看到丑陋，而在别人眼里"又呆又蠢又斗鸡眼"的小门房韦志远却是她心里最英俊的人，因为这个小门房安静、温和、善良而真诚，看不出穗子爸爸的敷衍而诚心请教并帮忙运煤，他在知道所崇拜的朱依锦因自杀未遂、在医院里无助地受尽凌辱后，亲手帮助她从屈辱苦难中解脱出来。同样是被朱依锦的光环所吸引，周围人的崇拜有着显然的趋炎附势，因此乐于在朱依锦落难时落井下石，韦志远则是真正地为她的美所打动，为她的艺术之美所征服。小女孩混沌的直觉本能剥去人们外部的伪装，直指人性最深也是最根本的所在。同样是这种本能，让她在听到护士将朱依锦称作"一棵大白菜"而非垂危病人时，敏锐地捕捉到时代将人变作物的特征，再去看朱依锦时，想到的不再是她活生生的美丽与魅力，而是凝固的白蝴蝶标本，同样是物化的意象，充满诗意悲怆的白蝴蝶取代了庸俗无奇的大白菜，委婉地表明了小女孩对护士话语的否定和自己内心做出的价值判断。

《穗子物语》是个人的"文化大革命"故事，其观照的主要是人性。一方面，女孩独有的儿童心理特征同成人世界构成对照，折射出成人群体人性深处的污秽与丑恶；另一方面构成小说的12个小故事时间跨度较大，写到了"文化大革命"结束、女孩长成少女，幼年的热心于抗争被沉默和旁观取代，穗子心态的变化恰说明环境之恶，不仅压迫改造了人，而且只有变成这样的人才能够适应这样的环境、生存下来。小说对于"文化大革命"造成人性戕害的揭示达到一定深度。而穗子的变化又不仅仅只是环境造成的，它符合一定情境下人心人性发展的规律。根据弗洛伊德的人格理论，我们人格中的自我遵循"现实原则"，压抑个体顺应外部社会的规则要求以谋生存，冷漠在"文化大革命"期间的中国社会便是现实原则之一。奋起反抗的英雄不是没有，但终究是极少数，绝大部分人——包括穗子，他们必须接受现实原则的束缚，这是人性的悲哀所在。

严歌苓的《马在吼》则表现了"十七年"及"文革"期间集体人格对个人人格的取代，女子放马班里的成员沈红霞，她的母亲在一次舞会后再没有回来，母女相见只是为了向沈红霞传达一个见不到的人对她的要求，这个人安排决定她的生活，而她的亲生父母则让出了这个权利。沈红霞所坚持的所认可的一切都来自这个见不到的人，她总是询问自己能否让这个人感到满意，而她自己的感觉、思考则不见踪迹，她以时代的标准为自己的标准。小说不仅从个体人格消失的角度表现了"文化大革命"的非理性特点，同时也写到"文化大革命"对于自然环境的破坏。对这一点更加详细的描写则是在《陆犯焉识》中。这篇小说的开头令人联想起苏联作家艾赫马托夫著名小说《断头台》的开头：大草原上的马、黄羊、狼群曾经都是自由的，直到有一天汽车来了，随着汽车来的还有人，随着人来的还有枪，"那以后，汽车没完没了地载来背枪的人群。尤其是没完没了地载来手脚戴镣、穿黑色衣服的人群"，"成千上万叫做囚犯的生灵把千古未变的草漠掀翻"，马群羊群鸟群则"拖儿带女地滚滚向西逃奔，呼啸着：人来了！"几段文字写出了自然环境在人的介入下被破坏的过程，"十七年"乃至"文化大革命"期间，中国人把"靠山吃山，靠水吃水"的古训发挥得淋漓尽致，加之物质匮乏的状况，对自然的破坏十分严重。以往的华文小说在"文化大革命"叙事中关注的是人性和人类的暴力行为，在生态意识日渐普及的今天，严歌苓的"文化大革命"叙事增加了生态视角，成为一个新的倾向。

英文小说中的"文化大革命"叙事主要存在于新移民作家创作的作品中，华裔虽然也在作品中对之有所涉及，但对于华裔而言真正的现实在美国而非中国，中国是他们父母的故乡、是族裔遥远的根，但中国现状与他们的生活并不发生直接关系。70年代末以后出国的新移民中有一些人本身就是"文化大革命"的受害者，出国以后一方面对于在国内遭受的苦难久久不能释怀，另一方面出国后他们必须要先解决谋生立足的问题，于是有人选择向西方世界讲述他们的"文化大革命"故事。亲历者身份是一个很好的宣传点，西方对于刚刚结束的"文化大革命"也充满了兴趣，作家的英文小说往往带来很高的销售数量。在这些英文小说中，控诉、谴责成为"文化大革命"叙事的总基调，其矛头不仅指向"四人帮"，也对1949年后在中国内地被称为"无产阶级"的群体表示了不满，同时缺乏华文小说中的反思深度。

郑念的小说《生死在上海》（*Life and Death in Shanghai*）出版于1987年，在此类作品中是较为出色的。这部自传体小说讲述了"文化大革命"开始的时候作者被抓进监狱，受尽折磨，唯一的女儿梅萍被迫害致死的悲凉故事。作者行文夹叙夹议，不时发表自己的猜测、批评以及对形势的看法分析，作为一个失去女儿的悲痛母亲，这部小说的基调是充满控诉和愤怒的，然而小说的"文化大革命"叙事另一特点也十分突出，即作者——叙述者在面对大部分中共干部、内地百姓乃至中国社会时所具有的优越感，这种优越感使她的控诉并非哭天抢地的悲鸣，而是带着自上而下的高傲和反讽。小说一开始她为读者再现了上海家里的书房：吊扇、乾隆花瓶、鲜花、中英文书籍、沙发和织锦缎的垫子，她写到，这个书房（包括这个家）"是够舒适的。当城市被无产阶级的现实主义改造时，为保持继续享受高雅的情趣，我便精心安置自己的家，使其成为我和女儿生活中的避风港"。用高雅的情趣和群氓庸俗的现实主义形成对比，语言中的价值判断显而易见。她在评论干部时说"党的下级官员往往用这种傲慢无礼的态度来掩饰自己的自卑感"，参加批斗会后回家"品味起我高明的厨师为我准备的可口饭菜"。这些描述中的优越感来自她自认是接受过现代教育的知识分子精英，来自她是壳牌石油公司的高级职员，她的西方文化素养和西方生活习惯赋予了她灾难降临时的平静，即便在监狱中也没有失去，而现代理性则让她在受难的过程中还能享受发现对手愚昧和混乱的乐趣。"我"在"文化大革命"中表现出来的坚毅、生命的韧性和始终没有丧失的理性固然令人尊敬，然而这种众人皆醉我独醒的高傲姿态却难以引发中国读者的共鸣，作者完全站在西方立场上来描写"文化大革命"，其标准是典型的西方化的，当她将中国与西方对比时，就难免出现盲区，其批评也失于偏颇，在她批判"文化大革命"期间的革命话语霸权时，却犯了以西方话语霸权取而代之的错误。

　　20世纪90年代新移民作家哈金以其英文创作在美国颇享盛名，他的长篇小说《等待》（*Waiting*，1999）写的就是"文化大革命"时期的故事。军医孔林无法摆脱包办婚姻给他的小脚女人，他与护士吴曼娜相爱，却因为一次一次离婚失败，他们等待了近20年，不仅年华老去，爱情也变了味。孔林的故事从60年代开始，写到80年代，虽然时间上跨越"文化大革命"前后，作者的写作重心却主要放在对孔林和吴曼娜的心理挖掘上，侧重表现失去自我意识的孔林被外界牵着鼻子走的状态，他或是恐惧于外界的压力而违心顺从，或是出于逆反心态而一意孤行，这样做的结果是他自己都不知道自己在追求什么，曾经的目标在追求到手后变得寡然无趣，他忍不住又要回到曾经努力摆脱的前妻身边。即如他的爱情和婚姻，离婚在近20年时光里是他唯一的目标，历尽千辛万苦终于实现后，在与吴曼娜组成的家庭里他却感到疲惫、漠然，有漱玉母女的家反而让他向往。造成孔林自我主体意识丧失的主要原因，是"文化大革命"乃至"十七年"间中国社会文化和社会心理对个体的压迫，但在孔林身上，哈金的追问已经不限于当代中国人，而是力图表现普遍人性和人心。他的短篇小说集《小镇奇人异事》也是写"文化大革命"故事的，以一个小镇为背景来展现"文化大革命"期间人情百态，这部小说集里的作品具有鲜明的反讽特点，尤其是在小说标题的选择上。小说情节富于戏剧性，即便是看着不起眼的事件，如小孩在街头的"打仗"游戏，其演变过程也是跌宕起伏的，在时代特定的逻辑（有时候是奇异的乡土文化逻辑）推动下，故事的走向往往出人意料，无论是结局的惨烈程度还是美满程度。《复活》讲了一个乡间的偷情故事，其标题令人联想起列夫·托尔斯泰的同名小说，巧合的是托尔斯泰的小说讲述的也是一个贵族引诱少女堕落的故事。不同在于，哈金作品中的主人公只是一个淳朴而有些愚昧的农民，和他通奸的小姨子也不是什么纯洁少女，结局更是惨烈之极，主人公用自我阉割的方式为错误付出代价，他的"复活"不是聂赫留朵夫式的精神升华，而仅仅是妻子的原谅和不必被村干部惩罚。小说对于名著这种似是而非的仿写充满反讽的意味，同时又有着人性的悲悯。而促使主人公做出这样举动的原因与那个时代密切相关，在"十七年"及"文化大革命"期间，农村的各种权力掌握在村干部的手中，社会流行话语充满了禁欲色彩，个人的私生活不仅与自己有关，更与政治生活和政治选择挂钩，相应的私生活错误招致的惩罚十分严重，在这样的时代逻辑下主人公只有采取极端措施来证明自己确实悔过，才能逃脱惩罚的威胁。虽然这部小说集带有明显的时代印痕，"文化大革命"特征十分鲜明，西方世界却并不看重它的"文化大革命"叙事，中文版封底附录的西方书评中强调的是作品"抓住了中国生活的特质"，看这些小说可以具体形象地看到中国"这个最陌生的国度的'与众不同'"（《波士顿环球报》）①，从这些措辞可以看出，西方读者更愿意将这些故事当作"中

---

① ［美］哈金：《小镇奇人异事》，王瑞芸译，江苏文艺出版社 2013 年版。

国知识"来了解。因为作者在小说中同时也写了乡土和人性，人物悲剧的动因是几种力量共同作用的结果，那些人物平凡而朴素，为了生存苦苦挣扎，从不追问自己所不懂的，而以内心自以为正确的解释来寻找生存下去的缝隙，这样的人和这样的故事展现的已不是单纯的愚昧，更有人类生命特有的光辉。与华文小说"文化大革命"叙事中的反思相比较，哈金反思的立足点更倾向于人类群体，华文作家们则无法偏离民族写作的立场。

美国华族小说中都存在大量的历史叙事，然而华文小说与英文小说又各有特点。华文小说的历史叙事侧重对历史的重述，作家们一方面以此表达对于已有历史叙事——尤其是1949年以后长期占主流地位的革命历史叙事——的不满，试图还原那些被遮蔽的历史真相，或是拓展已有历史叙事的深度；另一方面在这些叙事中作家对自身、民族进行重新审视，因为他们在拥有了海外生活的经历之后，对于文化差异、边缘/中心关系、话语权力运作及知识生产等问题有了直接体验，在获得了新的眼光后他们回望熟悉的历史，惊觉历史真相除了国内那些被讲述的状况外尚有其他可能性，他们将自己的新想法诉诸语言，努力挖掘那些被忽略被遮蔽的内容。这种做法说明华文小说的作者虽然人在异国，却依旧努力参与当代中国的历史重建工作，和国内作者的不同在于他们因跨文化经验而给这一历史重述提供了新视角和新阐释。他们的写作始终面向的是以大陆为代表的华人读者群体。

英文小说的历史叙事则注重对历史的重新塑造，英文小说的作者大多是华裔，对于他们而言万里之外的中国只是族裔背景，不能直接影响他们的现实生活。反而美国本土对华人移民历史的有意压抑和刻意湮没，淡化了他们在美国社会本应获得的影响，剥夺了他们的记忆，对这些历史的再发掘，能让族裔群体从无声变为有声，让那些被刻意篡改忽略的历史从不存在变为存在。美国社会从19世纪末开始就出现排华浪潮，华人形象在他们的文学和宣传中也以负面形象为代表，华裔虽然生长在美国，却因为黄皮肤而忍受各种歧视，他们迫切需要向主流社会争取族裔权利、树立族裔正面形象，可以借用的资源除去中国传统文化之外，更为直接有效的是证明他们的父母对美国做出了巨大的贡献，因此在小说中他们借助历史文献和家庭内部、唐人街社会流传下来的早期华人移民故事，用文字再现父辈当年的艰苦和奉献，从而表明自身对美国社会具有正当的权利。有别于华文小说作家侧重将历史叙事放置在中国大陆的做法，他们的历史叙事主要是以美国为背景的，是美国历史的一部分，华裔之外也有部分华人移民写作英文小说，在这些作家的笔下，历史的关注点还是在中国，与华文作家的差别在于，这些写作英文小说的移民作家受到文学语言的影响，当他们采取英文创作时就意味着他们选择的受众主要是英语国家的读者，在写作立场上，他们即使没有放弃自己的民族国家立场，也必须考虑到西方读者的接受程度以及西方文化宣传造成的固定印象，适当地迎合西方的中国想象是必要的写作策略和生存策略。而那些具有普遍意义的人性探索、现代性反思等主题则是他们选择的叙事出发点，借由这些具有普遍价值意义的概念帮助西方人理解中国历史及其进程。

第二章

也是"他者"：美国叙事

他者理论在后殖民话语中十分著名，当我们使用"他者""他者化"等概念时，总是强调是西方世界将东方他者化了，并据此提出反驳、进行反抗。在这样置西方于主动、东方于被动的表述中，我们忽略了一个事实：将他者理论单纯地解释为西方霸权下的产物时，正说明在我们潜意识中认可了西方中心主义，我们的思考是从这一立场出发的。虽然在西方依然牢牢占据霸权地位的今天，谈论西方对东方的他者化是一个必要而有效地策略：它可以粉碎西方的知识神话，帮助我们重新审视和塑造自身形象，并从西方世界内部入手瓦解其取得话语霸权的重要武器；然而矛盾的是，采取这一策略却是以认可肯定西方中心地位为前提，这一点恰与旨在消解西方中心主义的后殖民话语相矛盾。在对于西方世界他者化东方的反复描摹及指责的过程中，若没有后续有力的策略进一步摧毁西方霸权，后殖民主义的斗争显然无法收取更具实质性的成果，反而有因语言反复重述而加固西方中心地位的潜在危险。

正是从这个意义上我们提出，在美国华族小说叙事中出现的美国形象，对于华族作家及其主要读者而言，也是一种他者。而无论作家在意识层面对于美国社会文化的认同程度如何，他们笔下的美国叙事都带有相应的他者化痕迹。

本书使用的他者概念，是在如下意义上的：所谓他者，"是一个独立主体对另一个独立主体的客体化、意向性建构"①。在文学作品

---

① 祝远德：《他者的呼唤：康拉德小说他者建构研究》，人民出版社2007年版，第12页。

中塑造他者，不仅是将对象客体化，更是通过对象来建构主体，"按照（主体——笔者注）自我的主观意志、愿望和需要，将他者建构成自我的对立面或者自我的补充"①。对于来自第三世界的华人移民，代表西方现代性的美国是毫无疑义的他者。在现代性成为全球共同追求的时代，第三世界国家在勾勒自身现代化前景时，以西方尤其是美国作为重要参照，其文学创作中描绘的美国形象亦不会脱离提供参照的作用，代表了第三世界国家对自身民族前景的期待与渴望。华人移民作家亦是如此。20 世纪初中国人正式踏上现代化追求道路，在文学作品中提供他者形象以作观照成为一种普遍现象，不论这种他者形象是以社会生活形态、异族人物形象还是文化的面目出现。和国内作家的差别在于，移民作家亲历了异国生活，他们的经验和体会是直接的，在内心深处也凭此而确立自己异国形象描写的权威性，他们迫不及待地要把这些体验认识介绍到国内；另一方面，移民作家写作必然受到他们出国时期国内主要思潮的影响，这些时代思潮决定了作家异国写作的侧重点和总体倾向：如在现代时期，国内追求现代化的思想背景之一，就是弱国子民在殖民暴力下的悲哀以及对封建时代愚昧遗产的痛恨，表现在这一时期移民书写中，凸显海外华人受到歧视压迫甚至无处立足成为共同倾向，这些表述背后则是渴望中国强大起来的心声，郁达夫小说《沉沦》的结尾是这一诉求所发出的最强音。其次，在美华人则经历过漫长的排华时期，期间社会主流话语对华人形象的种种扭曲和污蔑最终总是落实到近现代中国的落后状况，身为弱国子民的痛苦从未如此直接而强烈。对导致中国落后原因的追问最后回到现代化的问题上，在历史发展过程中封建社会必然会成为现代化的阻碍，中国的封建王朝存在时间极长，相应地对现代化的阻碍更强、造成民众愚昧的程度也愈深，美国形象作为这一时期中国自我形象的一种补充，它的社会富裕，科技文化昌明等都得到了强调和突出。

---

① 祝远德：《他者的呼唤：康拉德小说他者建构研究》，人民出版社 2007 年版，第 15 页。

当代中国在新时期又一次提出了追求现代化的口号，在反思"文化大革命"与"十七年"的思潮背景下，对于1949年发生在中国土地上的许多问题产生根源的追究，依然落实在民族劣根性及封建遗留等方面，加之作家们在"文化大革命"期间对于当时社会失序、文化荒芜、生活困窘的直接体验，这些都带来了新移民作家表现美国社会时的总体特点：以美国的富裕对应中国的贫困，以科技昌明对应教育落后，以现代意识——尤其是现代公民意识对应国人的小农意识。这样的描绘之下传递的是作家们关于中国未来蓝图的构思。新移民写作是一个依旧在发展变化的过程，其发展轨迹及特点会受到历史进程的影响，尤其是中国国家形象变化的影响。从20世纪80年代至今，后现代主义对现代性的批判如火如荼，现代性神话被打破，中国国力和国际影响力不断提升，这些都促使新移民作家在作品中开始更多地对美国采取审视批判目光，这类写作的思想资源之一显然来自后现代理论；二是作家选择和认可中国传统及文化，他们的写作始终立足于广义上的中国，故而他们笔下的美国叙事是一种对他者形象的塑造。

华裔与华人移民不同，他们生长于美国并主要接受美国社会主流教育，在文化情感上更容易认同于美国。本来在他们的意识中，父母的中国才是他者，然而在排华时期，整个美国社会对于华族展示出的敌意将他们推到中美的中间地带，他们为自身认同的美国主流社会拒绝，导致自我认知出现割裂；即使在对华政策趋于和缓甚至友好的时期，华裔们也因为种族血统、肤色等缘故被主流社会隐晦地排除在外，社会文化甚至把他们简化为一种文化猎奇和异国情调的符号，将美国作为自我形象，对于美国华裔来说是不可能实现的事情。为此，华裔在"我是美国人"的笼统概念下，不得不做进一步的区分，将美国同时看作是本族裔的他者。对这一他者形象的文学塑造，华裔作家在塑造意愿上有一个变化的过程：同化思想占据主流地位的早期，华裔将美国这一他者作为自我形象的正面补充，力求证明自身美国化的彻底程度；民权运动兴起的时期，为了保证族裔独立性的树立和确认，华裔将美国形象放置到自身族裔形象的对立面，通过差异比较和对美国形象的否定，试图肯定性地建构起自我的形象；多元化时期，华裔在何为族裔特性的问题上有了更深入的认知和更为广阔的视野，美国不再仅是华裔的他者，亦成为他们身上所具有的"中国性"的他者，在双重比较中华裔试图表明"我就是我自身"，是美国性与中国性结合演化后产生的新主体，在文学创作上同时也表现为作家与人物在两种文化间游刃有余的从容姿态。

从他者形象建构的角度来看，美国华族小说的美国叙事主要集中于两个方面：对美国形象的塑造，以及唐人街叙事。

第一节　美国形象与美国梦

从心理学角度来说，树立他者形象是我们形成自我意识必须走出的一步，只有通过与他者的对照，我们才能明确自我的边界、认识自我的特征。同样在民族和国家的自我认知中，都存在着他者形象以供比较和参照，不仅西方世界将东方视为他者，在第三世界里又何尝不是将西方当作了他者。生活在美国的华族作为拥有第三世界背景的非白人群体，无论其是否具有跨文化写作的自觉意识，他们的创作实践活动本身就体现跨文化写作的特点，美国也会成为他们文化背景的对照物进入他们的文学写作中，构成他者影像。

美国华族小说中的美国形象主要由美国社会生活和在美华族的命运故事构成，写作中的共同之处在于，作者们都关注、揭露美国社会的种族歧视与压迫，也承认美国社会高度现代化的优势，同时写出了"美国梦"理想在光环掩盖之下所具有的某种虚无和幻灭。但华文小说与英文小说在切入叙事的角度选择、美国形象塑造的演变轨迹等方面依然存在较大的差异。

一　华文小说中的美国形象塑造

美国开始出现较大规模的华人移民群体是在 19 世纪后期，正是西方开始征服全球而中国国力极度衰弱的阶段，华人移民在进入美国社会后，不由自主地将两个国家进行对比，美国社会物质的丰裕、科技的发达、富足生活给民众带来的自信，等等，对华人移民都形成不小的刺激，他们以美国社会为标准去评判自己的祖国，并提出期待。这个过程中，华人移民评判祖国的衡量标准、批评的价值指向、批评领域的选择等都是以美国社会为参照后的结果，实际上美国成为他们促进中国现代化的他者。

　　早期华文小说中塑造的美国形象一方面表现出对于美国社会极度富裕的惊叹，另一方面对美国社会的其他做法——尤其是种族歧视行为抱以强烈的批评。由于早期移民多为华工，他们无论在国内国外，首要的任务都是艰难求生，在排华浪潮中他们的生存遭到威胁，有许多直接的痛苦经验，自然不会去过多关注那些与自身无缘的物质文明成就；华工受教育程度普遍不高，许多人在美国住了一辈子仍不能流利地使用英语交流，排华威胁又迫使他们聚居在唐人街内，以同胞间的守望相助抵御白人社会的威胁，因而他们对西方文化并不了解，文化差异带来的巨大不适应感流诸笔端，文学中美国社会及文化的形象多有负面特征。

　　早期华人移民中也有一些知识分子，他们中部分人留在美国，写作主要面向美国社会，以英语作为语言载体。另外一些知识分子作家虽然采用华文创作，他们的身份多是留学生，来到美国是为了向西方世界学习文化知识而后回国效力，他们的重心放在中国国内而非美国，写作也是面向中国社会的，写作的目的在于向中国社会和人民推广介绍新知识而不是描绘美国社会。因此他们的创作中很少出现对于美国形象的直接塑造。总体说来，早期华文小说对美国形象着意塑造的情况主要存在于唐人街华文写作当中，其形象特点是：充满敌意，傲慢，种族歧视蒙蔽了人的基本理性，同时作家从中国文化标准出发，批驳了美国文化中个人至上和自私蛮横的缺陷。美国梦是美国形象的伴生物，二者紧密相连，然而对于早期华人移民来说，他们拥有的与其说是美国梦，不如说是中国梦。原因之一首先在于美国社会没有为华人移民留下多大的生存空间，在生存都十分困难的情况下谈何理想及理想追求；其次，早期华人移民来自尚未推行现代化的中国，传统文化观念的影响十分深重，尤其是传统安土重迁的思想在早期华人移民心中根深蒂固，他们渴望着有一天能衣锦还乡或是叶落归根，归国梦想的指向是中国而非美国。

在港台留学生小说中，美国社会是一座五光十色的冷漠之城。留学生作家们受到现代主义影响，在现代社会丰富的物质生活之下，看到了人的异化并对之进行批判，构成他们笔下美国形象的负面现代性特点。《芝加哥之死》（白先勇）中，丰富的物质、五光十色的文化娱乐和吴汉魂无关，他被莎士比亚研究的书籍所包围。这些书籍既是代表了西方文化的经典，同时也是过时的、与现代无关的文化，吴汉魂沉浸在这一研究中可以表明在他内心深处对于残酷的现代有着逃避的潜意识，同时也可看作是西方现代对代表了东方的吴汉魂的一种拒绝。这种拒绝还可以通过吴汉魂的居处看出来，住在地下室的吴汉魂，外部世界是以一条条走动的人腿的意象出现在他的生活中，人腿是一个局部意象，代表了人但又不是人本身，人腿同时又是一个仰视的意象，腿的主人不会意识到来自地下室的目光，而地下室里的吴汉魂纵然采取了仰望的姿态，他也不会出现在他人的目光中，因而对于外部世界，他是不存在的，亦即，外部世界拒绝承认或正视他的存在。地下室的住处同时也暗示了他被遮蔽的状态，他只能隐藏于"地下"。吴汉魂的留学生涯中，他能够感受到的美国是由地下室、打工的中餐馆、各种书籍和学位代表的虚拟美国构成的，这些并非真正的美国；他唯一一次与美国产生实质性的接触却是让他感觉堕落的一夜情，而这唯一一次的接触停留在肉体—物质层面上，与精神—文化无关。我们知道，作为移民国家的美国一向标榜其宽大的胸怀能包容一切，世界上不可能的奇迹在美国都有实现的可能性和机会，而在美国过去的历史中欧洲白人移民证实了美国的这一自称。小说中吴汉魂的遭遇说明了，这种美国精神只普照在白人之上，有色人种却是无从享受的。

另外，台港留学生作家初到美国就感受到西方文化带来的巨大震撼，产生了文化不适应，而1949年后在西方世界中国的国家形象再次下降，作家们感受到外界环境的敌意，此时他们只能借助民族寻根来确立自己的民族身份和自我意识，在小说中则表现为用民族文化审视美国社会，发掘其缺陷、不足和谬误的写作现象。这一现象的形成同时也与作家们的漂泊心态有关,作家们自觉的游子意识让他们无法融入美国社会,被迫流浪的感觉、有家难回的悲苦,使他们在写出美国社会文化的种种"不是"时,潜在地肯定了中国传统的"是",慰藉了他们的思乡之情,同时也圆满了他们忠诚于民族的愿望。台港留学生小说所描写的美国形象显然具有第三世界文学的独特心态:向往于现代文化,因为祖国的弱小而不免自卑,在遭遇到西方霸权的傲慢时,以古老文化的姿态指责其缺失之处。这种批评固然有中肯和一针见血的地方,但一味突出西方负面形象并以古老文化作为凭借的做法,恰恰表明文化自信的薄弱,以及本国文化在面对西方时的弱势地位。在民族文化寻根和民族自我确立的需求下塑造美国形象,这样的写作中传递的依然是中国梦的理想而非美国梦。

20 世纪 80 年代以来新移民华文小说中在美国形象塑造方面出现了比较复杂的情况,并且美国形象随着新移民文学创作的发展也有一个发展变化的过程。

新移民作家在"文化大革命"后出国,对于中国他们本就有诸多不满,也早就向往西方世界,因此在小说中,美国社会呈现出美好的一面,作为中国的对照,前者是进步、民主、自由,后者则充满贫困、专制和束缚。查建英的小说《丛林下的冰河》通过一个女留学生的爱情生活和选择表现新移民面对异质文化的震惊以及无从抉择的困惑,但小说中作为美国文化象征的捷夫是开朗而单纯的,这也是对美国形象的一种描述,捷夫的形象特征说明造成悲剧的原因是"我"在文化夹缝中的无所适从,而非美国社会的敌意。

90 年代初大陆出版了一批新移民作家创作的小说,这些小说注重故事性、传奇性和纪实性,具有同样的特征,被一些研究者称为新移民的"通俗小说"。代表性的作品如曹桂林的《北京人在纽约》、周励的《曼哈顿的中国女人》等。在这类小说中美国的形象被美化到极点。造成这一现象的原因正如杨华所概括的,80 年代新移民在美国身上寄托了大量现代化的美好愿望,"人们普遍相信,身无分文的移民来到这里之后便能获得新生",因而美国作为"冒险家乐园"

的特征十分突出。① 在小说中，中国移民主人公只要来到美国，全盘接受美国文化，努力改变自己身上的"中国习气"就能有一番成就，与美国同化是成功的必要前提。而这些新移民所理解的美国文化实际上是美国中产阶级的文化，其中固然有好的一面，但同样存在着等级化、物质化等庸俗内容。在这些新移民写作中表现出一种文化误解，将美国中产阶级文化等同于美国经典文化，这一误解既说明这些作家对美国文化缺乏深入认知，也是作家自身文化自卑感作祟的结果。另外我们还应看到，对于这一时期的新移民作家来说，他们的民族自我形象完整性遭到了破坏，从 19 世纪以来，中国的民族自我一直处于挫败之中，1949 年新中国成立带来了民族自豪感，而"十七年"间不断的社会运动导致曾有所提高的社会生产力再次衰退，"文化大革命"造成社会生产处于无序状态，一直到新时期，中国社会物质匮乏，无论是科技文化还是国民生产都远远落后于世界，认识到这一事实对于新移民的民族自信心是极大的打击，他们的民族自我整体形象变得模糊，迫切需要借助其他力量进行再塑造。拉康曾指出，自我模糊的人"总是向外在的心像去寻求自己统一的整体形象和人格，并把它误认为自我，从而疯狂地争夺它的主人性"②，显然对于这些新移民作家，美国成为这一"外在的心像"，他们将美国当作了民族自我，而迫不及待地拉开与中国大陆的距离。

在这些新移民作家认同于美国文化时也受到美国文化的代表——美国梦的激励。美国是由移民建立起来的国家，当时为了表明它与欧洲诸国尤其是英国的区别，极力表现它具有强大的包容性，而所谓的美国梦，其内涵是指：在美国这片自由的土地上，每个人都可以成就自己。如何成就自己以及成就自己的什么，这些并无具体明确的解释，但在大多数人（尤其是欧洲移民）的理解中，要成就的是自我

---

① 杨华：《二十世纪美国华人文学中的中国形象》，博士学位论文，山东大学，2012 年。

② 马元龙：《雅克·拉康：语言维度中的精神分析》，东方出版社 2006 年版，第52 页。

的理想，追逐美国梦就是追逐理想、实现自我。然而在这些新移民作家的心目中，美国梦直接等同于中产阶级的社会地位和与之相符合的物质财富，这种物质化的解释符合这一时期初到美国并为之震撼的新移民心态，也是贫穷的第三世界国家移民所共有的感受。

随着新移民在美生活时间渐长，生存已不构成主要威胁，语言障碍消除了，对美国文化也有了相当了解，他们褪去了初来时的震惊，以更加客观的目光审视这个国度及其文化，至此，华文小说中的美国不再只是富裕美丽、文明发达的国度，它也有自己的丑陋、冷漠、狭隘和阴郁。这一时期新移民作家笔下的美国呈现出多种形态、各种面貌。

《红罗裙》（严歌苓）中的海云所生活的社区是典型的中产阶级社区，王先生的房子是这个社区中最昂贵的一幢，然而海云却没有人可交流，在丈夫、儿子出门后她便生活在寂静中，白人邻居们只会在远处张望她和房子，这是种族隔离的另一种表现形式，以疏离的姿态将非我族类排除在外。号称开明进步的中产阶级文化却死守着过往野蛮的种族主义，在今天的情境之下，这一讽刺撕开了美国主流文化文质彬彬的面纱。在所谓的文明背后，是深深的冷漠和僵化的思维。严歌苓另一篇小说《抢劫犯查理和我》将背景放在芝加哥，城市光鲜的外表背后，抢劫、盗窃频繁发生，"我"住的地方有"乞丐、垃圾、旧工厂残墙，以及在大雪天猝然敞开大衣、对我揭示原始雄性证明的男人们"，每一天"我"都过得心惊胆战，这是不安全的美国。

在邵丹的小说《幻象》里，利达陷入心理危机，她不知道自己要追求什么，美国是一个注重隐私的国度，过分强调隐私造成了人与人之间的疏离隔膜，亲密如未婚夫也无法体会她的痛苦，他们只能分手；专业的心理医生不认为幻觉是多么严重的问题，反而劝利达接受幻觉。在无边的沉默中，只有代表古老中国的白衣女人幻象陪伴着她的孤独，当她意识到白衣女人的中国含义并接受了她，心理危机也得到解除。然而利达最终的接受与心理医生所劝告的接受并不相同，心理医生的劝告是典型的美国风格，是漠然和旁观的态度，虽然利达在选择这位心理医生的时候首先看重的是医生的华裔身份，但利达渴望从具有同一民族血缘的人身上找到共通点的期待还是落空了，华裔和移民并不相同；利达最后决定接受的并非幻觉本身，而是对自己在美国这一异质文化环境下，除了母族文化别无陪伴的孤独的接受，她因此获得了平静。

更为客观地从不同角度展现美国社会面貌、包括美国社会的不足与缺陷，在 20 世纪 90 年代以来港台移民作家的笔下也时有出现。来自香港的伊犁在小说《美国来鸿》中，将 80 年代的中国人置于美国社会的参照位置上，小说以艾薇写给母亲的信件组成：艾薇曾是中国出色的舞蹈家，与美国人占米相爱结婚后放弃了一切来到美国，占米在中国时曾是最理想的丈夫、最美好的情人，回到美国后却暴露出性格上严重的缺陷，原来他的所谓帮助第三世界的说法不过是逃避美国社会压力的借口，他不能在美国找到工作，婚姻趋于破裂时，占米准备再次逃离，而艾薇却找到了独立的道路。小说中对美国形象的塑造首先在社会及家庭生活方面，艾薇夫妻因没有收入不得不暂时寄居在与占米父母的家中，她直接体验了美国人家庭生活的方式——各顾各的，互相既不干涉也不帮助，经济上泾渭分明。这样的生活氛围与文化所宣传的美国家庭价值是完全不同的，美国宣传中的理想家庭是热情开朗、彼此关爱、注重交流，艾薇在占米的家里、在与占米父母的相处中却完全看不到，她能感受到的只有家庭成员之间的冷漠疏离，禁不住要拿它和自己的中国家庭比较，深深的失望之下是更为浓重的被欺骗感。美国形象的特征还通过小说塑造的美国人物性格特征来进行表现。占米是艾薇了解最多也是描写最多的美国人形象，然而他却是一个失败者的形象，在沟通东西方、帮助第三世界国家的美丽借口下，掩盖的是他在美国社会压力下落荒而逃的事实；他对待感情婚姻不够成熟（如没有交往两年以上的朋友、把婚姻看作是随时可以反悔的一纸合同，等等）并且十分自私，这些缺陷归根结底说明了他的幼稚，这种幼稚来自缺乏责任心与承担责任的意识。艾薇在对母亲反思这段婚姻时，最耿耿于怀的就是占米从未意识到对自己负有责任，无论是提供一定的经济帮助还是帮忙获得居留权。最让来自中国的艾薇感到可笑的是，美国人将自我拯救的希望寄托在心理辅导上，而花费巨大的心理辅导却把人们所有的挫败都归咎于童年阴影，忽略了个体已经是成年人的事实。在对现代心理学（也可以看作是一种西方现代文化代表）的嘲讽性描绘中，表达了主人公对于美国文化的否定；相形之下，艾薇身上中国人的坚韧和自律自强性格得到很好的凸显。

另一位来自台湾的移民作家章缘则侧重写了美国社会对于华人移民而言是冷漠的外界，每个移民置身其中时都是一个小小的孤岛。《更衣室的女人》里妻子无法适应美国的工作，即使遛狗这样看似简单的事，在她看到高大威猛的巨犬时也只能败逃而去，这里的巨犬意象颇有深意，华人移民似乎对美国人好养大型犬的特点印象深刻，而妻子在面对巨犬时感受到的弱小与恐惧，也可以看作是她来到美国后面对美国文化的心理感受。最后妻子只能在游泳池的公共更衣室里通过观察这个国度的女人的裸体来实现进入美国社会的想象。

可以说，在这一时期华文小说中，美国并非一个理想花园，也没有所谓宽大温暖的胸怀给予外来移民，它和每一个国家一样有着各种不安全因素，白人优越、西方优越的潜在观念使得社会上处处有无法翻越的樊篱，而文化差异让频频于社会上受挫的人们连故园所有的那一点温情和安慰都无处可寻，他们只能忍受孤独，保持沉默，并在沉默中忍耐着现代社会带来的异化和痛苦。

二　英文小说中的美国形象塑造

美华移民很早就在英文小说中描绘美国形象，其创作者大多选择了留在美国长期生活，这类作家数量并不算少，如伍廷芳、蒋彝、鲍纳荣等。[①] 他们采取英文写作并以之刻画美国形象的动因是复杂的，作家的心态上也存在矛盾的地方。早期美华英文作家选择前往美国是对中国前现代状态的失望所致，他们希望从美国习得文化知识并能为祖国尽一分力量，尤其是在文化传播方面尽力。美国社会的现代景观对这些作家有相当的吸引力，他们不能不为其文明的进步、科技的发

---

① ［美］尹晓煌：《美国华裔文学史》，徐颖果主译，南开大学出版社 2006 年版，第 50—87 页。

达而深深叹服，但长期的生活体验、现代知识分子的反思能力以及西方世界渐渐兴起的批判工业化现代化的思潮等因素影响下，这些作家同样也看到了美国社会的缺陷。知识分子作家的英文写作在那个时期还负有纠正、改善美国社会关于中国印象的任务，这也是作家们自觉的选择。当美国社会普遍认为中国人愚昧迷信、中国文化及习俗有反人道反人性特点时，他们在写作中向美国人描述他们自己的国家、文化，这一行为本身就成为一种证明：中国人并不比美国人更愚昧或更迟钝，美国文化优美之处中国人也能理解甚至领会得更深刻。而作品中对于美国社会的批判，旨在提供一个外在视角，打破美国完美无缺的传说，在这样的部分里，作家虽声称写的是"中国人眼中的美国"，写作却是立足于人类普遍的人性标准、文化审美标准之上，在指出美国社会的缺陷，尤其是与中国同样的缺陷之基础上，试图改变两国文化上的不平等状况，为中国争取到更多的同情而非排斥或蔑视。从总体来看，这个时期英文小说对美国形象的塑造是极力保持客观的，既承认其文化及制度的优越性，又指出现实中真实存在的不足和丑恶。

华裔的小说写作与移民不同，60 年代之前的华裔选择认同于美国，故而缺少移民作者那种中华民族的意识。在同化理论占据主流的时代里，认同美国的华裔极力突出自己与美国同化的程度有多深刻、多彻底，表现的手法就是将华裔与移民父母的冲突处理成异质文化的冲突，将父母的中国与子女的美国对立起来，极力贬低丑化中国社会文化，来衬托美国形象的高大完美。这些华裔作家同时也生活在美国排华时期，即使期间政策有了改变，政策遗留在社会生活和文化中的惯性也是不容忽视的，这种情形下华裔即使努力证明自己的美国化，最终还是因为肤色人种的缘故而被看作不可信任的人，也失去在社会上证明族裔身份之外的自我价值的可能性。这些惨痛的经验在美国华裔的写作中也被表现出来。如白人贫民可以宣称自己的梦想是成为美国总统，对此周围的人给予鼓励和称赞；而一个家庭富裕、接受过良好教育的华裔说出同样的理想，只会招致周围人的嘲笑（刘裔昌《父与子》）。在这种环境下，华裔从美国社会中感受到的是无所不在的歧视——若你甘心情愿只做一名华人，会有美国人乐意通过与你为伍来表现自己的开明或是宽容，但若你要成为一个美国人，所有的人都会拒绝你、嘲笑你的不自量力。华裔感受到的这种歧视有时直接以暴力面目出现，黄玉雪在学校遭到白人小孩的追打即为这种暴力的表现。（黄玉雪《华女阿五》）因此，这个时期华裔笔下的美国叙事是矛盾的，一方面这里是美丽新大陆，文明程度令人叹为观止；另一方面野蛮的种族主义在这个现代国度大行其道，现代文明不能真正拯救非白人的人种，他们最终只能回到自己的族群中去讨生活。而这个时期华裔小说在描绘美国形象时也在传递自己的美国梦：成为一个被社会承认的真正美国人。这个美国梦是同化的梦想，是那个熔炉理论时代的产物。

20世纪60年代末美国兴起的亚裔运动带来了华裔文学创作的繁荣，大批作家作品出现并且进入西方视野。在这些写作中，出于对族裔处境的抗争，作家笔下的美国社会不再是美好的，他们更愿意指出美国社会的种种弊病，尤其是在民主和平等方面存在的顽固恶习。

李建孙（Augustus S. M. S. Lee）的小说《支那崽》描写一个名为丁凯的华裔男孩融入美国社会的过程。丁凯的父母是在20世纪40年代来到美国的，丁父在中国内地时就对美国充满向往，他人还没有到美国就已经被美国同化了，正是美国的教官和美国文化让他成为一个勇敢的军人。来到了他日思夜想的美国后，他却逐渐潦倒下去，那些教官教给他的美国文化、美国价值并没有使他到达美国后获得成功或真正适应，即使他后来娶了个白人太太也不能拯救他在人生中的下坠。丁凯的母亲则完全依恋自己的母国文化，文化不适应症和对故乡亲人的思念成为致命的原因，她为此早逝。而丁凯作为母亲最钟爱的小儿子，从小就接受了她灌输的中国文化：练习毛笔字、学习中文、小小年纪学会雍容和缓的举止，等等。丁凯的母亲以晒太阳对丁凯有害为理由，将丁凯和大街——美国社会隔离开，当继母艾德娜进门后，出生于美国的丁凯开始需要解决文化冲突和文化适应的问题。

艾德娜来自白人的上流社会家庭，她选择中国退伍军人作为丈夫，是因为在他们保守固执的文化中依然保留下了过去时代关于中国人的刻板印象：中国人要么是苦力，要么富裕得超乎寻常。艾德娜在第一次爱情以死亡和贫穷收场之后，希望在丁家享受一下奢华的生活。结果令她失望，丈夫几乎在破产的边缘，这种失望放大了她的恶意，她把对东方人的厌恶，对经济的失望都转嫁到年幼的孩子身上——虐待两个最小的孩子。在艾德娜身上充分体现了她那个阶层文化的特征：虚伪做作、傲慢刻薄，面对非白人时那种无来由的优越感，爱慕虚荣的同时又十分残酷。

继母的排斥与虐待只是丁凯面对的来自家庭内部的伤害，由于家庭伦理关系的约束，继母将文化差异引发的恐惧转化为暴力的行为尚且有限，丁凯真正需要面对的是美国的街头文化，这种文化混乱而充满暴力血腥与残忍，不会因为他的年幼体弱而放过他，中国式文雅有礼的作风也不能保护他，恰恰相反，这些特质都使他变成了街头文化最好的猎物。美国的街头文化在小说中表现出恃强凌弱的特点，年幼的孩子、美丽的少女在这种文化中学会了使用暴力，有时甚至是滥用暴力，将比自己弱小的孩子作为猎物，通过打击弱小的孩子来获得一种街头的地位和尊敬。只有在丁凯变得强壮灵活、能在街头斗殴中占据上风的时候，他才被这种文化认可接受。

在美国文化的诸多表现形式中，李建孙选择街头文化来描述的行为颇耐人寻味。街头文化也是美国文化的特色之一，同时它也是不登大雅之堂的文化，在这种文化中武力强权几乎就是一切，精神性内涵相形之下苍白无力，不值一提。没有了武力的配合，精神性追求只能被动挨打。这种文化表述与人类一贯将文化高高抬起的做法背道而驰。在这种街头文化构成的文学世界里，充斥着暴力的鲜血和原始的蛮性，以及武力至上的风气。这些描写可以看作是对一向自我标榜为文明象征的主流文化强权的讽刺与揭露。最耐人寻味的是，给丁凯提供帮助、令他在街头文化中站稳脚跟并不失本心的，是墨西哥人、黑人这样的美国少数族裔，而非社会主流的白人。这样的写作意在表明，美国少数族裔的立身之道既不同于自己的移民父母，也不同于美国白人，他们有自己的道路，而这条路上只有少数族裔彼此互相扶持、互为帮助。华裔在美国的处境被缩影为一条街道的生活，这条街道的混乱无序和暴力强权，影射的正是华裔从切身体会中感知的美国社会形象。

此外，华裔的英文小说中表现美国社会时还有一个突出的现象，即描绘华裔在美国社会面前的失语状态，"沉默"一词频繁出现在华裔小说主人公的生活中。黄玉雪在学校遭到白人小孩的追打撕扯，她是一个接受了美国文化价值的好学生，具有现代理性和现代观念，对于这样的暴力行径及其背后的用心与动机，她心里有许多评判性的话语应对，但事实上她始终保持沉默，只在行为上努力逃离这场暴力（黄玉雪《华女阿五》）。这种沉默的逃离并非出于单纯的懦弱，而是她的理性和经验让她明白，任何的批评与反抗在这个社会中并不能够改变什么，所有的人都对种族歧视带来的错误行为视而不见，保持沉默的同时也是一种保持尊严的选择。用沉默的方式捍卫尊严最后的底线，这是人类最无奈的选择。汤亭亭在《女勇士》中写的主人公华裔"我"也有过一段失语时光，周围也有同样失语了的少数族裔儿童。对"我"的失语原因，小说中有一段充满暗示性的描写：

> 朗读比说话要容易些，因为不必自己去想该说些什么。可我朗读的时候也会时常中断，老师会认为我又要陷入沉默。我弄不懂英语中的"我"字。汉语中的"我"有七个笔画，相当复杂。而英语的"我"写作"I"，……这个字怎么只有三画，中间一竖那么笔直？是不是出于礼貌，写字的人略掉了其他的笔画，就像华人必须把自己的名字写得小小的、歪歪扭扭的？不是，不是出于礼貌；"I"是大写，而英语中的"你"却用小写。我盯着"I"中间的一笔，直到眼前幻化出"我"字其他的笔画为止，以致忘记了应该接着往下读。另一个找麻烦的字是"这里"，英语写作"here"，没有一个强辅音开头，写出来平平的，全然不像汉语中那两座山似的"这里"。（《女勇士》）

在不需要自主表达的朗读中，"我"也不能完全克服失语的沉默，表面上看，这是英语和汉语的差异造成的结果，正如文中将二者比较，写出了"我"的困惑，在这种比较中，突出了汉语包含的自谦的文化特点，在对"我"这一概念进行表达时，华人应将之"写得小小的、歪歪扭扭的"，这是一种礼貌；而英语中没有这样的礼貌，他们正好相反，**我**是大写，你才是小写，这种写法表现出一种以我为中心、将自我凌驾于他人之上的特点。如果说在自我表达时应注意保持某种礼貌是容易理解的，那么完全地将自我凌驾于他人之上，这种态度在人类认知中却显然不正确，小说中的"我"敏锐地从英语写法中产生了这一联想，陷入了困惑，正是这种困惑让她在遇见英语中的"I"时总是不能顺畅地读出。对于英语"I"的困惑还有另一层含义，即在英语氛围中（亦即美国社会中）对于自我的困惑，这种困惑与"here"相联系，构成了对"我在这里"的疑问。对于美国华裔而言，"我在这里"就是"我在美国"，这是一种存在性的表达，然而在华裔的感知中，代表了美国的"here"是这么的轻飘平淡，以至于哪怕用确定性的口气读出来，它也显得不真实，因为美国并非华裔的美国，华裔还未被它真正接纳。因此，造成"我"和其他少数族裔孩子失语的真正原因，是美国社会对他们的排斥和疏离，这不仅使他们感到自卑，最重要的是他们因此找不到自己生存的位置，于是陷入不确定的恐慌中，保持沉默是对抗这种恐慌的最后手段。

华裔小说中描写的群体沉默来自环境的恶意排斥，华裔群体为了减少外来的迫害而长久的沉默最终导致集体失语现象；反之，他们的沉默又加强了主流社会对他们的恶意臆测，因为沉默使他们变得更加神秘。而人类对于未知、无知的事物都是恐惧的，为了克服恐惧感，便会率先采取攻击的姿态，当双方力量悬殊的时候这一情况尤其突出。迫使华族群体保持沉默以自保的美国社会，一方面显示出它的强权姿态，这与它一向宣扬的公平、平等的现代理念是完全相悖的；另一方面则显示了它的无知，这种无知所带来的恐惧恰恰暴露了强权之下隐藏的某种虚弱。

在华人移民创作的英文小说中，于20世纪30年代出现了左翼文学写作，代表作家是蒋希曾，他先后发表了《中国红》（*China Red*，1931）、《金拜》（*The Hanging on Union Square*，1935）、《出番记》

(*And China Has Hands*，1937) 等作品。这些作品秉承了左翼文学以无产阶级斗争的观点、角度表现社会生活的传统，又融合了民族意识、爱国情怀。在对美国形象的塑造方面，一方面写了种族歧视与压迫，另一方面这些种族迫害行为和阶级差异、阶级矛盾是息息相关、相辅相成的，因此在作品中不同种族的无产阶级最终能够联合起来与资产阶级斗争。此外，近代以来的殖民统治在阶级斗争观念中是资产阶级为了自身利益而采取的暴力行为，是资产阶级压迫剥削国外无产阶级的直接后果，故而反殖民主义也是阶级斗争的构成部分。小说中反阶级压迫的斗争与反种族歧视的斗争是交织在一起的，展现出来的美国形象在种族迫害之外又具有阶级压迫的特色，这一形象特征和马克思主义所描述的帝国主义国家相符合。

林语堂是20世纪40年代华人移民英文小说创作中的著名作家，他的《唐人街》展示了一个华人移民家庭融入美国生活的全过程。小说中用了很多篇幅描写令华人移民眼花缭乱的美国：清洁、富裕、井然有序的社会、齐全的福利措施、进步的科技文化，而且华人移民也能够享受这些便利，并不会遭到排斥。这样的描写显然有美化的倾向。当然林语堂也写了一些美国社会里他所不能赞同的现象，如对物质的浪费：冯太太痛心地发现，在美国"一个小城市丢弃的食物，可以养活中国的一整个村子的村民"，虽然物尽其用的做法在物质极度丰裕的美国除了给生活增加不便并不能带来多少好处，然而冯太太还是没有改变她的节俭美德。今天我们知道，物质的总量并非是无限的，当美国社会大肆浪费的时候意味着他们剥夺了其他地方人们需要的资源，这种浪费也是一种自私的利己主义。

林语堂的小说以文化表达为主旨，小说中的人物性格乃至于命运都包含有文化含义。小说中冯家长子娶了一位白人女性，这个意大利裔女性很好地融入了中国家庭，在林语堂看来，意大利人的家庭伦理与中国十分相近，因此通婚并不会造成激烈的文化冲突，他看重的文化间的相似性和可沟通性，并不受种族血缘的直接影响。正是出于这样的想法，冯家次子虽然娶了同种同源的华裔女性，婚姻最终还是以破裂收场，因为这个华裔女性已经在白人文化中晕头转向、失去了自我：她既不能融入白人社会，又无法回归华人家庭。幼子汤姆是美国化程度最深的一个儿子，也是家庭中接受美国教育程度很高的一个成员，作为对他身上这种文化特性的中和，作家让他爱上了一位因战争来到美国避难的中国少女，爱情让汤姆对中国文化产生了兴趣并开始学习，如此一来，这个移民家庭成为真正的文化融合之地，华人移民包容了其他文化而不失民族之根。这个理想十分美好，但若关注一下小说中人物的设置就会发现：作为白人文化代表的意大利裔儿媳来自移民社会的底层，贫困的生活说明她和她父母的家庭没有进入主流白人社会，从经济地位上来说，她和这个华人移民家庭一样处在社会边缘地带。而无论是餐馆的开设还是成功的盈利，或是较好的教育水准，都没有从根本上改善这家人的美国处境，汤姆再美国化，若想找到一个教育程度对等的妻子，也只能在族群内部寻找。这些作家没有刻意强调而做了淡化处理的内容，本身就说明了文化融合在当时只是一个梦想。这个梦想也可以看成是林语堂的美国梦。

新移民作家哈金的英文小说大多以中国大陆为背景，短篇小说集《落地》（*A Good Fall*）则集中表现了新移民的美国生活。这些故事大多发生在纽约的法拉盛地区——华人的新聚居区，和老唐人街相比，这个新区更加繁华也更加开放，因而与主流社会的交集也很多，对法拉盛的描写侧面描绘了美国社会的形象。如暴力事件的易于发生——《美人》中的冯丹因为怀疑妻子有外遇雇用了私人侦探，结果招致四个街头混混的毒打，新买的车也被砸坏了，整个事件就发生在他的办公楼下，时间为傍晚。然而故事中令人印象深刻的却是他的妻子吉娜的故事：吉娜在来到美国后节衣缩食做了整容，从一个丑陋的女人变成法拉盛最著名的美女，这是造成冯丹怀疑的直接原因，他们的女儿继承了吉娜的遗传十分难看，冯丹以为是吉娜用私生女欺骗了自己。整容让关侦探查不出吉娜的过去，实际上整容的行为是吉娜对于过去的一种抹杀，关侦探探查的失败说明吉娜的过往记忆和经历随着容貌的改变而消失在迷雾中，除了她自己之外没有人会再了解；吉娜的家人不是死于事故，就是再无来往，她与国内断了联系，这实际上是一种失根状态。我们的文化系统和意义系统是建立在历史与记忆之上的，当历史与记忆消失了，这些系统也就失去了依托。和 60 年代台港留学生作家的失根不同，吉娜是自主做出了失根的选择。此外，吉娜的故事也有着典型的时代特点，整容手术让她从一个丑女变成耀眼的美人，改了名字后她以为可以开始新的人生，但是孩子的出生暴露了她的秘密，说明改变面容就可以改变命运的说法是个谎言。吉娜是虚荣而可悲的，危机来临时她首选的还是保住这个秘密，维持自己是个真正美人的假象，在冯丹指出她这种行为是自我欺骗时她反驳："不对，我爱我的美丽。这是美国给我的最好的东西。"一张人造的脸、会随着岁月流逝而改变衰老的容颜，成了她的追求、她的自我价值和自我本质，这已不仅仅是虚荣，而是消费主义文化对人的异化。在消费主义文化中女人等于商品，因而她的价值同外表挂钩，吉娜到了美国后没有接受别的文化内容而是自觉进入消费主义文化体系中，将自我异化成商品，并将之作为自己的本质。吉娜的秘密不仅显示出消费主义文化盛行中人异化的悲剧，也表现了移民的文化命运——他们当作先进文化、作为获得幸福的前提而苦苦追寻的东西，却使得他们远离人的本质。

《孩童如敌》中通过家庭内部的祖孙冲突来表现移民与美国文化的冲突，小说从老年移民的视角来观察美国，由于视角的主体是老年人，表现出来的评价判断自然存在一些偏见或是文化误解的部分，但也不乏一针见血的犀利。故事中一对老夫妻卖了国内的财产投奔美国的儿子，他们和年轻的新移民不同，几乎没有克服语言障碍的机会，而且已经固定的文化观念和思想观念使得他们也不可能真正去学习、了解美国文化，他们只会从自己的观念出发来评价判断美国的一切，因此他们对美国社会和文化的态度中也包含了一种潜在的比较对照。这对老夫妻不满意美国的学校教育，这种教育虽然可以给孩子们带来空前的自信（这种自信有时近于粗鲁无礼），同时也存在问题，"去年学过而今年未学的东西，不懂很自然"的态度中，学习的价值和意义又从何体现呢？另外故事中老两口的体会说明，美国不是适合老年人的社会，在这个社会里，老年人必须学会管理自己的事，并学会忍受孤独、接受自己被社会边缘化的状况。老年人问题是一个伦理问题，人都是会老的，在为社会为子女耗尽光阴和体力之后，社会和家庭都没有给他们留下一席之地，这不能不说是一种悲哀。而一个没有老年人存身之地的社会，决不能说是一个人性化的社会。

哈金的小说大多关注国内故事，他并非简单地营造异国情调以吸引西方读者，而是用后现代目光审视、反思他熟悉了解的中国，在这一写作目的推动下，他选择的叙事角度往往十分新颖。描写新移民故事时，他也是透过新移民的美国遭遇继续审视反思中国文化和中国人的民族性，《英语教授》详细描摹了新移民的一种心态，即使他们出国多年而且浸淫西方文化多年，从内地带出来的思维习惯和处世方式也不会发生变化。陆生为申请终身教职的事备受煎熬，他担心的重点在于自己没有讨得系主任的喜欢，曾经公开批评过一个教授的研究对象（美国作家麦尔维尔）而得罪了这位教授，现在这位教授是学术委员之一，他明知自己的申请材料出色却认定人事的原因会让他失败，这种将人事因素凌驾于其他因素之上的想法是典型的当代中国人的思维，而且带有内地特征，陆生的香港妻子就不能理解他的恐慌。当最后陆生得到这个职位后长时间的压力释放出来，他的表现与发疯无异。这是一个新移民在美国的"范进中举"式的故事，故事里显现的是中国对照下的美国社会：显然在这个新的社会里，人为因素的力量并没有国内那样强大，个人意愿凌驾于规定制度之上的事也不那么容易发生。

和林语堂相比，哈金等新移民的英文小说对于美国社会和美国文化少了那种理想的美化，而是将它们作为人类社会中的一个类型来考察评价。和华裔作家相比较，这些新移民的英文写作则缺乏华裔作家那种急于树立少数族裔形象的焦虑，新移民作家们更像是生活在美国的外来者，冷静地观察这个国度并用手中的笔给它画像。

第二节　唐人街与唐人

华人移民到达美国的第一站，多数选择唐人街，在这一点上早期移民与新移民之间并无不同，他们中许多人此后一生都未离开唐人街。而对于华裔而言，他们或是生长于唐人街，即使父母没有在那里定居，也会送他们去唐人街学习或生活一段时间。对华人移民来说，唐人街是他们迈出与美国经验有关的第一步的地方，对于华裔而言唐人街构成他们初次的中国体验。

作为华人聚居区的唐人街是美国华人移民的一块飞地，西方世界近现代以来对中国的丑化、美国长期的排华政策等因素都使它与其他地区移民的聚居区有较大差异，比较起来，它表现得更为封闭、文化上更为顽固，同时也有着更多的秘密、更浓厚的异国情调。这些特征反过来又使得西方在强化关于中国已有的刻板印象时，频频把近在眼前的唐人街拿来作为示范，从文化策略上来说，一个近在眼前的具体形象远比万里之遥的中国更容易唤起大众的兴趣，激发大众的情绪，将中国他者化的意图也能得到更好的贯彻。

主流社会对于唐人街的描述兴趣在大众文化中留下深刻烙印，也同样影响了在美华裔，当他们塑造族裔形象时，不得不去梳理、说明已被主流文化牢牢绑在他们身上的唐人街以及生活于其中、有着相同民族血缘的唐人；华人移民写作唐人街的出发点则不同，他们在这片飞地上生活、感受民族文化、消除漂泊感与孤独感，并且找到自己的同伴，他们写唐人街，许多时候也是在写他们自己。

在进一步研究美国华族小说的唐人街叙事之前，我们亦需注意到，唐人街并非亘古不变的，随着时代、经济的发展，尤其美国社会多元化程度加深，唐人街渐渐不再需要发挥过去那种隔绝主流社会危险的作用，它变得更为开放也更为开明；当种族歧视等行为日益变得隐蔽而透明后，唐人街在文化上采取的态度更为灵活，同时其重心渐渐为商业活动所取代；最后一点，唐人街在对抗主流社会的威胁时，是海外同胞聚集的孤岛，但这并不意味着它是一片理想友爱的乐园，在华人移民社会内部，同至今以来任何一个有着经济活动的社会内部一样，存在着阶级压迫与剥削的情况。了解这些，在梳理美国华族的唐人街叙事时，我们才能把握一个恰当的尺度，不至于失之偏颇。

一 华文小说唐人街叙事

早期华文小说作者大多文化程度不高，华文写作于他们是寄托乡思的一种方式，也是心有所感发诸笔端的结果，因此在小说中他们关注的是和自己一样的移民之命运，对于唐人街环境的观察缺乏足够的自觉意识，在讲述与他们一样同为金山客的移民故事时，唐人街的面貌是从故事中侧面显现出来。从这些早期作品里可以看到，金山客怀抱归国之梦，思念故土亲人，同时在生存线上苦苦挣扎。而这时的唐人街到处充满着中国文化的元素，无论是街景还是语言，无论社区内的规则还是人们共同遵守的习俗，都唤起他们对故国的思念；然而闯入唐人街的白人横冲直撞、熟悉的移民同胞因为外界突如其来的压迫瞬间毁灭，这些构成了中国场景中的不和谐因素。充满了矛盾、冲突、暴力以及在外来力量下既脆弱（面对白人主流社会的压迫时往往无力反抗）又顽强（任何压力都不能迫使唐人们离开唐人街），这些构成了唐人街的主要特色。此外，唐人街社会特有的畸形之处也得到了表现，美国排华政策下这些唐人不能回自己的祖国，也不能接来亲人团聚，尤其是移民政策中极力避免华人女性入境，法律禁止白人华人通婚，造成了唐人街独特的单身汉社会，没有家庭生活、欲望无处纾解的华人移民只能在妓馆、鸦片馆、赌馆等地方打发闲暇时光，排解孤寂的痛苦。

20 世纪 50 年代以来的台港留学生小说因为主要关注对现代文化的批判性审视，侧重表达他们深重的漂泊感，小说中人物的活动背景大多设置为美国社会，较少写到唐人街景象，而作家笔下的主人公也多为新来的或到美时间不是很长的移民、学生，很少有长期生活在唐人街的人物。

真正以清晰的自觉意识着力描绘唐人街的华文小说，应是新移民作家的小说创作。新移民作家来到美国后第一站多是唐人街，在这里他们形成了关于美国的首次感性认识。对他们来说，唐人街既是美国又不是美国：与大陆国内相比，唐人街具有毫无疑问的异国特征；和整个美国比较，唐人街又最有中国气息。从一开始，新移民作家就不得不以"自我/他者"的双重目光打量唐人街，这些经验和感触成为他们写作的中心之一。

　　严歌苓是细致而全面地描写唐人街的重要新移民作家之一，尤其是她的小说《扶桑》，为我们描画出在历史迷雾里面目逐渐模糊的早期唐人街。《扶桑》的叙事时间是在19世纪后期，小说里描述的唐人街是畸形的单身汉社会，因此街上妓院生意红火，拐卖妇女的行为也十分猖獗。而因为主流社会有意将唐人街隔绝在外，唐人街社会因此也保留了许多从晚清中国带来的特征：宗法制社会的管理方式、江湖帮派的恩怨争斗，等等。唐人街上的人们生活的土地属于一个现代化的国家，而他们却只能依托着被现代化摒弃的古老习俗及社会结构方式才能够保障种族生存，唐人街的这一命运、境况展示了西方现代文化文明与极度野蛮残暴并存的真实面貌。

　　严歌苓所塑造的扶桑不是单纯的人物形象，她是一个文化符号，象征了东方，也象征着那个时代的唐人街与唐人。在小说开头的描写中作家将扶桑置于叙述者与读者的双重目光之下，完成了人物从主体到客体的置换，紧接着在叙事时间上将她推远，推到过去的时光中与160张照片并置，这一手法进一步把人物影像化、平面化了，加强了人物作为符号的特征。作为一种符号，扶桑的性格表征了唐人街的性格：她的表现是具有双重性的，表面上顺从沉默，忍让得近乎愚痴，实际上她性格宽厚悲悯，有人类本性中的大智慧，这种智慧没有被文明沾染因而在现代社会中看似木讷呆笨，却更贴近生命本质，从而赋予人意外的强韧，并帮助人做出最正确的决断。

　　在扶桑与克里斯的爱情中，白人身份给了克里斯表面的强大，在针对唐人街的暴行中他是施暴的一方，现代教育和忏悔意识又在后来武装了他的精神；扶桑是暴行的受害者，被动的承受者（无论是在暴行中还是在拯救活动中），永远采取的是等待的姿态，她的弱势一望即知。但在叙事层面下，两个人的强弱对比却是颠倒过来的，克里斯无法掌握两人的爱情关系，父亲、大勇都能干涉或改变他的爱情，扶桑却是那个做出离开或返回的决定的人，粗蛮如大勇也不能改变她的决定。克里斯到了晚年才领悟到，扶桑嫁给将死的大勇是借助婚姻保护自己不再被爱情伤害，而他是扶桑这个聪明决定的另一个受益者，几十年的平静生活由此而来。扶桑与克里斯的爱情关系隐喻了唐人街与白人主流社会的关系，表面沉默顺从甚至有些软弱被动的唐人街，却以潜在的坚韧和固执对抗着主流社会，主流社会一直以来所宣扬、面对唐人街白人社会是征服者与支配者的神话被彻底颠覆了。

严歌苓也写出了唐人街的血性与勇敢，它不像白人所说的那般怯懦、毫无尊严。小说中描写了一场械斗，这场帮派斗争的准备十分慎重，从定下时间到操演武艺、打造兵器，一系列的工作引发了轰动效应，白人观众和记者都前来观看，他们本来带着猎奇的心态，然而在械斗中双方所表现出来的勇敢，尤其是那种对于死亡的毫不在乎、将死亡推演成一种彻底的华丽场景的做法让他们深深震撼了，蔑视死亡的中国人让白人感到恐惧而保持了沉默。唐人街的血性更是通过大勇这一人物得到展现：大勇身上善恶并存，正如唐人街上光明与黑暗共在一样。在大勇的一生中做过的非法生意数不胜数，当白人警察深入调查并给他定下一长串罪名时，他却在心里诧异数量之少不符合他的记忆；他在唐人街是一个残暴的符号，可以轻易地34夺走他人的性命，婴儿也不能让他动恻隐之心。但他同时也是唐人街和唐人的保护者，他蔑视主流社会制定的法律；面对白人主流社会的压迫时他总是站到整个唐人街的前头率先抵抗；偶尔路过铁路工地，看到白人对华工的迫害时，巧妙地将一盘散沙的华工组织起来罢工以争取权益。他有着足够的勇气和强大的武力，也有相应的智慧和谋略，他遵循着自己的立世原则，这个原则在本质上与中国故事里草莽英雄所遵循的道义并无差别。

《扶桑》不仅正面描写了唐人街和唐人的形象，作为一种补充，也写了那个时代白人眼里的唐人街，白人对于唐人街的塑形，正说明了唐人街的处境。白人眼里的唐人街是无可疑义的他者，在关于他者的论述中，要把他者变得对主体自我建构有用，手法有两种：他者还原以及去他者化。所谓去他者化是一个充满暴力的过程，通过粗暴地否定他者身上的他性，使他者易于为我理解、为我接受。① 白人主流

①　祝远德：《他者的呼唤：康拉德小说他者建构研究》，人民出版社 2007 年版，第14 页。

社会对唐人街的评价就是采取去他者化的手法，如扶桑的美在白人眼里发生了这样的变形："她的眼睛美丽因而痴傻，她的笑容温厚因而厚颜，她的肉体端庄丰满因而淫荡"；而当时白人社会要求驱逐华人的请愿书里这么描绘华人移民："男人梳辫子，女人裹小脚，主食大米和蔬菜，居住拥挤，生肺病……"请愿书暗示的是这样一个低劣人种应该被灭绝。这里表现出主流社会对唐人街和唐人强制歪曲、暴力抹杀的思想，这一思想的背后展示了当时主流社会与唐人街格格不入的状况，投射出在西方以现代文明拯救东方世界的口号之下，是对东方世界毫不犹豫的排斥和拒绝，所谓拯救，不过是西方霸权掩盖他们狩猎、侵夺东方之事实的借口。

新移民作家生活在当代唐人街，正如严歌苓所说"我们同样聚向唐人区，在那里平息刚跨入异乡的惊魂。在那里……找个定定心的地方来完成从热土到冷土的过渡。……然后，我们像你们（指早期移民——笔者注）的后代那样，开始向洋人的区域一步一探地突围"（《扶桑》）。因此新移民作家更多地将目光投向当代唐人街，即使在《扶桑》里作家描述的重点是 19 世纪的唐人街，也还是不时把新旧移民、新旧唐人街拿来对比，写出唐人街的常与变。比较之下可以发现，唐人街在作为华人移民初到美国的暂居地这点不曾改变，然而其他方面逐渐发生了深刻的变化。

作为民族文化传承地，过去的唐人街在践行中国节日仪式之时缺乏文化自觉性，因为对于生息于其间的华人移民来说，这些仪式是熟悉的，是他们生活必不可少的构成部分，唤醒了他们的中国记忆，承载了他们对故土亲人的思念之情，是理所当然的事情。当代，唐人街不但有华人移民，也有华裔（即"ABC"），这些华裔生长于美国，对于中国传统、习俗未必比美国白人更为熟悉，而华裔群体数量的增加、他们多数活跃在美国主流社会等情况，使得他们成为华人社区融入美国社会时不可忽略的一支力量，因此，对他们普及中国文化传统、唤起同根同种的族群意识就势在必行。华人的节日仪式在西方社会文化中早被附上鲜明的表演特征，在承担了普及民族文化、展现民族文化的任务后这一表演性得到进一步加强，其文化自觉意识也更为鲜明。《美国情人》（吕红）中描写了在唐人街的节日活动中土生华裔对中国的民俗风情表现出浓厚的兴趣，唐人街华人社团对于这些活动十分看重，活动的举办权和举办形式甚至成为社区内部不同力量斗争的焦点，参与活动举办的人们都意识到活动具有的社会影响力甚至是政治影响力。这些描写无不说明唐人街在华人移民生活中发挥的作用正在发生变化，当代的唐人街传播中华文化不再只是慰藉思乡之情、团结同胞力量，同时随着华人在美国政治文化地位的提高，它也成为进行政治文化斗争的重要阵地。

当代社会的种族歧视日益隐蔽，相应地唐人街与华人移民反抗迫害的焦虑感也有所淡化，移民在日常生活中感受到的痛苦经验更多来自群体内部，于是出现了一批揭示唐人街社会阴暗面、挖掘华人民族劣根性的作品。新移民来到新大陆，语言文化的障碍迫使他们首先在唐人街落脚，寻找工作谋生。新移民最熟悉的工作之一，莫过于在中餐馆跑堂洗碗，许多作家对这一工作都做过详细的描写。开设在唐人街上的中餐馆往往汇集了来自中国港澳台地区和内地的移民，他们之间既有血脉同胞的关系，又因为意识形态差异等原因而存在着矛盾，构成了一个小型华人社会的缩影。在这个小型社会里，因为生存资源有限和生存压力巨大，民族的劣根性往往展露无遗：《北京人在纽约》中的王启明因为友善礼貌、聪明能干得到老板阿春的重视，餐馆里立即谣言满天飞，只因为阿春是女性，就把王启明的升职解释为男女奸情，其场景情状令人联想到鲁迅小说中塑造的那些所谓道德卫士，满脸礼教大防却一肚子男盗女娼。在这些作品中，白人主流社会与华族的矛盾并未完全消解，但显然不再是作品仅有的主要内容。

新移民作家对唐人街社会阴暗面的发掘，一是通过表现华人群体内部的互相倾轧，打破了过去"同胞一体"说法所掩盖的事实。程宝林在《美国戏台》中以新移民章闻之的见闻经历画出了华人社区的众生相。章闻之于90年代初来到美国，落地后首先接触到华人社会的印象，就是经济剥削的残酷。他打工的餐馆老板夫妇专门招收黑移民或新到埠的移民，以极廉价的工资雇佣他们从事长时间繁重的劳动，这对夫妻违背美国相关的用工规定以及餐馆业的行规——如侍者的小费也要计入餐馆收入，而不是归侍者本人所有。当这些雇工抗议时，他们要么以扣押下的护照或辞退相威胁，要么就以所谓"美国规矩"欺骗人，为了赢利，他们甚至从大陆骗来雇员并扣押护照、限制他们的人身自由，这种做法与强迫他人成为奴隶几乎没有差别。在表面上，龙老板夫妻总是不断和人说起同胞之情，与人打交道时也是按照中国式的礼仪——以留人吃饭的客气话表示友好，初次见面时赠送一点家乡泡菜，等等。一旦雇佣关系确立后他们立即翻脸，所谓同胞情只是用来束缚雇员方便他们剥削的名义，并不会对他们的行为产生任何影响。一旦剥削意图落空又无法胁迫对方时，他们就拿出道德大棒指责别人，自身却毫无道德缺失的自觉。这种剥削同胞、冷酷自私的行为令人心寒，然而却是唐人街普遍存在的真实情景。《北京人在纽约》中王启明夫妻打工的毛衣厂就是典型的"血汗工厂"，融融的小说《梦里梦外》里，在偷渡中失去父母的小六子被同乡收留，善良的名义掩盖的是利用的事实，11岁的小六子从此成为餐馆中的小劳工，而在他车祸伤了腿后，就连这份工作也失去了。

　　严歌苓小说《海那边》对这一现象有着更为深刻的发掘：餐馆老板王先生雇用了傻子泡，强壮能干的泡不仅让王先生极大地节省了成本，而且还成为他的道德装饰物。王先生几乎将泡视为自己的私有物，代替泡决定一切事务，包括要不要找个女人。当新来的李迈克出于怜悯用一张女人相片安抚泡的情欲时，王先生揭发了他的黑移民身份而断送了他的前程。泡在情欲失望之下怒砸王先生并将他在冷库里关了一夜。王先生与泡的关系在实质上是主奴关系，他从未将泡看作是一个"人"，李迈克事件表面上看是王先生唯恐呆傻的泡受骗，其根本在于李迈克承认泡也有正常的婚姻向往就是认同泡的"人"的身份，从而得到泡真心的信服与接纳，王先生感到失去控制权的危险，这才出手干涉。故事中王先生对泡额外的照顾和排他的控制欲之下，所有的不仅是剥削剩余价值的经济企图，同时也有其人性深处的缘由：由于智力之光的缺失，泡的身上充分显现了人性阴暗的特点，他那莫名的情欲、暴力手段的采用、嗜血的欲望以及潜藏的恶意，只需一点契机就展露无遗，压抑的情欲就是这个突破口。泡更接近人的兽性而非理性。王先生正与之相反，他有着中产阶级光鲜的外表和道德标签，报复人时也多采用文明手段——借助移民局的力量，然而在这一切之下，他也是有兽性、有恶意的人，否则不会在泡的情欲引发混乱时野蛮地敲晕他并将其关入冷库。小说中王先生强调泡是他的老仆，许多年来两人不离不弃，这一描述使得两个人物之间有了相伴相生的紧密关联，泡是王先生隐匿起来的另一面，兽性的恶意的一面，抓住泡不放手于王先生而言同时也是人性上心理上取得平衡的一种需要。因此在这个故事里，阶级剥削与压迫的背后有了经济之外的其他含义指向。用经济角度分析社会固然能够直中核心，但若只从这一角度出发，则容易失去对复杂人性的表现和把握。

唐人街内部的倾轧另一个表现方面则是社群内部争名夺利的斗争。这一斗争之激烈远非初落地的移民能够想象的。《美国戏台》中的章闻之作为一个知识分子，有幸参与到社区文化活动——编辑《美华旬报》——之中，从而也有了围观甚至卷入这些斗争的机会。在这些斗争里有的是为了争夺女人/男人而发生的，新移民在美国社会里极度孤独又看不到未来的出路，人们为了情欲或是其他实际利益，彼此争夺着能够满足这些需求的对象，曾经的密友在这些争夺中也能顷刻成仇；更多的争斗则是围绕着名利的追求而展开的，在《美华旬报》创办初期，刘文戈作为创始者倾尽所有，他的妻子和家庭也为此牺牲了一切，刘文戈理想主义的狂热令人钦佩，却不能同化周围的人，早期的合作者终于离开，妻子也厌倦了一直为报纸牺牲的日子而同他分手。在报纸终于有了起色、引起关注之后，逐利者便蜂拥而来，令人印象深刻的一个细节是，刘文戈新聘用胡阅人不久，一封检举揭发信就从另一个城市寄来，信里指责胡阅人的"文化大革命"经历以及赴美后"文化大革命"习气不改，但是这封检举揭发信乃至信里的措辞口吻本身就是"文化大革命"的典型做派，令人啼笑皆非。刘文戈为了资金而吸收来自国内的北方投资公司入股，公司负责人之一余治国便因为出了钱而对报纸的编辑乃至人事安排指手画脚，甚至干涉到编辑们私人生活中，禁止胡阅人和他争夺崔丽娘的爱情，后来更因为私人恩怨悄悄退出，造成一系列混乱导致《美华旬报》再度陷入窘境。小说里写的都不是关于生死的大事,然而在这些事件中华人群体内部彼此乱斗的现象却暴露得淋漓尽致。

对于女性新移民来说,唐人街让她们不满的另一丑陋现象就是华人社群中对于女性的歧视和压迫,不少女性新移民作家对之都作了表现。《美国情人》中,女主人公芯在唐人街的遭遇说明了华人女性生存之艰难,她们一方面要面对激烈的工作竞争,另一方面需要在同胞的倾轧中杀出血路。无论她们自身有多么优秀,性别都成为一种障碍,美华社区不但没有因为身处现代美国社会而改变男女不平等的传统,女性为男性压制乃至压榨的状况反而愈演愈烈。在工作上,芯遇见一些同为华人移民的男性,为了取得竞争胜利不择手段,或利用自己的体力优势当面推搡欺负女性,或是造谣中伤乃至拉帮结派要挟老板驱逐女性,在这样的围追堵截下,芯几乎失去她唯一赖以谋生的工作。然而在私人生活中,同样是这些男性对单身女性充满觊觎之心,他们仅付出如赠送旧冰箱、口头允诺代为介绍工作等小恩小惠便要求女性满足他们的性欲望,一旦遭到拒绝则口出恶言、威胁让对方失去工作。在异性情感交往中他们只表现出掠夺、剥削的本质,却没有丝毫真实的情感流露。

那些已婚移民女性在婚姻中也未得到保护或尊重,婚姻只是让她们被歧视的处境变得更加隐蔽,剥削者的数量有所减少而已。台湾女作家李黎的《雪地》写了一个女留学生,在内地时因为头胎生了女儿,计划生育国策下她不能再生育已怀上的第二胎男孩,她眼睁睁看着女儿被公婆和丈夫害死;来到美国后又因为经济压力,她不得不选择再失去一个孩子。她的母性被来自丈夫、公婆的压力割裂得支离破碎,在手术室里她不断想起早夭的女儿,丈夫既不明白她的心理感受,也体会不到她的生理痛苦,他只固执于一件事情——吃饭,当妻子等候在非正规医院的诊所外心情忐忑时,他却忙着找一家中国餐馆好解决他的午饭;当妻子终于手术完毕出来以后,他想到的却是这一天的时间又报销了,自己没有做任何有意义的事情。丈夫的言行中表现出来的自私冷漠令人心惊。另一位台湾女作家章缘在《更衣室里的女人》中塑造的丈夫形象似乎要好许多,他婚前婚后都洁身自爱,并没有绯闻，然而就是这个众人眼里的好男人他对妻子的体贴和爱也仅限于此，在他心目中妻子应该以他为世界的中心，围着他转，这才是正常的，无论何时回家他都要求妻子在静静等待、周到地照顾自己，他从未意识到妻子也是一个人，在漫长孤寂的等待中会有什么样的心理感受，未意识到妻子也会有私人时间和私人空间的需求。在妻子开始去游泳而未能及时备好晚饭时，他愤怒极了，并对妻子的忠诚产生怀疑。这种连独自游泳都不允许的控制欲说明了在丈夫的心里夫妻间的关系并不是平等的，而是主从关系。对妻子私人时间与私人空间的剥夺，禁止妻子关心丈夫之外的事务，实际上是对妻子主体性的剥夺。可悲的是，周围的华人移民对此却毫无意识，同样身为女性的朋友还因嫉妒妻子的家庭美满而对她怀抱敌意，若说来自男性的压迫和歧视令人愤怒的话，这种来自女性内部的误解和敌对则更加让人感到可悲。

二　英文小说唐人街叙事

英文小说对于唐人街与唐人的描绘可分为两种倾向，这是由作家身份的差异造成的。以英文写作的华人移民，他们虽然选择西方读者作为自己文学创作的受众，在情感上仍是与中国、与华人认同的，对于华人聚居的唐人街，潜在地有作为其中一分子的参与意识。在他们看来，唐人街及其居民是中国形象在海外的直观呈现，无论其表现出好或坏的方面，都会令人直接联想到中国、联想到华人，因此他们的唐人街叙事是从内部发出的声音，表达某种批评或期待。而唐人在他们眼中是同胞，从民族意识而言，这些唐人与作者是一体的，当作家们对民族文化进行反思时，唐人便成为这些反思的载体。华裔作家们则显然没有这种想法，在观念中，唐人街与唐人是和父母一代紧密相连的要素，代表了父母一辈，同时也代表了他们的族裔之源。对于任何一个群体的自我认知来说，历史记忆都是十分重要的，然而时间在累积起群体的自我形象的同时，也将过去的历史变成了处于当下的自我的参照，某种程度上的他者。在华人移民的观念中，历史记忆根植于中国大陆的土地上，唐人街是他们当下自我的构成部分，二者在时间上处于同一点；对于华裔而言，历史记忆的根主要存在于唐人街，这是属于他们的"过去"的部分，而他们的当下自我主要和美国社会紧密相连，在唐人街叙事中，华裔关注的是差异，他们是从外部来观察和评判写作对象的。

华人移民英文小说详尽描绘唐人街的作品，早在 20 世纪 30 年代就已经出现，蒋希曾的《出番记》即为代表作。作为有着左翼文学倾向的作家，蒋希曾的作品着重写了唐人街中普通移民阶级意识觉醒的过程。主人公黄万利和所有的金山客一样怀抱着在美国发财的梦想，从餐馆跑堂做起，开洗衣店、破产、赌博，最终又回到了餐馆跑堂这个起点上。发财梦的破碎唤醒了他的阶级意识，他和其他工人一起罢工示威，死于镇压者的枪下。小说被称为"中国移民用英语写作的第一本关于纽约唐人街这个单身汉社会的小说"[1]。由于作者是从爱国主义和阶级意识角度入手来写唐人街及其居民，小说中点明了那个时代唐人街社会之畸形，黄万利的遭遇也显示出主流社会对于华人谋生所制造的种种阻碍，但并未将种族歧视与压迫作为批判的中心，而是将之整合到阶级压迫主题之中，唐人街的黑社会也好、白人政府工作人员也好，他们都是压迫无产阶级的恶势力，在这重重压迫之下，无产者想凭借勤劳节俭的美德或投机取巧的方法摆脱贫困的命运都是完全不可能的。意识到这一点，激发了黄万利身上朴素的阶级意识："因为我是个自己干活挣饭吃的中国人，所以我就是老板，我就是主人！"在这一表述中，无产阶级的劳动者当家做主的观念，取代了他过去的以为只有自己开店才是老板、才能成为主人的旧思想，这意味着在无产阶级斗争中，不但可以跨越种族界限实现全世界无产者联合起来的理想，而且实际斗争也帮助唐人街和唐人真正成长起来。较之于同为华人移民创作的华文小说，蒋希曾作品中对唐人街内部阶级压迫与剥削的关注和表现要在时间上提前许多。小说写作的年代是30 年代，正是世界上无产阶级运动风起云涌的时代，蒋希曾笔下的

———————————

①　转引自赵文书《和声与变奏：华美文学文化取向的历史嬗变》，南开大学出版社2009 年版，第 65 页。

唐人街并非与世隔绝的孤岛，它也参与到时代风云中去，这一描写为我们展现了一个不同于主流社会的描述、也不同于许多移民作家描述的唐人街形象："小说（《出番记》）中的唐人街尽管仍然是个贫民窟，但与当年唐人街被描画成阴暗的罪恶之地的形象有极大的不同——它被呈现为一个复杂的、变化多样的社区，与美国的大社会并没有什么区别。"①

　　20 世纪 40 年代林语堂创作的小说《唐人街》更是将背景完全放在唐人街内，正如小说标题所示，故事虽然讲述的是一个移民家庭的遭遇，但这遭遇的描绘最终是为了给唐人街画像。唐人街成为小说的一个潜在的主要角色。林语堂对唐人街的塑造从两个方面入手：一是直接描绘唐人街的景象。唐人街是海外华人的"家"，到了周末他们涌入唐人街，"这些离乡背井的人，在假日都不愿意回家，他们站在人行道上，忘怀地看着这一切，闻着这一切，以抚慰他们工作一个星期后的疲倦心灵，同时也回想着古老的中国。"令移民们眷恋唐人街的不仅是这里有熟悉的饭菜、能够唤起记忆的街景，更重要的是唐人街内的氛围。在唐人街移民们互相帮助，冯老二没有商人身份，因此即使凑够了钱也不能合法地让妻子儿女移民美国，成舅舅就为他弄了一个在自己的商店里入股的法律证明，在美国社会里这样的法律手续可能引发许多经济纠纷，而冯老二与成舅舅都不以为意，他们彼此会心这不过是个权宜之计，双方的承诺与默契在这里显然高于法律的约束，古老文化习俗中的温情与法律的冰冷形成鲜明对照。此外，唐人街在某种程度上依旧沿袭着古老宗法制社会的一些习俗，这些习俗增加了华人移民的归属感，宗法制社会将群体等同于一个家庭，不仅用家庭伦理秩序构成群体内部秩序，同时也着重明确不同位置上的责任与权利，这种稳定的安排固然有其弱点与缺陷，好处却在于对于次序排列和责任权利的明确规定，减少了人们的困惑，接受了这一规定的人们只需专注于属于自己的那一部分即可，而西方现代文化过分强调

---

　　① 赵文书：《和声与变奏：华美文学文化取向的历史嬗变》，南开大学出版社 2009 年版，第 66 页。

了个人意识，当社会、文化出现重大变动的时候，人们的自我意识和自我定位反而容易陷入迷惘和混乱之中。小说中塑造了在唐人街这一宗法习俗中充当了权威与父辈角色的老杜格的形象。老杜格到美国的时间已久，他了解在美华人的历史和遭遇（如参与过铁路铺设），也为现代中国的步步建立做出贡献（资助孙中山领导的革命并与他交情甚笃），可以说老杜格的人生浓缩了在美华人的历史，是当之无愧的唐人街精神领袖、华人移民共同的父亲。所以在汤姆来到美国后，父亲要带他拜望老杜格，这一拜访是对汤姆进行的华人移民历史教育，同时也是汤姆正式成为唐人街一员的入门仪式。老杜格的父亲地位还显示在他无儿无女，老年是由整个唐人街来奉养的，这一奉养与其说是出于照顾孤寡的怜悯和同胞之爱的表现，莫如说是子孙对于父辈的赡养之义，老杜格因此获得了超然的地位，不仅出现在各种重要场合，包括各个家庭的大事都要请他出席，同时也成为唐人街文化的代表。

　　林语堂塑造唐人街形象的第二个方面，则是通过具体的人物形象和人物命运展现唐人街文化特征。如前所述，经历过美华移民历史的老杜格是唐人街文化之代表，他表现出极为宽大的文化心胸：他不仅没有因为坚守本民族文化而对西方文化排斥抗拒，面对所经历过的排华运动、社会上的种族歧视，他也表现出极大的宽容："每个国家里都有害群之马，可是这些害群之马也不是真正的坏人。世界上是没有坏人的，没有人是坏的，所有的人都很相似，只是有一些稍微坏些，有一些人比较好一点。就像有些人比较有钱，有些人比较穷，可是他们的本质都差不多。"在这样的表述里，老杜格是站在人类整体的立场上来评述美华移民曾有的遭遇，从整体而言似乎客观公允，不走极端；然而我们知道，整体把握事物的方法有时会让我们遗漏具体细节和具体感受，当一切都被抽象化到一定程度时，就难以对真正的、正在发生的事实产生影响、进行干预。不走极端、不鼓吹种族仇恨固然是正确的，但用"人的本质都差不多"这样的理由来解释华人移民的血泪经历来宽宏地体谅所有人，则易于淡化移民的苦难，从而遮掩了苦难背后更为深刻的历史、社会、意识形态和文化的原因。林语堂写作这部小说意在构建一种文化理想，从小说内容上可以看出，作家此时的文化观念与他在五四时期的思想并不完全相同，表现出更多的对于古老文化传统的倾向性，老杜格的智慧或许表征了古老中国的某些智慧，然而在具体现实中，这种智慧是难以抵抗灾难、解决矛盾的。

不仅老杜格这位"智慧老人"体现了林语堂的唐人街文化之理想，他也通过年轻一代来展现唐人街文化的多样性。冯家的三个儿子是年轻一代的代表。长子戴可虽然十三岁就到了美国，但因生计问题一直困在洗衣店里，他与美国社会接触不多，即使娶了意大利裔的妻子，他的观念也未有改变，反而是他的妻子越来越中国化了。戴可和中国人一样只关注家庭，也满足于家庭幸福，他的勤俭、实干和浓厚的家族观念确保了生活的安定愉快，然而在他身上自我意识的缺乏决定了他不会有太多的精神追求，他生活在美国的土地上却从未真正离开中国。次子义可是自己跳船偷渡进美国的，他似乎是家庭中最像美国人的一个，他的自我意识十分强烈，如在经济上从来独立于家庭之外，人生大事完全凭自己的心愿拿主意，交接美国白人朋友并在白人的公司里工作得不错。然而在这独立自足的表象之下，义可的内心却十分混乱，他看似精明狡猾，能把握白人对待华人的心态，自己也为此扬扬得意，但朋友山第在他眼皮子底下与他的妻子调情通奸他却一无所知；他像美国人一样独立，表现出不依靠家庭的姿态，却敢于偷窃挪用抗日捐款、亡父的保险赔偿，他喊着独立的口号，却不能承担起个体的责任与义务。造成义可这种混乱的缘故，显然在于他的美国化并非文化意义上的真正的美国化，他的美国文化认识完全由一些似是而非的陈词滥调与表面认识构成，这些东西同他的中国文化背景混合后，他反而失去真正的自我，导致从思想到行动的一派混乱。而最小的儿子汤姆，从一开始对美国的兴趣就集中在科技与文化学习方面，他学习能力强，在家中也是受教育程度最高的，他的美国化是真正接触、了解美国文化后在思想和观念上的改变；同时他从未想过背弃自己民族的根，老杜格的教诲、对家庭和亲人的眷恋，使他保留了对于中国的感情，爱上蔡小姐后为了加深对她的了解，汤姆开始主动而深入地学习中国文化，从而完成了对自我的文化建构。很显然，汤姆是三个孩子中承载了林语堂文化理想的那一个，他具有现代知识现代观念和现代人格，同时又与古老中国联系紧密，若说老杜格是唐人街文化的代表，汤姆则是唐人街文化的未来，他是林语堂心中华人移民的理想形象，也是林语堂对唐人街与白人主流社会间文化差异文化冲突问题给出的答案。

新移民作家在 80 年代来到美国，而从 80 年代至今，中美关系的变化、中国内地的发展等等，都给唐人街带来极大的影响，新移民作家目睹了唐人街的变化过程，并用文字将之记录下来。哈金小说集《落地》写的是法拉盛的故事，法拉盛可说是当今新型唐人街的典型代表。在哈金笔下，法拉盛是一个繁华的商业区，华人移民们于此开设公司、商店，等等。和过去唐人街的商业行为主要面向华人群体的情况不同，法拉盛是面向整个美国社会的商业区，因此出入其间的不再主要是华人，也有白人和其他美国少数族裔，这为法拉盛带来了开放和繁荣的景象。然而繁荣的背后也有隐忧：

> 他（冯丹——笔者注）渴望离开法拉盛。市里的公共学校并不太坏，但这一带在文化上还是有些隔绝——整个市里没有一家英文书店。画廊建立起来很快就散掉，只有一家小剧院……这里大部分移民日常不用英语。不管去哪儿，你见到的都是餐馆、发廊、零卖店、旅行社、律师办公室——只有生意。刚来的人们不努力保护环境，也许是谋生太辛苦，无力顾及别的事。冯丹怕他的街区会衰败成贫民窟……（《美人》）

从这段话中我们可以得出关于法拉盛的几个印象：一是法拉盛与过去的唐人街不一样，它不再凸显保存和弘扬民族传统的文化功能，而是只具备了供移民谋生的功能，因此遍地生意，文化事业不显。二是法拉盛在商业繁荣的表象之下，依然游离在主流社会的边缘：华人移民满足于在这片飞地上生活而没有主动融入当地社会的意识，所以才会少用英语；环境保护已经成为今天世界的共识，移民们对这一问题的漠视虽然有着谋生艰难的解释，也可以看出法拉盛社会的脱节；冯丹担忧法拉盛会成为贫民窟，这一思虑并非他所独有，这种思虑的产生不但来自冯丹自己的观察，同时也来自美国历史传统中将唐人街等同于贫民窟的观念，说明这种观念的影响在今天依然存在，从而侧面看出法拉盛再繁华也没有真正改变它的边缘性地位。第三个印象就是，冯丹代表了华人移民中的中产阶级，他的思考、态度、选择，尤其是在面对余富明时他的表现，说明了移民内部的阶级差异不会应为民族共性而消除或有所减弱，当法拉盛挤满了谋生的底层移民时中产阶级就会搬离，因为不同的阶级是难以居住在同一区域里的，他们各自的追求和期待并不相同。悖论的是，一旦中产阶级撤离，法拉盛的衰败就无可避免，底层的移民就失去了谋生的环境，最终也将不得不离开。

法拉盛看似繁华实则边缘化的状况，有一部分是社区主体——华人移民所造成的，前来探望儿子的梅芬在大着胆子走上街头后松了一口气："噢，没想到法拉盛是个这么方便的地方，就像老家的大县城。"（《两面夹攻》）她甚至在街头看到了新疆烤肉串。大县城的比喻说明法拉盛缺乏城市的陌生感和现代感，和县城一样不免杂乱，显然移民们只考虑到自身的谋生需求，从未认真规划过法拉盛。边缘化地位也来自主流社会有意无意的忽略，《退休计划》里不会说英语的华人移民要打工，只能去华人开的公司，而那里是没有任何劳动保障的，美国社会的工会组织十分活跃，法拉盛出现这种状况说明监管机制的缺失，这种缺失本身就是忽视的明证。

此外，法拉盛已不再能为新移民们提供过去的那种归属感了，现代生活的繁忙本就容易拉开人与人之间的距离，当法拉盛的功能着重落在商业活动上而非发挥族裔社区功能时，移民生活在其中能感受到的只有孤独。正如《选择》中童戴维所说的："在法拉盛很难交异性朋友……因为大多数人白天在这里工作，然后回家。许多生活在这里的人并不打算长住，好像他们目前的住处只是通向别的地方的中转点。"而他因为职业选择不符合家人期待，独自居住后，经常无人与他交流，以至于他担心有一天自己会于无声无息中死去。

哈金还注意到新移民和以前的老移民有很大差别,老移民到美国是为了"发洋财"让家人过上好日子,他们节衣缩食寄钱回国,帮助国内亲人成为他们自我价值实现的一个表现。新移民赴美则是为了实现自我,是开始一种新的生活,然而在感情上他们无法舍弃国内的亲人,这些亲人们的物质要求却造成他们在美生活的障碍和危机,甚至威胁到他们的生存,最终他们在痛苦无奈下选择了舍弃。这种爱恨交织的矛盾心态不仅见于他们和家人的关系中,实则也表现了他们与中国文化间关系的特点。《两面夹攻》的故事结构令人联想起巴金著名的小说《寒夜》,同样是一个关于婆—子—媳的关系的故事,处于夹缝中的儿子感受到的压力不仅有感情上的,还有文化上的,《寒夜》中婆媳对立表征了改良后的中国文化与五四新文化的对立,《两面夹攻》中则是中国文化与美国文化的冲突,而儿子最终解决冲突的方式只能是伤害自身,才能在两个女人间获得一个脆弱的平衡。儿子最后送走了母亲,但他心里是痛苦的,在中国文化中血缘亲情是一种天性,生长于中国的儿子自然深受这种观念影响,他同时也深深怀念在国内时的家庭温暖。然而出国后他一方面要努力谋生,国内的家人却受到宣传的误导以为移民等于致富,开始索求超出他们能力的财物,至此亲情中加上了物质利益的要求,亲情不再纯粹。移民在异乡的异质文化中生存,免不了产生孤独感,回忆放大了过去的家庭温暖,儿子邀请母亲前来美国的目的就是想重温这份亲情,结果却引发母亲与妻子的矛盾爆发,他不得不如同救火员一般时刻准备解决争吵,虽然他的小小诡计终于骗得母亲回国也安抚住了妻子,但这份美好的回忆也破坏殆尽。小说中写出了新移民对亲人、对中国文化爱恨交织的心态背后,是在两种文化间进退失据的尴尬痛苦。

早期华裔深深地感受到他们接受的美国教育与家庭里中国传统之间的冲突,以及这种冲突所带来的痛苦,因而在写作中他们关注于对这一问题的表现,将自身处于两种文化夹缝中、感情与理性无法统一的苦恼转化为代际冲突,通过对家庭生活的描绘展现出来。因此他们小说的唐人街叙事主要是借助于对华人家庭及华人父母的描写来表现的。在他们的笔下,华人家庭深深受到中国旧文化传统的影响,即使

是深受美国文化影响且表现十分开明、在美国白人社会有着一席之地
的华人，在家庭中依旧践行中国封建家长的那套权威，如《父与子》
中刘裔昌的父亲了解美国，也鼓励孩子学习美国文化，但在孩子选择
生活道路时，他却行使了家长的权威，不顾孩子的个人意愿，试图代
为决定孩子的学习内容以及对于将来生活的计划，刘裔昌明明对中国
并无感情，父亲却要他回国工作，他按照美国观念要寻找能够实现自
我的道路，父亲却教他应该从利弊权衡角度出发来考虑职业的选择。
中国旧传统对人的束缚更多地表现在重男轻女的思想上，这一思想在
唐人街十分顽固，直到八九十年代还出现在作家的笔下。黄玉雪描写
了这一思想给她造成的伤害以及她所做出的抗争，指出重男轻女思想
抹去了女性的独立个体地位，剥夺了她们基本的权利，是与现代人道
主义思想背道而驰的。对这些中国传统的表现，让早期华裔小说中的
唐人街及华人移民表现出封建、保守的面貌。

　　黎锦扬（C．Y．Lee）的小说《花鼓歌》（*Flower Drum Song*，
1957）讲述了移民王大的感情故事，王大的家庭折射了唐人街的状
况。王大的父亲王启阳因为国民党的败退于50年代迁居美国，他将
中国的习气完全地搬过来了，家里用仆人、包办儿子的一切，若非唐
人街内男多女少的局面，他还要包办儿子的婚姻。故事中一方面写出
唐人街的保守氛围，另一方面抓住了华人移民转型时的时代特点。
1949年后因意识形态差异，海外华人看不到回国的希望，早年叶落
归根的思想不得不转换为落地生根，王大在感情生活一系列的失败之
后选择仆人的女儿为婚姻对象，工作方面，学了多年医学的他决定卖
菜为生，这些行为都是对美国社会的妥协，为的是能够在美国社会真
正扎根。他是华人移民转型期的典型形象。①

　　五六十年代华裔笔下的唐人街被放大了它保守和僵化的一面，社
区里华人聚族而居的景象被描绘成混乱拥挤、嘈杂无序，而唐人街的
文化特征——中国传统更对年轻人造成极大的束缚和伤害，梁文焕

---

　　①　这段分析受益于赵文书《和声与变奏——华美文学文化取向的历史嬗变》，南开大
学出版社2009版，第70—72页。

（Monfoon Leong）的《长子》（*Number One Son*，1975）中父亲早亡使得阿明失去了自我实现的机会，他不得不工作以养活母亲和弟妹，没有抚养能力却生育众多子女体现的是中国多子多福的观念，其代价却是长子牺牲自己的人生。生而为长子这一偶然事件却必然地决定了阿明不再属于他自己，而是成为家庭责任的战利品，虽然金表上的铭字证明了父亲对他的爱，然而这一点情感的安慰与牺牲并不成比例，父爱让阿明向中国式责任低头，放弃自我，因此爱变成了剥夺。雷庭招（Louis Chu）的小说《吃碗茶》（*Eat a Bowl of Tea*，1961）中将这种代际冲突以更为激烈的方式表现出来。王宾来不在父亲跟前时是寻欢作乐的现代青年，接受父亲王华基为他安排的包办婚姻，他把妻子从中国接来后却失去了性能力，妻子未能抵抗住混混阿松的诱惑红杏出墙，事情暴露后出面解决问题并惩罚阿松的人不是丈夫王宾来，而是公公王华基，社区里的人对于这一父代子职居然没有任何惊讶。因为这件事在唐人街掀起轩然大波，王家只能从纽约迁往旧金山，迁居之后小两口终于独自居住，王宾来却在这个时候奇迹般地痊愈了。在故事中我们可以发现，迁居前的王宾来几乎一切事情都是由父亲做主，他只需顺从也只会顺从，包括他作为丈夫的尊严和权利受到伤害时，直面情敌的事情也是父亲代替他完成的，作为真正的当事人他被忽略无视，这种情况实际上是一种主体剥夺。王华基以父亲的权威凌驾于儿子的个体之上，取代了他的主体性存在，这一行为造成的直接影响就是王宾来个体意识的丧失，在小说中以男性性能力作为隐喻。因为在男性中心文化中，男性的性能力与他们的主体意识直接相关，是主动性、独立性的代表。迁居后父亲不再与王宾来夫妻同住，家庭中父权的权威性被从父亲那里转移到王宾来头上，个体意识由此回归。小说最后，王宾来打算为妻子生下的那个婚外私生子办酒席，这个时候他已经不再在意父亲是否会来、会说什么了。这个结局一方面可以看作年轻一代对父辈的反抗，同时，造成这种变化的原因是王宾来的身份发生了变化：过去在面对父亲时他是儿子，两人间是一主一从的父子关系；现在儿子的出生、独立生活使得王宾来也成了一个父亲，两人间变成对等的两个父亲的关系，王宾来已经不再需要遵从他父亲的权威，因为他自己就是一个同样的权威。

唐人街文化不仅会剥夺人的独立性，其自身的表现也是混乱而浑浊的。赵健秀在小说《唯一真实的一天》中详细描写了袁老头与华人朋友聚会的房间，那里可以看作唐人街的缩影。在这个房间里烟雾缭绕，光线因此暧昧不清，聚在这里的华人移民用打牌、闲聊的方式作为消遣，而他们的行动说明，作为消遣的手段后来成为他们行动的目的，这是因为他们本来就缺乏目的性，也没有采取任何行动的动力。正如他们的谈话漫无边际一样，交谈的声音很大，他们都使用华语，但同样的语言讲述的却是南辕北辙的话题，一个人希望讲讲他死去多年的哥哥，一个人想讨论另一个华人揣在口袋里的小狗，袁老头却为了车站上的不祥之兆惴惴不安。鸡同鸭讲的交谈引发了谈话者的火气，但这脾气消退得和来时一样快、一样无理由。有的人在谈论女人，内容荒诞不经十分可笑。谈话显示出这些人都是缺乏现代理性甚至缺乏美国常识的，他们荒谬地将自己的幻想当作现实，而且他们不仅没有严肃认真谈话的能力，也缺乏这样的欲望，他们聚在一起只是为了能发出声音，有人在旁边做出倾听的模样。在这片嘈杂的景象下，人们看到的是心灵的荒芜和孤寂。

亚裔运动进行到20世纪70年代，华族对于族裔性建立以及如何处理华裔与中国关系的问题有了新认识，他们从美国黑人文化成功的经验中意识到，种族的根可以成为族裔特性不被主流文化的洪流淹没的重要依托，他们重新看待中国文化，并试图挖掘其中可为己用的资源，由此也开始重新看待唐人街与唐人。同时他们意识到，在美国社会里，无论华裔是否承认，他们都被认为与唐人街及其中的移民有着千丝万缕的联系，要改变族裔的刻板形象，就必须改变唐人街的刻板形象。

华裔作家笔下的唐人街形象开始变化，一些曾被描绘过的缺陷虽然还在，但作家们不再对唐人街的某些变化视而不见，也对许多过去他们不能理解的内容进行解释，他们试图理解唐人街、理解唐人。

《女勇士》中"我"的一家居住在唐人街，这个社区让人印象最为深刻的首先是它根深蒂固的重男轻女传统，或许因为叙述者的女性身份，小说中对这一点的表现十分突出。社区里流传的这类谚语数不胜数:"养女好比养牛鹂鸟"、"洪水里捞财宝,小心别捞上个女仔",等等,这些谚语贬低了女孩的价值,嘲笑了生有女儿的家庭。在环境的压力下,父母即使心中喜爱自己的女儿也绝不肯表现出来,以至于"我"想:"我不想再自惭形秽地在华人街待下去了,那里的民谚和传说真让我难以忍受。"正是这种封闭而保守的环境造成了"我"对唐人街的疏离。

唐人街又是一个神秘得近乎野蛮的地方,所有的事情似乎都有神鬼方面的解释和仪式,而最可怕的方面表现在"吃"上头,母亲的食谱上包括了浣熊、黄鼠狼、蛇等东西,中国人的故事中似乎英雄都是特别能吃的人,这种能吃不仅表现在数量巨大方面,也表现在对所吃之物的不加选择,如唐代的魏龙吃的是蝎子、蟑螂、蛀虫、鼻涕虫等各种昆虫,打鬼英雄们自然还要吃鬼,似乎他们打鬼不是为了造福百姓,而是给自己寻找食物。对于吃的描述,体现出唐人街的兼容并蓄,这不是文化交融上的兼容,而是一个顽固的文化面对外来文化时不为其所动、吞噬一切外来影响。同时这一状况的背后也表现出唐人街文化的藏污纳垢、不加选择的特点。这种特点使得"我"难以忍受,认为吃塑料都比吃唐人街的食物强。

唐人街上的唐人们同时又是一群勤劳的、艰苦谋生的人群,他们工作环境恶劣,为了活下去努力干活,以至于老年之后,不再需要苦干才能生存时他们反而茫然无措。母亲在老年已经有了社会保险可以安度晚年,她却依然报名去农场摘番茄,将头发染黑不是为了外表美丽年轻,而是为了能够被工头选上;洗衣店拆除后家里领了补偿,父亲却因为没活可干而精神衰退。他们在常年的劳作之后,已经将手段变成了目标,劳作不再为了谋生,而只是为了劳作。小说中对于母亲奇怪的饮食理论有过介绍:味道好的东西不能吃,味道不好的才能吃。因此母亲不仅烹饪奇怪的食物,那些已经变质的食物也一直在餐桌上出现,直到它们完全被吃完。这段描写中不仅暗示了华人与常人的不同之处,而且写出了一种潜在的悲哀:只有巨大的艰苦与灾难才会让一个族群形成这种极具禁欲苦修气息的经验教训,显然唐人街里的父母从未在美国得到过幸福。

华裔们长大后离开唐人街，空巢现象成为唐人街的新现象。老一代移民不得不忍受孤独，与子女分离，他们试图挽救这一局面却一再失败，而子女并非不体谅父母的苦恼，但他们在唐人街里缺乏安全感和归属感，唐人街令他们压抑难过，留在唐人街就意味着华裔子女个人生活的毁坏，因此这种矛盾是无法解决的。

谭恩美的小说《喜福会》中呈现了唐人街的另一种形象，首先作者打破了唐人街里人们都住着破旧房子的印象，"我们住在旧金山的唐人街里，和大多数中国孩子一样，在餐馆和古董店后门的石子路上玩耍。我没有一点受穷的感觉。每日三餐，我们都吃得饱饱的，每餐五菜一汤。""我们住着一套有两个卧室的明亮、舒适和干净的公寓"。这样的公寓同美国其他社区的公寓并无不同，接下来作者详细描写了这个街区的布局和氛围，可以看出这是一个安静而功能齐全的社区。此外，小说中还借助刚刚到达美国的龚琳达富有批判性的眼光指出，美国那些粗糙蹩脚的中国装饰根本不能代表中国，"为什么人们总要把中国风味中最落后的部分作为特色来点缀？他们为什么不建造些庭园或水池之类？"暗示了主流社会对于唐人街及唐人进行有选择的表现，以此为他们塑形，突出负面的地方，其中的意图昭然若揭。小说中还写到华人社区往往为移民的地域性势力控制的特点，龚琳达初到美国时，因为是北方人，除了妓女之外找不到其他职业，"其他职业，大多由广东人和台山人垄断着，这些南方人世世代代在这里，打下了根基，发了洋财，由他们的重孙或玄孙掌握着整个华人区的命脉"。这种表述打破了社区内部同胞并无差别的幻觉。

随着族裔运动取得成果，美国社会多元化程度的加深，对于年轻一代的华裔来说，他们不再有如赵健秀等人那种进行族裔斗争的急迫感、焦虑感，他们从新的视角来看待族裔斗争和族裔文化，出现了新的倾向。他们在看待描绘唐人街时，也更加努力寻找一个公正而平和的角度。虽然还不能完全改变那种外来者的目光，但开始真正有了唐人街是他们之一部分的自觉意识。

伍慧明（Fae Myenne Ng）的《骨》（Bone）讲述了一个唐人街家庭发生的悲剧，次女安娜自杀身亡之后，家中所有的人都深受影响，伤心的父母关系闹僵了，长女莱拉回去极力挽救这个在分崩离析边缘的家庭，由此展开对于唐人街、这个华人移民家庭的种种思考。在莱拉看来，唐人街有其封闭保守的地方，人与人之间过分的熟悉以及不知尊重他人意愿造成谣言满天飞的现象，这些都是令人压抑的地方；但同样也是这些人，他们给予他人过多关注的做法，在他人遭遇危机时又提供了帮助和勇气，安娜死后人们主动来到这个家里，安慰几近崩溃的父母，帮助忙碌的莱拉，最重要的帮助是人们按照传统送来的食物，以及为死亡而唱的传统歌谣，这些将一个民族的文化记忆带到了美国，带给了漂流在外的移民，丧女的哀痛因为这些记忆而得到缓解，这些是莱拉不可能为母亲办到的事情，而对于母亲的悲伤来说恰恰是最重要的安慰。人们的行为为母亲在陌生的国土上再现了家园，在这个家园里，所有的苦难在传统中都有了解释，以及应对的方法，世世代代的人不需要思考，只需要照办。母亲通过这些食物和歌谣终于回到了种族之中，有了依靠，她的危机才得以解除。这一事件让莱拉意识到唐人街对于华人的重要意义，它使得这片国土上的华人不致失去他们的"根"。正是这一认识让她在唐人街找到了安全感和归属感，这种归属感不是完全地认同，因此她选择居住到唐人街外，但这种归属感是一种接纳，接受身为华人后代的一切并在将来的岁月中从中汲取资源和力量，以便更好地生活下去。

华文小说中唐人街叙事是从文化内部发出的声音，作家们与唐人街里的唐人是处在同一文化立场上的。从民族自我影像来说，华文作家与唐人街实际上是一体。然而唐人街毕竟是在美国土地上，美国文化以各种方式影响了它和居住于其间的人们，因而对于华人作家来说，唐人街同时也是陌生的，成为美国形象的另一种呈现，因此在华文小说的唐人街叙事中存在着自我/他者的双重视角。

华裔作家的唐人街叙事则是从文化外部发出的声音，虽然这声音与主流文化有很大差别，但不可否认的是他们也十分不同于中国文化。作家们的文化立场与唐人街不尽相同，有时还差距甚大。但在族裔文化建构的过程中，作家们逐步认识到自身与唐人街的紧密联系，唐人街必然成为他们自我形象的一个部分，因此在唐人街叙事中，他们也具有双重视角，不过这一视角是他者/自我的视角，其中的先后次序与华文作家有显然的差异。同时我们也要注意到，即使在华裔作家将唐人街视为"自我"时，这一"自我"也是间接的，是由于父母一辈的关系、种族历史的关系而产生的自我意识，不若华文作家那样是直接来自中国文化内部因而圆融无间的自我。

第三章

文化建构与文学主题

美国华族的文学写作，最终目的在于建构自身的族群文化。正如他们充分意识到在美国社会中自身所处的边缘位置，他们也意识到自身文化与主流文化之间存在的差异。同化时期这些差异性带来了极大的苦恼，他们试图调和二者的差异却难以实现；多元化理论则给他们带来新的启发，差异并非错误，在绝对中心消解的今天，差异正是族群形象得以建立的基础。由此，美国华族的文化建构走上新的道路。

在文化建构过程中文学往往承担了重要任务，发挥极大的作用，抽象的经验和思索可以借助文学的力量转化为具体的形象和世界，为族群成员乃至外部世界提供具象可感的参照，而文学建构文化的一个重要方法，就是主题的设置，作家的文学创作最终的指向都是文化建设，文学主题的背后往往可以见出作家的文化理念和文化期待。

在美国华族小说中，不同的作家群体对于文化建构的设想存在着相当的差别。综合来看，华裔作家作为美国少数族裔的自觉意识强烈而明确，他们的文化建构是针对主流社会对于少数族裔的遮蔽与歪曲而来，此外从少数族裔的文化立场出发，指出或批判主流文化的盲区与缺陷，其目的在于建设一个更好的美国文化，这些华裔自认是美国的主人，他们的文化建构最终也是参与、完善美国的文化建构。对于华人移民来说，他们的美国身份首先是一个国籍身份，而非民族身份，他们也有着身为少数群体的意识，但这意识具有双重性，一是由于人种差异和文化差异，他们在美国社会中处于少数的位置上，现实的生存原则让他们对这一处境有所认知并努力争取获得更多的权利和关注，在这一点上他们与华裔有着共同的目标，在族裔斗争中也容易结成联盟；另一方面，移民在民族身份上多认同于中华民族，但比较于中国内地，他们又与内地的同胞有显著不同，无论是他们的跨文化经历还是在这一经验中形成的新文化视角、新族群特点，都使他们成为民族内部的少数。民族身份认同使得移民不可能放弃中华民族（许多时候指的是中国内地）的接纳与肯定，他们通过文化建构确立自身的独特性时，内地文化也成为一个参照系。作为少数族群而建构族群文化，在移民作家这里其文化指向是双重的，既要改变在美国文化中的边缘位置，也要克服在中国文化中的被边缘化问题。华裔作家与移民作家在文化建构设想上的这些差异，带来了他们小说中文学主题的侧重点有所不同，以及在同一主题下作家采用的处理手法、阐发的主题意义的差别。

第一节　身份建构与认同主题

随着当今世界全球化程度的加深，自我认同已经成为文学中越来越重要的主题。在全球化情境下，传统的时空限制被打破，大量人员流动现象越来越突出，不同文化之间频繁接触发生碰撞，这些因素都让现代人的自我认同问题变得复杂。自我认同是我们关于自身的认知，这种认知以叙事的方式表现出来，这些叙事的集合体就构成了我们的自我形象。这一自我形象不仅是提供给我们的自我进行观照与反思的，同时也是我们提交给社会的一种自我证明，以确立我们的社会性存在。从这个意义上来说，文学中自我认同主题的表现，也是一种身份建构。

自我认同是一个复杂的过程，所包含的层次十分丰富，大致可分为两个层面：个体自我认同和社会认同。在这个大略的划分中，个体自我认同主要与个体自我意识相关，其包含的内容有自我文化身份、自我性别身份等，其得以表现的领域也主要在个体生活方面。社会认同则与个体的社会生活及所处的社会环境紧密相关，是个体从社会意义上选择群体归属、并从这种群体归属立场出发采取行动的表现。两种认同层面的划分实则指出了认同行为的一体两面。在实际生活中，认同的这两面往往是互相交织、难分彼此的。如性别身份认同中，性别意识与个体的自我建构关系密切，但在今天性别政治的影响下，个体的性别意识又与性别群体不可分割。自我认同的这一复杂性同样地也表现在与之有关的身份建构上，文学创作中的身份建构既是个体身份的一种描述，也是群体身份的某种表达或吁求。

美国华人移民远离自己的母国，在一片新的土地上生活，对他们来说，这种迁居造成了环境和文化上的变动，当熟悉的环境、文化发生大的变化时，由于连续性的断裂，人们在心理上易于产生某种危机感，这个时候他们往往会对已有的经历进行反思，面向所预想的将来而重组过去的经验、重塑自我形象，文学中的认同主题即是他们这一需要的直接体现。

早期华文小说中，无论是作家还是人物，他们在思想情感上都认同于中国，对他们而言民族身份与文化身份是统一的，美国社会只是他们托身的外部环境，外在于他们的自我体认，不会对之产生干扰或影响。故而在小说中这些移民作家也会控诉、谴责华人移民所遭受的不公待遇，但他们寻求的只是起码的公平对待，而非成为美国一分子的接纳。对于这个时期的华文小说作者来说，自我认同上最大的困难不是个体意识与社会评价出现的断裂，而是漫长的时光、遥远的距离让母国形象日渐模糊，在不知不觉中失去了自己的民族身份，因此华文小说借助于对本民族文化、习俗的反复书写，力图用文学的再现来抵抗遗忘，同时这种重复也是一种强调。我们还应注意到造成早期华文小说这一特征的另一个原因，即这个时期虽然世界已经进入现代性时期，中国本土的现代化还只是刚刚起步，前现代诸多的影响仍然保存在华人移民的意识深处并决定着他们的思维和行动，他们生活的美国社会虽然是典型的现代社会，但主流社会以排斥隔绝的方式将华人移民孤立起来，因此这个时候的华人移民群体并未感受到吉登斯所说的现代性自我认同的困惑与痛苦。

60 年代出现的台港留学生小说中认同问题的表现十分突出，在这些留学生作家的意识中有浓重的流浪者的自觉，他们的漂泊感是三重的：回不去的大陆、令人失望的台湾、无处立足的美国。这种漂泊意识让他们的身份变得模糊含混，他们在民族身份上有明确的认识，认同于中华民族，但除去这一重身份之外他们自我的其他形象是模糊的，尤其是在文化身份的问题上存在深深的困惑：作为当代中国人，当他们思考到中国文化时必然包含 20 世纪以来中国的现代文化，然而现代中国的境况以及台湾社会的现实使他们对这一文化抱有审视和批判的态度，中国现代文化是西方现代文化冲击和改造的结果，由此他们对西方现代文化也不再全心信赖；他们来到美国，美国社会的现实与流行的思潮让他们的这一疑虑进一步加深，感受到现代人所特有的异化感、整体形象的破碎感。最终他们只能依托于古老的中国文化来建构自己的文化身份，因为这样建立起来的文化身份能够实现和民族身份的统一。然而古老的中国文化毕竟远离现代的时空，虽然可以暂时提供一个精神家园，却不能真正解决作家们实际面临的诸多问题。现代人的认同危机是现代生活特有的产物，前现代时期在相对稳定而封闭的时空中，文化及传统相对单一，不同身份之间界限明确且身份含义也十分确定，个体在进行自我认同时所参照的意义系统是确定的。现代社会打破了这种传统时空，在不断的文化交流过程中传统文化发生变形，人们周围的环境也快速地变化着，原先的意义系统失去了稳定性，不再能提供有效的参照。封闭的时空中将来生活的一切都是可以预先设想的，传统据此为人们提供解决问题的依据，人们对于可能出现的问题也心中有数，当这一切被打破后，将来变为不确定的，各种新问题层出不穷，也没有解决的范例供人们参考，人们只能在迷雾中摸索甚至陷入迷惘。台港留学生作家们面对的是这样的现代，传统文化不能为他们提供真正有效的应对方式，他们只能接受身份破碎的情境走在漂泊的途中。

聂华苓的小说《桑青与桃红》对于这一身份破碎作了细腻的刻画。桑青与桃红是两位一体，这本身就是一种身份破碎的象征。桑青的一生是被围困的一生，她在家庭里找不到自己的位置，因为重男轻女的思想作祟，她身为女儿却得不到母亲的喜爱，在家族里她甚至不能算真正的家族后代，人们在家庭中的自我定位是自我认同必须经历的一个阶段，家庭的归属感给孩子带来的是安全保障以及自我认知，当孩子得不到这种归属感时，他们的自我认知就会出现混乱。混乱中的桑青逃离家庭，途中遭遇日军轰炸，她意识到自己所在的国家正在经受侵略战争，当国土变为战场，生活在这片土地上的人在逃难中落到处处无家处处为家的境地中，漂泊的感受击碎了国家民族自我形象的整体性；桑青一路逃亡，直到北平，战火如影随形，在战争的阴影下桑青找不到对旧政府的认同感，也不能接受新的政权，她无法继续留在大陆，离开大陆是对国家的某种背弃，这一背弃同样使桑青放弃了一直以来的民族国家身份。当逃亡的路线延伸到台湾后，丈夫贪污公款事发导致一家人只能躲在阁楼度日，她彻底成为隐形人，在要么被抹杀要么被囚禁的选择之间，桑青的身份变成了非法的存在；长期隐居生活导致的夫妻反目否定了她的妻子身份，孩子因父母的过错只能藏在黑暗中引发的愧疚否定了她的母亲身份，至此，桑青完全失去了指认自我的坐标，她的身份除了逃犯外什么也不是。可以说桑青的逃亡过程是一个不断被围困的过程，也是一个不断失去自我身份的过程。自我身份的丧失造成了桑青的分裂，到了美国以后她变成了桃红，亲手杀死了桑青，亦即杀死了过去的自我，在美国的土地上她试图通过否定过去来形成新的自我认同，然而这一努力还是以失败告终，当她杀死了桑青时就意味着割断了历史，没有历史的人是无根的人，因为永远无法停留而不能认识自己，不能讲述自己；此外美国社会的排斥，让桑青觉得"我到哪儿都是个外乡人"，"只不过是一个疲倦的外国人！和千千万万的外国人一样"。"外乡人"的自称说明她在美国找不到归属感，而这个"外乡人"等同于"千千万万的外国人"时，她的独特个性被完全抹去，成为一个符号，一个集合里无名的部分，主流社会的拒绝未必以暴力的方式出现，只需通过将个体等同于一个人的集体概念就能实现，在这种等同中桃红连最基本的民族身份都失去了。小说中桑青/桃红不断被围、不断逃亡的经历是对来到台湾的外省人经历的一种比喻，同样的，人物经历的自我身份不断被否定的过程也是这些外省人的体验，在这样的体验中漂泊成为他们骨子里去不掉的特征。

80年代的新移民在出国后也经历了认同困惑的阶段，在文学主题表达上有一个变化的过程。在初期，新移民作家对于1949年以后的中国内地记忆犹新，从整体上说他们对该时期的内地历史及文化抱以否定的态度，作为这些历史的对照，他们倾向于认同现代西方文化。当他们来到美国后，美国社会及文化所带来的文化震惊让他们发现，真实的西方文化与他们的想象和理解是有差别的，从而陷入两种文化夹缝中一时不知何去何从，造成了文化身份上的困惑。查建英的小说《丛林下的冰河》以婚恋选择暗喻这种文化选择的困惑，以及在这种困惑下文化身份的变异。小说中女主人公的爱情选择其实也是她的文化选择，她来到美国与典型的美国男孩捷夫恋爱，是出国留学接受西方文化的象征；被留在了国内的恋人代表了她在国内生活的记忆，他们曾一同经历过"文化大革命"前后中国社会的变化，放弃这个恋人也是放弃国内的过去和1949年后的中国文化。然而这种选择并没有给人物带来幸福，当她满怀遗憾却不得不同捷夫分手、留在美国痛苦地思念过去的恋人时，她的自我文化身份构建陷入了困境：她主动放弃了原来的文化身份却在感情上眷恋不已，难以摆脱这一身份的影响；她选择的新的文化身份却处处不适，不能引发认同。这是对新移民初到美国后处境的真实写照。

新移民不得不承认他们是美国社会的"外人"，然而在开始的时候，由于大部分新移民缺乏现代认同意识，他们将这种"外人"体验简单地同国籍联系起来，以为拥有绿卡就是真正的美国人，把国籍身份等同于自我身份，这一观点在小说中就表现为人物的身份建构主要是通过追逐绿卡来实现的，那些被称为"通俗小说"的新移民作品里大多如此表现。也有敏感的作家发现了国籍身份与自我身份的不同，发现了新移民的特殊处境。曹桂林的《北京人在纽约》被看作新移民"通俗小说"的开山之作，作者或许没有明确的探索身份认同问题的意识，却敏锐地抓住了其具体表现。小说中王启明的女儿来到美国时已经是一个少女，她似乎很快地融入美国生活中：流利的美式英语、在学校里交了许多非华裔的美国朋友，她甚至和美国许多青少年一样尝试吸毒。因为父母的努力这个小小新移民没有感受到经济压力，然而她却感受到文化分裂的痛苦，她的父母要求她在学校要像个美国孩子，在家里则要像中国孩子，这二者是无法调和的，孩子的自我认同陷入混乱，最终引发了悲剧。

严歌苓的小说《抢劫犯查理与我》对认同困惑有着更为深刻的表现。小说中的"我"清晰地知道，一张绿卡能够改变的只是外在的物质环境，内心的孤独感并不会因此而消失，巨大的生存压力和文化夹缝间的处境令"我"陷入了困惑，只能被动地以整个新移民群体的目标作为自己的目标——找一个有绿卡的人结婚，以获得绿卡。一片死寂的生活因为查理的介入掀起了波澜，查理是一个在生活中极具表演性的人，无论是抢劫还是演戏，无论他的声音还是动作，"我"都从这种表演性中看到了一种自信，来自对少数族裔处境的充分了解并加以把握的自信，在这自信的底下还有着好整以暇的对主流文化的嘲笑。正是这种认知让"我"迷恋上了查理，同为美国少数族裔的"我"试图从查理身上获得力量和帮助，然而随着接触的增加"我"发现了查理言行不一致，最后他加入军队开赴伊拉克战场的行为并非出于明确的认识或是理性的选择，而是他对抗日常性的一个偶然的动作，如同他的抢劫或恋爱。"我"终于发现查理并非因为深谙自身处境并能够处理才采取了表演的姿态，他实际上是用表演来掩盖自己的迷惘，他也是一个无法认知自身的人，这种迷惘让他的表演失去了最终目的，在表演的过程中他被动地为临时性的动作所左右，反而忘记了真实的自己。意识到这一点治愈了"我"对查理的迷恋，只留下对于同类的深深的同情。小说中"我"和查理所经历的认同迷惘，是现代性危机的表现，而不仅仅是移民身份带来的疑惑。

当新移民作家对于认同问题有了更为深入的感知和思索后，逐渐将目光从简单的身份选择中抽离出来，投向更为广大的领域，他们意识到认同问题的复杂性，在晚期现代社会的情境下，自我认同不再是稳固不变的，而是一个流动的过程；认同的意义构成不再是单一的，而是多重的。严歌苓的《小姨多鹤》是表现这一主题的代表性作品。

《小姨多鹤》并不是写新移民的故事，作家将背景放在了 40 年代的中国内地，由于主人公多鹤的身份设置——一个生活在中国且经历过 1949 年后中国社会变动的日本女性，使得小说中人物的命运表现了认同问题的复杂性。多鹤是日本垦殖团成员，在日本战败投降后，垦殖团的成员或是集体自杀或是死在逃亡路上，多鹤被卖给张家成为生儿育女的工具，在 1949 年后中国社会的诸多变动中，她与张俭夫妇及孩子们渐渐地活成了真正的一家人，晚年才回到日本。

小说中多鹤所遭遇到的认同困境是多重的。在日本战败后，战争期间累积下来的民族仇恨爆发出来，多鹤和同胞的逃亡之路危险而艰难，逃亡及被卖时，多鹤始终牢记着自己的民族身份，但这一身份给她带来了种种危机，有来自民族内部的——集体自杀行为也是一种民族内部的自相残杀，更不用提途中为了避免引来中国人而杀害啼哭的孩子或病弱者，这种行为实则代表了族群的崩溃；也有来自民族外部的——中国人复仇式的追杀，多鹤不得不因为自己的民族身份而为她没有参与过的暴行付出代价，当她被人们装在麻袋里如同货物一样称斤买卖时，她作为人的身份被抹去了。来到张俭家里，她还要面对小环的控诉，是日本兵害得小环失去孩子也失去生育的能力，小环控诉的暴行迫使多鹤不得不面对自己民族在中国的真实面目。这些都让她的民族自我意识无法统一起来，因为我们的自我认同不仅是塑造自我形象，同时这一形象也需要外部环境的认可，当二者间差距过大时，自我认同的连续性就会断裂，因此在日本战败后，多鹤的自我民族身份首先遭遇到危机，它已不再是完整而统一的了。

其次，在家庭生活的伦理关系中，多鹤也遭遇到身份认同危机，她在家庭中的位置不是确定的，而是游移不定的。多鹤来到张家，对于张俭夫妻来说她相当于过去的妾，而现代社会中已经没有妾这一角色了，多鹤成了外来者，她一面对张俭履行妻子的义务，却又不是张俭真正的合法妻子；她是和小环争夺丈夫的敌人，却因为身世可怜而得到刀子嘴豆腐心的小环的善待；善良的张俭父母渐渐对她多有怜惜，她似乎成了两位老人的女儿。她在这个家庭中的身份就这样漂移不定，这种身份的不确定导致她爱上张俭后家庭矛盾激化，张俭最后选择抛弃她，这一行为将多鹤在家庭中作为妻子的身份彻底粉碎了。多鹤在这个家庭中另一个身份是母亲，她生下了子女，但是子女们却叫她"小姨"，孩子们合法的母亲是小环，多鹤只能隐藏自己的母亲身份，"文化大革命"到来将许多秘密揭开，受到那个时代的影响，孩子们在知道了多鹤的母亲身份后，没有对多鹤的母爱做出回应，来自孩子们的否定使得多鹤的母亲身份也被否定了。

第三重认同困境则是发生在多鹤晚年，长年的生活中多鹤努力学习像一个中国女性那样活着，家庭发生的变故使得她只能与小环相依为命，苦难使得两个女人亲近并互相影响，当多鹤学会了小环的"凑合"后，她很大程度上被同化了。然而"文化大革命"结束，过去的同伴找到了多鹤，她回到日本。这时候的日本对她而言已经十分陌生，他们这些在战争中滞留中国、"文化大革命"后才返回日本的人已经被日本社会边缘化了。真正的痛苦不在于生活拮据，而在于在自己的祖国里成了陌生人，成为自己祖国的"外国人"，多鹤想念中国和中国的家，然而她再不可能回到以前的生活状态中。她变成了既非完全的日本人，也不是真正的中国人，她的民族身份悬挂于二者之间无处可依。

在多鹤自我认同的三重困境中我们看到，她的自我认同实际上在时间流逝和外部环境的影响下有一个变化的过程，并非始终如一。多鹤解决这些认同困惑的唯一凭借就是血缘。当她只是一个日本孤女的时候，她想着给自己生许多许多的家人；当她的爱情与这个家庭的需要发生矛盾时，对同一血缘的子女爱让她选择自我牺牲。然而这一手段到了晚年却失去了效用，因为晚年多鹤回到日本后的陌生感，不仅有时代和历史的原因，更重要的是，她所生活的中国社会，从40年代到80年代，前现代的传统观念在民间生活中依然占有重要地位，发挥着作用，她从小环那里习得的就是这样的中国文化，有着浓郁的乡土气息，而当她回到日本时她来到的是一个高度现代化的国家，前现代的传统——无论是日本传统还是中国传统——在这个时刻都不能为她的认同实践提供参照，她的认同困惑实际上也是一种现代性认同困惑。小说不仅写出了个人自我认同并非凝固不变的，而是随着环境的变化也会发生变化，也写出了面对现代性社会时人们所产生的认同危机。

认同困惑是一直困扰着美国华裔的主要问题，生长于美国的华裔从小接受美国教育，这种教育使得他们以美国为自己的祖国，对美国有强烈的归属愿望，他们中的一些人虽然也受过中国传统的教育，这种教育一方面主要以家庭传承的方式进行，另一方面这种教育大多并不系统也不完全。中国对于美国华裔来说是一个遥远的国家，是属于父母的国家，和他们的具体现实并不发生直接的关系。对于中国传统文化的缺乏了解，更重要的是在接受了美国正统教育之后，华裔认为美国才是自己的祖国。然而在社会生活中，华裔和白人不同的肤色使得主流社会一直将他们看作"外国人"，不仅在日常交流中强调他们的少数民族身份，更在现实里拒绝他们进入主流社会，从而引发了华裔"我是谁"的疑问，这一疑问通过文学表现出来。

美国华族的处境在从 19 世纪后期到 20 世纪，有一个变化的过程，这一过程影响了华裔对于认同的思考和认同时切入角度的选择。早期混血裔作家水仙花曾经提到过，她的华人血统在童年时曾经给她带来许多麻烦，她和她的兄弟为此在街头同白人孩子打架，家里的保姆以讲述神秘故事的口吻向别人提起她的华人血统，因而她很小的时候就思考"我是谁"的问题。在她的小说集《春香夫人》中她讲述了许多华人及唐人街的故事，在这些故事里极力突出华人并不比美国白人来得野蛮或落后，春香夫人来到美国后很好地适应了现代社会，成为一个现代标准下睿智宽容的女性。而在白人妇女与华人男子的接触过程里，白人妇女发现华人负责、重视家庭和道德的优秀之处，这些优点恰是白人社会十分缺乏的。水仙花无意以异国情调取悦她的读者，因此在小说中没有刻意突出所谓中国氛围，当她用理所当然的口吻、一种"自己人"的口吻讲述华人故事时，表明她在族裔身份上对于华裔身份的接受和认同。

有着欧洲血统、外表看上去不十分"中国化"的水仙花都感受到白人主流社会的排斥和拒绝，那些华人移民的后代对此的感受只会更加强烈。在早期华裔的创作背景中，现代性被看作是先进的表征，美国是一个典型的现代国家，与父母的落后的中国相比较，他们自然更倾向于美国。同时这个时期熔炉理论在美国大行其道，社会在抨击华人时突出的就是他们的"不可同化"，在这种情形下为了获得主流社会的接纳，华裔努力在创作中表明华裔并非不可同化，甚至他们已经完全同化了。然而所谓"不可同化"只是主流社会排斥华人的一个理由，华人在美国文化中已经被塑造成真正的他者，是不可能被主流社会所接纳的。于是华裔在现实中遭遇这样的困境：他们的教育、他们的自我认同和自我形象都是美国的，同时美国社会又时刻提醒他们只是华人，拒绝承认他们的美国人身份，这种困境带来了华裔的认同困惑。

刘裔昌在《父与子》中努力建构自己的美国人身份，从文本表面来看他的自我认同十分明确：他是一个美国人。从这一自我认知出发，他批评父亲并与父亲的中国做派作斗争，他像美国孩子一样将成为总统作为自己的梦想，拒绝父亲让他回中国工作的安排，也拒绝学习中文，他娶白人妻子而不是父亲希望的与华人女性结婚，努力拉开自己与父亲及华人之间的距离，不断对人表白"我是美国人"。然而在叙事层面下我们可以看到，刘裔昌对美国人身份的刻意强调恰恰来自他的缺乏自信，周围环境的不认可使得他的这一自我认知和自我塑造成为一种幻想，而且他在找工作时四处碰壁，最终不得不回到家庭与父亲和解，因为脱离了这个华人家庭他不可能体面地在社会上立足，他的经济会很快陷入窘境，这种和解是由社会的压力造成的，并非他自愿的选择。回归华人家庭意味着对华人血统的承认和接纳，在情感上他又渴望完全成为美国人，他的自我认同在这里实际上已经出现裂痕，不再是统一和完整的了。

黄玉雪和刘裔昌不同，她意识到自己的华人身份有助于自己与主流社会交流，于是在小说《华女阿五》中通过描述华人家庭来确立自己的华人身份，从表面上她的认同是指向中国的，甚至做好准备要回中国工作，认真地学习中文，其努力程度甚至超过了对英语的学习。然而在这个由各种中国食物、菜谱构成的文本中，黄玉雪用以对抗家庭重男轻女思想的武器是典型的美国式思想，她强调个体自我价值的重要性，对抗父亲对她的安排，帮助她实现梦想的也是美国社会和美国白人，而非唐人街或其他华人，叙事中黄玉雪的成功并非中国文化传统在美国的成功，而是美国价值对中国传统的胜利，这种胜利以最后父母承认黄玉雪的价值来加以表现。实际上黄玉雪小说里确立的文化身份是"在美国的中国人"，而非"中国人"，对于中国的强调是对主流社会的迎合，她自觉选择了边缘化的位置，以获得在美国的立足之地。

雷庭招的《吃碗茶》对认同主题的表现在华裔作家里比较特殊，不同于其他华裔作家着眼于族裔身份和文化身份的认同困惑，雷庭招的小说中人物也出现了认同障碍，不过这个认同问题主要发生在族群内部。王宾来是一个缺乏自我意识的人物，他已经习惯于将一切都交给父亲来决定，即使他已经成年，父亲依然能够安排他的生活，而他并没有怨言。他之所以在娶妻回美国的途中失去性能力，是因为婚姻让他想起曾经的荒唐生活，而结婚后他不在父亲注视下的生活里将多一个人，这个新加入的妻子很可能让他的荒唐被父亲知道，他畏惧父亲的惩罚和怒火，因此造成了性上的障碍。王宾来此时的心态与一个孩子无异，缺乏个体自我。处理妻子出轨的事情时这一缺乏尤为明显。当他们离开父亲拥有权威性的纽约唐人街，来到旧金山唐人街时，王宾来从父亲的权威底下解放出来，独自承担一个家庭唤醒了他的个体意识，至此他的自我认同才得以完成。王宾来在认同过程中建构的身份与民族或文化无关，而是关系到他的个人主体性，家长权威造成他的个人主体性缺失，新的环境和孩子则帮助他重新获得了个人主体性，这一过程是在家庭伦理的框架下完成的。

20世纪60年代末美国兴起亚裔运动，在这个运动中参与者们为了建立起族裔形象，极力突出族裔性，对族裔性的讨论也是对文化身份的讨论，同时也呈现了参与者的自我认同状况及其指向。运动之初，参与运动的华裔提出"亚美感性""美国华裔感性"的概念，其具体内涵是指真正的美国亚裔/华裔，他们的形象是在除去美国的部分及中国的部分之后，存在于美国亚裔/华裔身上的那些东西就是亚裔/华裔自身。华裔的这种表述说明他们在运动之初的认同中同时拒绝了中国和美国，表面上看这种认同有一个稳固而确定的对象，即族裔自身，但是这个族裔自身尚未得到有效的描述，它的形象、它的内涵都还在等待叙述，因此这个认同对象实质上是无，是不存在。这样的认同找不到出路，这点很快被华裔作家发现，并对之作了修正，这个时期的华裔文学关于认同主题的阐述才真正形成。

亚裔运动的积极参与者之一——赵健秀的小说《唐老鸭》是一部关于认同的作品。小说讲述了一个华裔男孩怎样建构自我的过程。唐老鸭在美国学校接受教育，其结果是他完全认同于美国白人，为了突出这一认同，唐老鸭将父亲、叔叔等华人看作他者，对白人同学提起唐人街及其居民时使用的语言也是"他们华人"，在白人同学问起和华人有关的问题时，他表现得十分漠然，并坦言自己不知道，他的这种行为是对那些因为他的肤色就将他与华人等同的白人同学的一种挫败，这种有意挫败的背后显示的恰是他因为被看作华人而引发的愤怒，以及认同于美国的急切心情。父亲发现了他的这一倾向，立即着手进行纠正，通过对唐老鸭讲《水浒传》、《三国演义》等中国故事之外，父亲还做了一百零八架飞机模型，并在上面写了《水浒传》中众好汉的名字，画上表情和他们各自的武器，在父亲和叔叔的教育下，唐老鸭终于接受了自己的华人身份，并学会对主流社会的刻板宣传进行质疑，小说最后以唐老鸭梦见了李逵并接受李逵的嘱托结尾。但这并不是说唐老鸭完全认同于中国，它代表的是唐老鸭对于自己身上中国性的接受，承认自己是中国性和美国性结合的一个整体。小说的认同主题一开始就建立在承认华裔身上美国性的基础之上，赵健秀试图表明华裔在自我文化身份建构的过程中缺乏的不是美国性而是中国性，在这点上与刘裔昌有很大不同，刘裔昌的小说中不仅人物不能接受自己身上中国的部分，并且表现出唯恐不够美国化的焦虑。此外赵健秀在小说中还涉及文化身份如何建构的问题，接纳自己的中国性并不是抽象的学习，而是在具体的文化氛围之中，华裔自小除了唐人街之外没有接触中国的机会，对中国文化缺乏感性的直接的认识，唐老鸭的父亲通过摆放在家里各处的模型，将《水浒传》及其代表的文化世界具象地显现出来，唐老鸭接受自己的中国性才可能实现。

李建孙的《支那崽》讲述的也是一个和认同有关的故事。丁凯是父母在美国生下的孩子，他的母亲深深眷恋着中国，在美国的土地上依旧拒绝美国化，她为自己心爱的儿子营造了一个中国的文化氛围，有意识地将美国与丁凯隔绝开。丁母到学校同老师说丁凯不能晒太阳的描写极富意味，丁母的理由是阳光里有有害的东西，丁凯一旦晒了太阳就会给他的身体造成不可估量的损害。阳光是外界的象征，丁母的话意在将丁凯与外界隔离开，所谓阳光有害是丁母害怕美国文化同化了她的儿子、使得儿子背弃中国的表达。在以孩子的活泼为优点的美国学校，丁母的这一策略显然是成功了。丁凯虽然学习中国文化，对母亲的感情使他对中国文化也有很深的感情，但他并不真的了解。丁母死后白人继母来到这个家庭，中国文化的氛围被彻底扫清，继母损坏丁凯的玩具、撕毁他的书籍，将丁母留下的痕迹清扫出家庭的同时也将中国文化扫了出去，丁凯被迫走上街头，这个时候他的认同危机正式到来。

丁凯的认同危机是以拳头和鲜血的形式降临的，他是一个文雅的、被期待成为学者或者艺术家的中国男孩，对于街头文化来说他就是一个怪物，孩子们见到他时称呼他为"支那崽"，他并不明白这是什么意思，其实是他不明白自己是什么。无论是母亲的中国文化教育，还是刚刚接触到的美国街头文化，他都没有真正了解，因此在暴力降临时他只能够逃跑，继母切断了他逃跑的退路，他不得不在街头忍受暴力。第一个给他带来拯救的是图森特，一个少数族裔孩子，在图森特家里和他的母亲说话，丁凯惊讶地发现，原来丁母说过的因果报应等思想并非华人独有，图森特的母亲用另一种方式表达了同样的思想，丁凯喜悦地想到："拉罗太太是典型的中国人！只不过她的外表和中国人不一样罢了。"在这里丁凯找到了族裔的共通性，当少数族裔找到他们的共同点时意味着他们站在了同一立场上，共同的敌人就是来自白人社会的种族歧视。对族裔共通性的发掘是一种斗争策略，反映到文学中则成为一个文学策略，它取消了单个少数族裔"不可理喻"的评价，同时给丁凯带来了归属感。当丁凯意识到他属于少数族裔之后，来自白人小孩的歧视和暴力不再那么可怕，因为他不是孤独的，图森特成了他的伙伴。紧接着墨西哥裔工人赫克托将他从街头的殴打中救出，并建议他去学习拳击，教给丁凯拳击的基督教青年会里教练几乎都是少数族裔。丁凯对于身份认同的第一次认识，不是美国人或中国人，而是对自己少数族裔处境的充分认知，他接受了包括黑人在内的其他少数族裔的帮助，也就是融入了这个群体，抵抗街头暴力的同时也是作为少数族裔抵抗来自主流社会的迫害。生活是一场战斗的思想就这样进入他的头脑，成为他的信念之一。

　　丁凯的第二重认同则来自辛伯伯。当继母艾德娜进门后，首先采取的工作是消除这个家庭中一切的中国气息，也就是丁母留下的气息。她扔掉了丁凯的中国书、毛笔、砚台，不再允许丁凯去探望辛伯伯。刚刚接触到美国街头文化的丁凯是困惑而胆怯的，当他学习拳击、学习勇气和毅力以后，他逐步强大起来，给了他违抗艾德娜命令的勇气。再次见到辛伯伯时，辛伯伯要求他的不是找到毛笔或砚台继续练习毛笔字，而是让他重复《圣谕》的第十六条法令："解仇忿以重身命"，这不是教人怯懦的法令，而是告诉人们面对暴力时不是以暴制暴就可以了，而应该动脑子。辛伯伯的教育让丁凯明白了人并非只要拥有武力就可以，而是同时要拥有智慧。对辛伯伯的崇拜和对母亲的思念让丁凯再次捡起中国文化的学习，也接受了他自己的中国文化身份。至此，美国文化的武力和中国文化的智慧结合起来，丁凯有了战胜代表美国文化的大个子威利的条件。可注意的是，在丁凯文化认同的过程中，他是先认同了少数族裔身份，而后才认同了自己的民族身份。没有前者作为铺垫，丁凯永远不能真正明了自己的处境，因而也就谈不上形成认同。这样的表述中传递了李建孙等华裔关于认同和文化身份建构问题的一种认识：即作为美国少数族裔，首要的是了解和接受自己作为美国少数的身份，因为这一身份同少数族裔的具体生活息息相关；其次是接受和了解自己所属的民族身份，因为在血缘民族传统里包含了形成少数族裔独特个性的重要资源，他们借此构成自己的独特而不可取代的形象。这种认同意识层次十分清晰，同其他华裔作家那种一概而谈的处理方式不同。

　　如何处理少数族裔身份和民族身份是华裔作家关注的焦点，也是这部小说叙事的焦点，但是在作品中丁凯的认同之旅还存在一个困惑，即在家庭内部中如何定位自己。丁母活着的时候，丁凯的家庭位置是十分明确的——母亲心爱的儿子，也由此带来丁凯对于中国文化的亲近。当丁母去世后，家庭发生了重大变化：丁父是一个想要全盘美国化的人，丁母去世后在这个家庭中中国文化失去了它的维系人，三个姐姐表现出良好的适应能力，大姐、二姐无论在中国还是在印度在美国都能游刃有余，来到美国后她们很快离开家庭独立生活，并且接受了美国家庭文化中的传统，而不是像在中国那样认为自己对年幼的弟妹负有很大的责任。成年姐姐们这样的态度是美国化的，同时也给继母艾德娜虐待两个年幼的孩子提供了某种便利。最小的姐姐简妮因为遭到家庭的忽视，尤其是母亲的忽视，对于中国文化毫无兴趣，她也适应了美国文化并学会用这种文化同继母斗争，只有最小的丁凯在这种变故中无所适从，他成为家庭中的异类。姐姐们的快速适应让丁凯对自己产生怀疑和失望，他不知道为什么自己会是子女中看似最无用的一个，这个时候他失去了自信，而自信是我们进行自我认同自我建构最重要的条件之一。丁凯接受少数族裔身份和民族身份的过程，也是重构自己的家庭身份和自我身份的过程，拳击和辛伯伯的教诲不仅让他在街头站稳了脚跟，同时也使他最终获得了家庭地位。

　　小说的结尾里，丁凯带着与大个子威利战斗留下的伤痕回到家门口，艾德娜继续拒绝他的进入，这时丁凯还戴着他的拳击头盔，他摆出了一个兼有防御和出击特点的拳击姿势，大声宣称：你再也不能欺负我了！丁凯正是以这样的姿势开始了和大个子威利的战斗并取得胜利，他用同样的姿势对上了虐待他的继母。若说大个子威利代表的是美国街头文化，则继母艾德娜可以看作是美国所谓上流社会文化的表征，丁凯的姿势则是少数族裔面对美国主流文化时的姿势——充满战斗性，同时也是防御性的。这一姿势说明了在认同和身份建构过程中美国少数族裔所感受到的矛盾：他们无疑是美国人，彻底颠覆甚至毁灭美国主流文化，这无异于鱼儿想要将存身的水全部倒光，并没有实现的可能；而只要主流文化存在，文化压迫和歧视就必然会存在，战斗没有结束的一天。因为美国文化是典型的现代西方文化，这种文化一个主要的特点，就是他们在面对他者时总是感觉受到威胁，必须将他者身上的他性消除之后，才能接受，而少数族裔不可能完全消除他们的他者特征，因此二者之间的斗争很难看到完全结束的那一天。

　　伍慧明的《骨》也是关于认同主题的作品，作者的处理方式具有自己的特色。小说中展开认同之旅的主体是大女儿莱拉，她一直处于自我身份不明确的困惑中，只是现实生活中的事务掩盖了这种困惑，直到妹妹安娜自杀引发家庭危机，莱拉才开始正视这一困惑。莱拉的身份模糊首先表现在家庭关系中，她是母亲和前夫的孩子，虽然利昂待她如亲生，但她清晰地意识到自己和两个妹妹的不同——她既是女儿又不是真正的女儿，是姐姐也不是真正的姐姐。这个地位给予她在这个家中的独特位置：她在家庭关系之内，某种程度上她又是家庭生活和成员命运的观察者。此外作为华裔，尤其是没有完全与美国同化的华裔，莱拉感受到夹缝中的困惑与痛苦，对这种痛苦的处理，尼娜是做一个在天上飞来飞去永远不停留在一个地方的空姐，并离开让她无所适从的华人家庭，安娜选择死亡，可以不必在家庭之爱与个人之爱间选择，莱拉不能接受这两种方式，她对于家庭和家人的责任感让她在搬走后又一次回来照顾父母。最终莱拉解决认同困惑的方法是了解父母，她翻看父母那些华裔子女们往往不感兴趣的文件和收藏，梳理出父母的一生并尝试着站在父母的立场上去感受去思考，她终于意识到不论自己愿不愿意，父母的华人特性就存在于自己的血液中，与其排斥它否定它，不如了解它接受它，就像是唐人街，这片社区令人压抑的同时也给华裔以安全感，背后只要还存在着这片社区她就能安心地在外面的世界里努力，因为她的灵魂有了安放的地方。小说中解决华裔认同问题的方式是通过了解父母进而了解自己身上的华人特性，并且完全地接纳它，而不是像赵健秀等人那样将华人特性作为一种资源来审视。

　　在华人移民创作的英文小说中关注文化夹缝中的认同主题的作品主要出于新移民作家笔下，这些作家对于华人移民在美国的少数地位没有华裔那样强烈的感受，相对地，对于作为少数族裔的华裔群体也缺乏强烈的认同，他们的认同主题超越了族裔认同的范围，在现代性认同危机的背景下来展开描述的。如哈金的作品主要关注在晚期现代性社会中，人们所遭遇的困境，不过这种困境的表达被放在了1949年后中国大陆这个背景之下，他所关注的现代性困境也包括现代认同危机，当文化传统失去了过去的效用，时空局限的打破、大规模人员流动的频繁发生、文化交流越来越经常也越来越深入时，人们不得不寻找其他的意义体系来进行自我认同建构，现代社会的另一个特点是社会分工细致而明确，不同领域里的知识掌握在不同人的手中，文化传统的失效造成人们在认同问题上对于专业知识和领域专家的依赖，知识领域的细致划分导致了诸多互相矛盾的论述，人们陷落在这些论述的迷宫中找不到出路，造成认同危机。另一个原因是，现代生活中社会流动性大大增强了，人们的生活不再局限在某一个领域里，带来了现代人身份的多重化，这些多重身份也构成了认同的迷宫，尤其是在这些身份看似矛盾而人们找不到解释时，人们往往对身份的这些多重构成感到迷惑而不知如何选择。这种身份迷宫正如《等待》中孔林所遭遇的：他要寻求个人价值和个体身份，但在生活中他属于各种不同的集体，就是不属于他自己——家庭中他是儿子、是丈夫和父亲，他必须遵循社会的伦理价值；单位中他是成员又是军人，必须遵循单位里的要求和军人服从的职责。他的每一个社会身份都和他的个人主体性发生矛盾，在求生存的前提下他只能二者选一，然而人的内心渴求并不会因为生存的现实原则而消失，一旦生存压力有所减轻，内心需求的力量就强大得凌驾于现实原则之上，由此带来了孔林行动和心态上的前后矛盾，他的一生似乎是不断对抗的一生，然而到了最后他既看不到对抗的对象，也看不到对抗行动真正要达成的目标，甚至发现自己同所对抗的事物之间没有明显的差异或不同。当认同行为的指向成为虚无的时候，身份建构的行动也失去了意义，孔林失去了自我身份，最后只能回到他曾极力要挣脱的社会伦理中寻找可靠的依托，比较于虚无缥缈无从把握的个体自我，伦理关系中确定的职责和位置更为实在、容易把握。

在人们的自我认同中，由于有了性别的差异，就出现了性别认同的问题，人们并不会因为自然生成的性别就形成自身的性别身份。现代以来，围绕着性别差异的讨论日渐获得重视，性别政治也发展起来，人的性别认同有了更为丰富的内涵，它不仅涉及人如何看待自身的性别，同时也涉及人如何进行自我性别表述、性别身份有哪些具体内涵，等等。众所周知，人类的文明主要是男性中心主义的文明，在这种文明中作为性别他者的女性遭到歪曲和遮蔽，现代以来的女性作家们对之有着深刻的表述，同时女性性别身份认同也成为她们关注的文学主题。

美国华族作家中女性作家有着极大的数量，在进行族裔文化身份构建的同时，她们也进行着性别身份的构建。在女性华文作家的作品里，她们的性别认同是在一个广阔的、整体性的范围内展开的，她们回顾男性中心文化对于女性所造成的伤害和扭曲，试图在现代背景下重塑女性群体的性别形象。

女性华文作家对于女性处境十分敏感，她们从多角度来展示这一形象。她们首先在婚姻关系中发掘女性的处境问题，如章缘的《更衣室的女人》中，妻子被剥夺了个体主体性，在丈夫的眼中，妻子将自己视为中心，以自己的意志为准才是正常的事，一旦妻子表现出某种独立性，对于私人时间或私人活动有所要求，就是一种异变的征兆。无论是发现回到家里没有现成的热饭热菜，还是妻子没有陪同他打球，在丈夫看来都是不可忍受的，是妻子失职的表现，他忽略了妻子并非只是提供饭菜的用人，而他的生活也不是妻子的生活。丈夫最满意的是在留学时娶了妻子，生活上有人照料得无微不至，他认为这是自己明智的表现，在这一思想中丈夫显然没有把妻子看作一个独立的人，而只是他生活的附庸，他看重的不是妻子的个性（甚至他并不了解妻子的性格，也不知道妻子一直在怀念以前的恋人）而是妻子具有的功能，这种思想说明妻子于他不是独立的人而是一种工具或手段。在漫长的白天里，妻子只能困守在小小的公寓，没有人交谈，她通过倾听隔壁断断续续的人声来打破极端的孤寂，对这一处境丈夫没有丝毫的体谅，他在回家后根据自己的需要提出要求，从来不和妻子进行交流，当妻子向他倾诉白天的孤寂感或自己的恐惧时，他没有认真倾听，只关注在自己的思想上。这对夫妻的关系，无论是日常生活中还是在夫妻性生活中，丈夫的表现充满了掠夺性。当一个女性前往市游泳馆游泳的行为都成为一种越界、一种过失时，她在家庭中的处境已经不言自明。

《雪地》（伊犁）里妻子的遭遇则更为糟糕，她不仅是丈夫的牺牲品，也是整个家族的牺牲品。作为一个母亲，在家庭渴望一个男孩的情况下，她无法保全自己年幼的女儿，眼睁睁看着她因为人为的原因而夭折，对于女性心态而言十分重要的母性在此遭受重创。丈夫的家庭似乎十分渴望孩子，但当男孩出生以后这一需求得到满足时，妻子孕育的其他的孩子就再也不能引起关注，而被当作一件物品根据具体条件来取舍，在这个过程中没人考虑过妻子作为母亲的感受——她对第一个女儿以及手术流产的另一个孩子怀有深深的愧疚，这种愧疚几乎让她崩溃。故事里的妻子只是被当作了生育儿子的工具，当目标达成时工具的作用也就消失了，对于丈夫而言妻子剩下的功能就是帮助自己应对生存的压力，若不能起到这样的作用，妻子的价值也就没有了，正是在这样的思想下丈夫才能够说出要生孩子就自己养活的话，完全没有作为一个父亲的自觉。妻子在家庭生活中的价值完全是工具性的价值，这种家庭及其成员对于妻子的剥削特性由此显现出来。

有的女性在面对这种个体价值的被剥夺、被剥削状况时采取了反思的态度，她们重新审视自身的处境，甚至尽可能地进行反抗，重新寻找自我价值实现的途径，并建立自我形象。也有些女性在这种处境下缺乏自觉意识，她们的反抗是潜意识的反抗，往往采取了非同寻常的途径。严歌苓的小说《红罗裙》和《约会》都是讲述母子关系的故事，在《红罗裙》中海云为了让独生子能够拿到美国身份，嫁给了七十岁的王先生，在美国的生活十分孤单，海云与儿子相依为命的感觉越发强烈，这种母子情不但引起海云继子的嫉妒，同时也让王先生警惕，在经历家庭变故之后，两个男孩都离开了家，海云独自留在大房子里陪伴老年的王先生。故事里的海云是一个十分女性化的人，她的女性化并不等于女性自觉意识，而是她自觉地依从传统文化和流行文化对于女性的种种要求，将这些要求内化，构成自己的思想和女性特征：如海云生活的 1949 年后中国内地，主流文化在个人生活表述方面有着很突出的禁欲色彩，她将这种禁欲要求变成了自己的内在特质，压抑自己的爱情，将婚姻当作一种手段和方式，她不敢表达对于异性的爱，却通过母子情的伪装将这种爱转移到儿子身上，这是正常情欲受到压抑后的扭曲，也是她潜意识里对于压抑女性的外在世界做出的一种反抗。这种反抗是畸形的，不仅给她自己带来了悲剧，同样也造成了儿子的悲剧。

若说海云的儿子对于这种母子情中非常态的内容还懵懂无知的话，《约会》里的儿子就有了比较清晰的认识。五娟的丈夫是来到美国时间较长的新移民，他发觉五娟母子之间的彼此依恋后将孩子送去寄宿学校，孩子生病时五娟赶去照料，在这一过程中孩子发现了他与母亲之间的感情并不单纯，决定选择上外地的大学以逃开这种情感，对于孩子来说和母亲的感情是他在陌生环境中唯一的精神归属，逃离的决定带有舍弃过去和精神家园的痛苦。耐人寻味的是五娟的态度，她同样发现了自己对儿子的情感并非简单的母爱，当儿子因为这一发现而仓皇逃离时，她却做出了清晰的判断和决定：宁可离婚也不与儿子分开。严歌苓在叙述人物这一心态时让人物联想起人类过去的历史，认为这样的情感在人类祖先时代就已经存在，因之并不是什么不赦的罪恶，这种情感可能历史悠久因而五娟觉得理直气壮。同海云相比，五娟有着更为清晰的自我意识，也有着更为强烈的反抗意识。当海云在王先生那里同时遭遇到新移民共有的歧视待遇和女性的劣势境况时，她没有太多的思考，而是依靠直觉运用起自己的武器——女性魅力，她深谙自身的这一优势，通过用女性魅力吸引继子来对抗王先生的权威，从而在家庭中引起轩然大波，她在伤害了王先生的同时也伤害了自己的儿子，并造成自己最终孤独地留在王先生家中的结局。五娟的对抗则更为直接，她清晰地知道阻碍自己的力量，当她要反抗时矛头就对向了在家庭中代表着男性权威的丈夫。海云被自己的反抗意识吓坏了，而五娟却在反抗的路上绝不回头。然而畸形的母子情毕竟是人类伦理所不能容忍的，它给人的心灵带来的伤害无可预估，因此无论借助母子情进行反抗的五娟和海云是坚决的还是无意识的，这种反抗本身是扭曲而畸形的，因而也就缺乏正面的价值，对于女性个体的解放和性别身份建构并不能带来有效的成果。

华裔女性作家的性别认同是在族裔认同的大背景下进行的，和女性华文作家不同，华裔女性作家首先要解决的是她们的族裔身份建构问题，在这一点上她们与华裔男性作家站在同一立场上，然而性别政治的观念使她们同时意识到她们不仅在美国主流社会面前是弱势群体，在族群内部她们也是被边缘化的群体，性别抗争和族裔抗争被放到同样重要的位置上，由于性别抗争是一个非常复杂而艰巨的任务，在华裔女性作家的笔下有时会出现比例失衡的现象，即性别抗争的突显超出族裔抗争之上。同时在性别抗争过程中，华裔女性作家将华裔男性群体放在了对抗的位置上，她们对华裔男性的批评和刻画也会无意中重复了主流社会的流行话语，成为主流文化中华人刻板印象的一种证明。正是在这一点上，美国华裔的族裔斗争在文学表达中总是与性别斗争相伴随。

　　汤亭亭的《女勇士》可以说是华裔女性性别身份建构的代表性作品，小说从族群内部入手描绘了华裔女性的双重困境。她们和华裔男性一样在美国社会要承受来自主流文化的歧视和形象歪曲，叙事者"我"在白人学校里因为不善表达而遭到嘲笑，对于白人主流文化"我"有许多疑问，然而这些疑问都是不能宣之于口的，只能留在心里。"我"并非没有思考能力，但是主流社会迫使"我"保持沉默，只有在华人社区"我"和其他的华人子女才能大声说笑、没有顾忌。但是熟悉的族群环境对于华裔女性来说也不是天堂，这里充满了对于女性的歧视，唐人街流行的歧视女性的谚语，唐人街上的人们直接用行动来表达女性不如男性的认识，具有游侠气质的大伯慷慨地为所有男孩买玩具买糖果，却拒绝带任何一个女孩到街上去，这种行为给"我"造成巨大的心理伤害，以至于当大伯去世时"我"竟然感到高兴。这种歧视女性的环境并不会因为女性自身的奋斗成功而有所改变，即使有着孩子应该光宗耀祖的传统，当女孩取得好的成绩时，歧视性的话语一样有话可说：女孩的成功对于父母没有意义，她的成功只能为她将来的婆家增添光彩。这种评论的依据是传统的"女人胳膊肘向外拐"的谚语，当"我"的努力得到这样的评论时，"我"的积极性也消失了，因为没有任何行动可以改变这种偏见，由此可见在华人社区重男轻女思想的顽固性，它杜绝了女性改变处境的任何可能。

　　这种顽固的偏见并非在唐人街形成的，它的历史由来已久，"我"

讲述的故事无不证明这一点。无名姑姑的悲剧在于在华人文化中女性必须服从于男性，无名姑姑并非出于对自由恋爱的追求才会发生婚外情，当她合法的支配者——丈夫离开的时候，另一个男性支配了她的生活，偷情约会都不过是对于男性指令的遵从。而这种文化的不合理就在于，它一方面要求女性对于男性的绝对服从，另一方面却又因此而惩罚女性，不问事情的由来和对错。无名姑姑的服从带来了私生子和村里人围攻的结局，最终失去了生命。若说无名姑姑的故事发生在远未现代化的乡村，那么母亲的妹妹——月兰的故事则是在现代社会中展开的，现代文化并没有改变她的命运。月兰和当年金山客的妻子们一样，在丈夫离家的时候留在原地守候、养育子女，遥远的距离也没有改变她们被丈夫支配的命运，母亲将月兰接来美国，试图让她向丈夫争取权益时，月兰却退缩了，最终接受丈夫的安排。月兰的形象是被动而无用的，在她身上感受不到实质性的特点，她给人的印象全是由物质性特征构成的——那些珠宝首饰以及保养得很好的皮肤和手，还有一些毫不实用的手艺，如剪纸，美丽而对生活没有任何用处。这样的女性是男权文化下的女性形象。月兰的故事说明，无论在过去还是现在，在中国还是美国，女性遭遇的歧视性处境从未有过根本改变，在这样的困境中女性该如何突围？汤亭亭的答案是塑造了具有反叛性的女性形象作为榜样。

小说里敢于违抗男性文化的女性人物有两位，其中之一是母亲勇兰。勇兰作为金山客的妻子并不满足于单纯的等待，独自生活的时候她萌发了追求自我价值的意识。她去学校学医，在学校闹鬼的事情中表现出极大的勇气，这种勇气也存在于她的生活当中，通过成为一个出色的乡村医生母亲建立起独立的自我，因之她不需要依靠男性。之所以来到美国，并非为了遵从丈夫的指示或者满足丈夫的需要，而是作为一个母亲为了孩子将来所做出的决定。当月兰的丈夫在美国另娶时，也是勇兰出钱出力帮助妹妹争取正当权益，然而勇气并不能传染，想要摆脱男权文化的支配女性必须自己有独立的个体意识，显然月兰不具备这种意识，勇兰为她所做的努力还是落空了。母亲勇兰的经历说明她是一个有着鲜明性别意识的独立女性，然而在对女儿的教育上她却表现出一种矛盾，一方面她用唐人街那些歧视女性的话语教训女儿并按照男权文化的需要规范女儿的行为，另一方面她却同女儿讲述自己独立的经过，并将女英雄花木兰的形象刻在了女儿的脑海中，使之成为女儿的精神榜样。一个具有独立意识同时也寻求独立的女性，在这些问题上所表现出来的反复与矛盾恰恰说明了在华人文化中女性的劣势是多么根深蒂固、难以祛除。

另一个违抗男性中心文化的人物是花木兰，她的反抗是极为彻底的。花木兰山上学道的过程是女性自我完善、追求个体价值的过程，当她把拯救村子和人民作为自己的使命时，她获得了社会生活中的中心地位，这一地位在过去一直是由男性占据着的，这实际上是一种僭越，由此花木兰颠覆了传统文化中男性在中央女性在边缘的格局。之后在具体的战斗中她领导着由男性组成的队伍对抗男性统治者，领导者的地位进一步加强了她的中心位置。若故事仅仅讲述这些内容，那么花木兰的性别身份建构是不完全的，只是从事传统中由男性主持的事业，只能将女性与男性等同起来，从而取消了女性的独特性，将女性男性化的做法在反抗的表面之下表达的是对男权中心的另一种形式的肯定。花木兰在战争中并没有失掉自己的女性特征，虽然她为了战斗的方便而束胸——这是从外在形式上否定女性特征的做法，但却在战斗的过程中实现了女性的另外一种性别价值，她同未婚夫在战争中结婚并生下了自己的孩子，既做了战士，同时也获得了妻子和母亲的身份，她的性别身份建构是完整的。而这正是小说对于华裔女性性别认同问题给出的答案和榜样。

由于小说以女性性别认同为主题，在建构女性性别身份的时候不得不将华裔男性作为比照，凸显了华裔男性群体的负面形象。在美国文化关于中国的刻板印象中，其话语主要是围绕着华人男性来展开的，华人女性在这些话语中仅仅是某种观念符号。主流话语中突出了华裔男性的缺乏男子气概，以及华人社会的野蛮和落后，用来作为证明的往往是华人女性的地位和遭遇。西方主流文化津津乐道中国传统对于女性的歧视和压迫，如溺死女婴的习俗，将这种特殊时期出现的情况作为中国社会的普遍传统加以宣扬，其影响面之大，我们从李恩富到林语堂等一批华人移民作家不断的抗辩中即可看出。《女勇士》里对于唐人街重男轻女传统的渲染无意中迎合了这一主流话语，侧面地成为其结论的重要佐证。也是因为这一点，当作品发表后引起了赵健秀为首的一批华裔男性作家的责难，从而展开一场影响面极广的争论。

第二节　文化建构与文化主题

美国华族作为流散群体，具有明显的跨文化特征。华人移民从中国来到美国，充分体验到两种文化间的差异和冲突；华裔在社会上接受美国主流教育，但他们的家庭是由华人移民父母构成的，华人移民父母的民族特性使得华裔在家庭中感受着全然不同的中国文化。无论华裔们如何在理智上排斥、疏离父母的华族文化，这一文化也必然对他们的生活产生直接影响。因而华族作家的创作目光必然会投向文化，这是他们小说中文化主题占有重要地位的内在需求。

在晚期现代社会里，由于不同文化之间的交流越发频繁，对文化的描述和思考已成为描绘社会景观的重要途径，文化主题成为文学创作的一种共同趋向，这些是华族选择文化主题的外在原因。最重要的是，华族的文学创作是为了族群文化建构而服务的，文化主题能很好地实现这一目的。

文学中文化主题的表达有多重形式：或是对人们的文化意识内容进行描绘，或是让人物在不同文化间进行取舍抉择以表达文化倾向，或是对所描述的文化形象进行肯定/抨击以显示文化态度，等等。这些表现形式在美国华族小说的创作中都可以看到。

华文小说中早期的文化主题侧重书写文化之冲突与差异，突出二者之间的无法融合，但吁求西方世界尊重不同民族间的文化差异，给予公平的对待。在这样的文化表达中，吁求的姿态本是就是一种弱势文化的姿态，它表现的是对文化强者的恳求，这一恳求是以文化不平等为背景的。

台港留学生作家群体的小说创作同样表现了文化冲突并认为二者

之间难以融合，和早期华文小说不同的地方在于，这些留学生作家并未发出对弱势文化平等相待的恳求，而是直接对强势文化进行批判，这种审视者、批判者的态度赋予了作家和小说主体同强势文化对等的地位，这是他们与早期华文小说家的差别之一。其次，小说中让人物在文化冲突中进行文化抉择，将文化主体性赋予了人物——华人，而文化选择体现了他们的文化态度和文化归属，这种处理方式成为对西方文化强势姿态的有效对抗，并能够增强族群的文化自信。

需要注意的是留学生作家在创作中将中国文化进行了区分，他们主要认同的是中国古代的传统文化，有时也包括1949年以前的中国现代文化，而不是中国文化整体。这种刻意的划分表明他们的文化认同不仅仅针对中美文化差异展开，其内部存在着更为细腻的层次，这使得同样表现出对中国文化认同的时候，他们与新移民作家并不相同。造成留学生作家对中国文化作出如此区分的原因在于，他们受到历史上意识形态的影响，无形中就将1949年后的中国内地与台港地区区分开来，同时在1949年后的社会形态不同而形成了各自的文化，这些差异会令台港留学生作家在面对内地文化时产生某些困惑。1949年后内地文化也是现代性的结果之一，是在马克思阶级斗争理论影响下而形成的，20世纪后半期开始在世界范围内展开的对于现代性的反思中也包括了对于马克思思想的反思，这些反思对于台港作家产生了影响，尤其是在内地发生了"文化大革命"之后，他们更多的对于内地文化抱有批判的态度，而难以产生共鸣。在这样的情形下，他们在选择对抗西方强势文化的资源时就自然地避开了容易引起争议的时期。而且从文化对抗策略的角度来说，中国古代文化传统对于西方世界而言并不陌生，其优秀之处也是西方世界曾经谈论过的，中国内地当代文化则于冷战时期饱受西方诟病，似乎不适合用来建设华人移民的文化形象。

80年代以来新移民作家在华文小说中对于文化主题的表现形式十分多样，总体来看，有的作品重在表现文化差异与冲突，并强调二者难以融合。这种矛盾有时造成了在文化夹缝中的人物出现了选择上的困难，而只能停留在困惑之中。查建英的《丛林下的冰河》里主人公充分感受到这种文化冲突，不是个体意愿能够左右的，从理智上人物倾向于美国文化，从情感上她不能放弃中国，她努力在表面上展现自身受到的美国文化的影响，包括找一个美国恋人，然而这些行为停留在表层成为一种表演；同时她似乎努力将中国遗忘在过去，这个过去却无时无刻不对她的心灵发生着作用，当表演因为缺乏足够的文化认同为根基而不能继续进行下去后，她意识到自己同样再也回不到过去、回不去中国，只能陷入深深的迷惘。同样表现文化冲突不可融合的，有些新移民作家则意在强调文化选择，即只有选择美国文化才是出路。90 年代初在内地出版的新移民"通俗小说"大多采取这一文化态度，周励的《曼哈顿的中国女人》即是如此，当新移民们全盘接受西方文化和西方社会准则，彻底改变自己身上的中国习性之后，他们就能在新世界里获得成功和地位，而那些抱着中国文化传统不肯松手的移民最后只能成为社会中的可怜虫。

更多的新移民作家在开始时表达文化融合的心愿，严歌苓在《少女小渔》中描写移民小渔虽然是为了获得绿卡而嫁给白人老头，但在共同生活的过程中她用自己的宽容和善良使得老头逐渐振作起来，开始活得像一个人。融融的小说更是极力表达这种文化融合的美好景象，无论是《热炒》还是《夫妻笔记》，中国文化在与美国文化相遇时总是能激发人性的火花，解决人的困境：《热炒》中女性新移民的中国智慧帮助一对美国夫妻认识了自己的内心，从而解开了彼此的心结；《夫妻笔记》里原本困于传统文化中女性从属地位的华人移民妻子迷失了自我，在与一对美国夫妻交往的过程中她逐渐发现自己，形成了独立的个体意识，心灵的变化带来了外表的变化，她不再是平淡的东方女人，而成为令人惊叹的美丽女子。在这类表现文化融合的作品中，作者多持有一种文化互补的观念，对于两种文化的差异力图从人性的角度进行调和，希望普遍人性能够唤起人们的共同生命体验，从而解决文化差异问题。人性的共通之处是人类进行对话的基础，但人性的具体表现却是会随着环境的变化而发生变化的，对于人类来说，具体的现实生活产生的影响更为直接而强大，比较之下普遍人性的概念则未免失于抽象，若一味将文化交流与融合的愿望寄托在抽象的普遍人性之上，那么文化融合的理想难免变成一种空中楼阁。

实际上想要完全实现文化融合是不可能的事情，因为各个民族的文化建立在民族历史和民族心理特点之上，人类的历史有相似的地方，但各个民族的发展历程是不同的。同样在民族心理问题上，不同的民族之间也存在着差异。以美国和中国为例，美国的民族心理带有典型的西方特点，和中国民族文化心理相比，西方的文化心理上有着极为强烈的个人意识，将个人放在至高无上的位置，因而强调个人的自我实现，有强烈的个人主义色彩；中国文化则建立在家族意识的基础上，重视的是整体而非个人，个人的价值主要通过对相应职责的履行来实现的，强调的是个体对群体的归属和贡献。另外研究也表明，总体而言西方的思维倾向于抽象化，而中国人的思维则相对形象化，思维特征必然影响到文化形态及特点，不同的思维方式形成不同的文化，二者之间并非不能互相理解，但要实现彼此无间的融合则只能是一种美好的愿望。

新移民作家逐渐意识到这一点，他们开始正视文化差异，对两种文化都采取审视态度，不再简单地认同其中的任何一种。在对文化进行审视的过程中他们摸索着尝试建构新的文化形态，这种文化形态带有全球化的特色，体现了全球化时期文化混杂的特点。这种文化建构还处在开始阶段，究竟会带来什么样的结果尚不明确。

《扶桑》对两种文化无法融合的认识表现得十分深刻，小说借助爱情来描写文化冲突和矛盾。克里斯爱慕扶桑，然而作者指出这种爱慕与其说是对个体的爱，不如说是对扶桑身上异国情调的爱。克里斯一面爱着扶桑，一面却想要毁灭唐人街，在他看来，唐人街是扶桑悲剧命运的根源，而实际上，扶桑是依托唐人街而存在的，一旦唐人街消失了，她也会一同消失。克里斯理解的错位正说明他对扶桑的不了解也无法了解。扶桑被从唐人街里拯救出来以后，丢掉了标志性的红衣服，换上教会没有任何个人特征的服饰，她对于克里斯而言也变得陌生了，克里斯甚至无法亲近地同她交谈。正是意识到这一点，扶桑才会承认莫须有的盗窃罪名以便回到唐人街，同样的原因让她选择与即将临刑的大勇结婚，而不是选择跟随克里斯。爱情是人类最美好的感情，在爱情中人们往往能够理解、接受许多在平时无法接受的事物，爱情同时也是人类沟通的共同基础，当爱情也不能解决文化差异造成的误解和距离时，这种文化差异几乎是不能克服的。

在表现两种文化差异的文化主题时，新移民作家对这两种文化给予了同等的关注，华裔的英文小说则更侧重于美国文化，对于华裔作家而言，无论他们接受不接受自己身上的中国性，中国文化对他们来说都是身份建构的资源，主要起到补充或比较的作用，而非他们族裔文化本身。

华裔早期英文小说也表现了文化冲突，他们也认为两种文化之间是难以融合的，不同于华文小说的是，华裔作家在小说中表现了同化于美国文化的渴望。刘裔昌在《父与子》中塑造了一个彻底美国化的儿子，他对抗父亲的重要原因在于，他的父亲虽然在美国社会十分成功，对美国文化也很了解，却在骨子里依然认为自己是中国人，并要将这一民族身份传承下去，为了保证儿子成为中国人，不惜动用父亲权威进行强制。父亲的民族身份给儿子带来了极大的痛苦，即使在小说最后儿子为了生存不得不对父亲低头，在心理上他还是渴望成为真正的美国人。在华裔小说中，成为真正的美国人意味着放弃或摆脱自己身上的中国特性，除了肤色的不同，在各方面都和美国白人保持一致，包括对于中国及中国人的认识方面，他们也接受了美国主流文化所塑造的刻板印象。黄玉雪在《华女阿五》中并没有激烈地想要摆脱自己的华人身份，她似乎完全接受了这一点，并认真学习中国文化，然而透过叙事层面我们可以注意到，黄玉雪接受华人身份时并未将之内在化，而是把这一身份作为一种标签，因为主流社会需要她有这样一个标签，所谓的华人身份帮助她更容易地与美国人交流的意思就在这里。正因为没有将华人身份内化，所以黄玉雪才能做出一种中国通的姿态向美国人介绍何为华人及华人的生活，她在介绍这些内容时采取的口吻是外在观察者的口吻，而非文化内部的人。构成黄玉雪自我的重要内涵——个体自我价值追求——其实是来自美国文化的，而小说中将美国社会及白人作为黄玉雪的拯救者的设置，也体现了她完全认同于美国文化的特点。

亚裔运动使美国华裔彻底放弃了同化的努力，他们试图建构一种不同于美国也不同于中国的新的文化身份，在进行这种建构的时候，为了摆脱这两种文化的影响，他们突出了两种文化的不可融合，以此来打破同化的谎言。然而对于华裔来说，他们的身份建构是在美国社会背景下展开的，这就意味着他们战斗的对象首先是美国社会的偏见。在美国社会关于华裔的认知中经常强调他们的中国性，作为反击，华裔作家在小说里有意塑造了反抗中国文化的华裔形象，导致了他们在意图上试图批判两种文化，而文学具体表现中批评的矛头更多地指向了中国传统。族裔运动的深入带来了作家观念的改变，他们开始试着从中国传统中提取有效资源来对抗美国主流文化，承认自身也具备华人特性。在这个时候，他们笔下的人物仍旧坚持着两种文化的差异巨大的认识，只不过对于华裔来说，他们本身就带有华人特性，因此接纳中国文化并没有太大的困难；同时华裔作为美国少数族裔，在主流文化的压迫下他们身上的美国性被强行地割裂，不再具有完整性，因此华裔身上兼具美国文化与中国文化的情况，并不能成为文化融合的明证。准确地说，所谓华裔特性就是这种文化兼具的特点，而这一点是美国白人所无法做到的。

《唐老鸭》中华裔少年的认同过程展现的就是这样一种文化混合，唐老鸭最初是完全美国化的，他甚至像白人一样地思考、看待华人群体，当他的父亲发现了这个现象、开始对他进行族裔文化教育时，父亲选择了《水浒传》这样的故事作为族裔文化的代表，唐老鸭惊讶地发现原来中国人也是勇敢的，而且这种勇敢远甚于美国故事中的英雄，对英雄的崇拜为他的文化转变提供了契机，他开始怀疑美国学校里所教的关于华人的知识，当他了解了华工修建铁路的壮举后，他不仅接受了自己的族裔文化，同时开始在学校里与主流文化抗争。小说中并没有提及唐老鸭所接受的族裔文化与他的美国文化是否会出现冲突，二者同时存在于他的身上构成他的文化身份。而李建孙的《支那崽》不同，当丁凯接受了中国文化后，他身上美国文化与中国文化之间只是并存，而不是融合，丁凯从辛伯伯那里接受了暴力需要用智慧对抗的教诲，同时面对美国社会时依然以美国式的暴力对抗暴力，就如小说最后在面对继母艾德娜的时候，街头的战斗已经结束，他依然戴着拳击头盔，摆出攻击的姿势，说明面对美国街头文化的暴力时，首先还是要表现出具备反击的能力，才能够宣称"你再也不能欺负我了"。伍慧明的处理是另一种方式，莱拉的自我建构是以离开唐人街为前提的，她即将奔赴的是华人社区之外的美国社会，唐人街以父母（代表过去和记忆）及精神家园的形式在她的内心中保存下来，这是她自我的背景，而非主要表现。精神家园是我们安托灵魂的地方，同时也是一个永远无法回去的地方。美国文化和中国文化被区分处理，各自找到了新的位置而构成平衡，在平衡之间，距离依然存在。

华文小说中表现的文化融合理想，是希望两种文化能够互助互补，融为一体，形成新的文化形式。而英文小说中文化之间差异无法完全克服，只能以混杂的形式并存。

文化主题在文学中的另一个表现是作家对于自我历史的塑造，新移民作家们在作品中着重于对历史进行重述，重新讲述的过程也是揭示被遮蔽的部分的过程，在这个过程中作者试图去重新定位历史及自己在历史中的位置，同时为中国画出新的形象。

在面对文化差异并进行文化审视的过程中，新移民作家的关注焦点之一是中国文化，和前一阶段的台港留学生作家不同，新移民作家对于中国文化的接受与思考是从整体上而言的，他们并没有将1949年后内地当代文化与之前的文化割裂开。这种选择与新移民作家自身的直接经验相关，比较起中国传统文化，他们更关注20世纪尤其是1949年后的中国内地文化，正如我们之前说过的，对于新移民作家而言，他们虽然在美国的土地上写作，但同时他们的写作是指向国内的，在全球文化反思的潮流中，反思中国内地的当代文化也成为他们的写作主题。

这类反思从"文化大革命"叙事到中国现代史叙事，作家通过对历史的讲述来实现反思，考虑到作家们在民族身份上认同于中国，这种历史叙事也是对文化身份的重构，他们不满足于当代中国历史叙事所赋予的文化身份，对之进行改造，给这一身份以新的内涵。在这类历史叙事中，作家针对中国内地已有的历史叙事进行历史重述，刘索拉的《女贞汤》以政治寓言的方式将中国20世纪历史放在一个小社会中加以表现，这个社会里的文化束缚和陈旧传统的压力，将鲜活的生命变得

局促、僵化，文化所具有的负面特征得以展现出来。严歌苓在《第九
个寡妇》中采用民间立场进行历史叙事，民间本身具有藏污纳垢的特
性，其标准好坏均有，而唯一不变的是生存的本能，从人的生存角度来
解释历史、审视历史，本身就是对过去宏大历史叙事的一种反叛。作家
有意地抵抗启蒙主义的历史话语，从人类本能的角度来展现历史，写出
了宏大叙事中所遮蔽的历史中人的个体性和生活的日常性，使得历史中
人的文化身份不再是大叙事里集体身份微不足道的组成单位，而具有了
自己的生命和特色，个体的人终于被显现出来。中国内地过去的历史叙
事站在革命启蒙的立场上来展开，叙事中人的身份是革命斗争中的身
份，阶级属性取代其他成为人的主要属性，作家们通过站在个人立场上
进行历史重述，恢复了阶级属性之外个人的其他特征，尤其是人的本能
内涵，对文化身份的探讨落实到个体的人的身上。

　　《陆犯焉识》（严歌苓）是一部梳理 20 世纪中国知识分子精神历
程的作品，人物的经历让这部小说在时间上贯穿了几乎整个 20 世纪，
小说中主要写的是 50 年代到"文化大革命"结束后的新时期，右派
陆焉识在监狱里接受改造的时候有了大把的时间回顾自己的人生，反
思过去的思想和行为。他是典型的中国现代知识分子，接受了启蒙思
想的影响，以个体自我价值现实作为追求的目标，然而大半生过去之
后，曾经是他个性追求道路上象征障碍的妻子却成为他的精神救赎，
确定自己爱妻子使他有勇气在漫长的监禁中继续等待下去，并忍受极
端的孤寂。陆焉识的改变颇富意味：在成为右派之前作为典型的知识
分子，陆焉识对于理性有着深深的信仰，现代理性和现代文化告诉人
们，包办婚姻是违背人性的，是旧文化对人的束缚和戕害，出于这种
理性认知，陆焉识表面上接受了恩娘的包办婚姻，实际上通过在国外
的风流韵事、回国后沉浸在学术研究等方式暗地里反抗这种婚姻；当
他在农场看到有女儿出现的镜头的电影时，画面以具体的形象唤起了
他对家庭和亲情的渴望，这种渴望让他在回顾自己的生活时更多地从
感情的角度而非理性的角度去审视，他不仅发现了自己对妻子的爱
情，同时也意识到作为家庭中丈夫和父亲的自己应负起的责任。在陆
焉识的经历中，理性让他超然于生活之外，感情却使他回到具体的生

活当中，这一表述是对崇尚理性的现代文化的一种批评。

小说的叙事从"十七年"开始，"文化大革命"并非作者主要关注的历史时段，因为人物的主要命运和转折在"十七年"间就已经注定了，"文化大革命"的影响主要通过子女的遭遇来加以表现的，在相对与世隔绝的农场里，"右派"们的命运并没有发生根本性的改变。如陆焉识在 50 年代就完成了他自己的"自我改造"，塑造起一个口吃而胆怯的形象以适应生存环境，这一形象一直伴随他到新时期来临。这种安排意在指出中国当代知识分子的命运变化早在"十七年"间就已经出现，而不是人们以为的"文化大革命"一夜之间带来了中国社会的颠覆性变化，这种历史表述是对已有的"文化大革命"叙事的一种纠正，表现出作者对新时期以来主流"文化大革命"叙事的质疑及疏离，从这个新的角度去思考当代中国知识分子的悲剧命运等问题就有了不一样的含义。这种对新时期主流"文化大革命"叙事的疏离和反思也表现在陆焉识新时期的命运描写中，陆焉识被释放、回到上海后，他虽然得到了自由，但之前的遭遇和被捕始终没有得到真正的解释和正名，这不仅让他生活在各种猜忌中，也使得他的儿子始终惶恐不安。当代文学在描写新时期时总是突出其对"文化大革命"错误的纠正与改变，"文化大革命"中遭受冤屈的人们在新时期得到了新生，比较于这样的叙事，这部小说的不同之处显而易见。《陆犯焉识》重述的不仅仅是中国现代史和"文革"，也试图重述"文革"后的新时期。

陆焉识所属的这代中国知识分子深受两种文化的影响，他们生活在刚刚开始现代化的中国社会，中国传统文化对他们的影响是深入骨髓的，同时他们又接受了西方现代文化，因而他们是处于文化夹缝中的人，时常因为这一特殊处境而进退失据，如王蒙在《活动变人形》中就描绘了他们这种状态。严歌苓笔下的陆焉识却不大一样，他不是被动地夹在两种文化之间的，对于两种文化他都采取了疏离的审视态度，尤其是对西方文化。陆焉识在 20 世纪 30 年代赴美留学，他敏锐地觉察到美国社会的排华氛围，并对此作出了自己的反抗，他打破了华人一向文质彬彬的刻板印象，不仅喝酒打架，也和白人女性恋爱，当他发现恋人将这种异族恋情看作是一个羞耻的秘密小心保护时，他主动做出了中断关系的决定。在美国的生活中陆焉识表现出主动性，这一点恰是他在国内生活中所没有的。比较之下，他反而对于文化夹缝的体验不那么鲜明，无论哪种文化于他而言都只是思想资源，没有带来无所适从的感受。小说为我们提供了一个新的现代知识分子形象。

华裔的英文小说十分重视对于历史的讲述，对他们来说这是构建族裔身份和族裔文化必要的环节，因为在美国，由于主流社会的有意忽略和遮蔽，美国华人的历史一直是模糊而残缺的，只有梳理出自己的先辈们在这片土地上的经历，华裔才能够真正认知族裔的社会地位和处境，才能够对自我形象展开想象。正因为美国华人的历史被掩盖起来，必须经过发掘才能展现，因此华裔小说中对于历史采取了重新塑造的策略，在这个重塑的过程中，虚构和想象补足了史料的缺失。

汤亭亭的《金山勇士》（*China Men*，1980）通过对家族历史的讲述重现了主流历史遮蔽的早期美国华人遭遇，汤家三代男人的故事具有普遍性。主流历史的记载可以轻易地抹去少数人群的痕迹，但在家庭里，家族成员的故事会代代相传，因此家族的记忆对主流历史的记载构成补充和修正。为了表明写作中力求持平的态度，作者在讲述阿公等人修建铁路的历史时，将各种可能性都写进书里。因为时间的缘故人的记忆在细节上或许会不可靠，作者就从只言片语中寻找过去的真相，当各种可能性都被呈现出来的时候，它们所具有的共同特征就是真相，而这一真相是在美国华工艰难求生，他们为美国的铁路建设做出了巨大贡献和牺牲，却只能默默忍耐主流社会的排斥甚至压迫。这种历史重塑中虚构的部分容易引起人们的争议。作为一种策略，汤亭亭在小说中设置了夹章，这些似乎打断了叙事流畅性的章节里罗列出美国各个时期制定的排华法案、限制华人的法案以及主流社会发动的种种歧视运动，以文献的方式勾勒出美国华人遭遇的基本轮廓，而用家庭故事和华裔后代的揣想填充细节和形象。这种处理方式将文本历史化了[1]，增强了文本的可信度，同时也增强了小说所叙述的历史

---

① 这里的论述受到张龙海著作《透视美国华裔文学》中相关论述的启发。见张龙海《透视美国华裔文学》，南开大学出版社 2012 年版。

的可信度。赵健秀则是通过梦境的方式讲述美国华人历史，唐老鸭在每晚的梦里都亲身参与到铁路的铺设中，他见到了华工的工作环境和生存环境，看到了华工表现出来的智慧和吃苦耐劳，这些细节的描述让人对于华工有了更为深刻的了解，而他查阅的历史资料证明了梦境中情境的真实，梦不再是虚构，而是真相。《骨》当中莱拉为了给父亲办理相关的手续翻阅了父亲一生积存的文档，亲眼看见那些信件里拒绝的话语，了解到父亲的一生就是被拒绝的一生，利昂并不是一个没有毅力、没有能力的人，但是社会将他的能力约束在如开洗衣店这样的工作中而不给任何其他机会，当一个人在社会的围困里无法突围后，他变成一个不能将事情完成的人就是自然的事情，因为他的努力得不到鼓励和回应，他的所有尝试都只能得到拒绝的结果，他又如何有将事情继续下去的勇气和决心呢？

讲述美国华人历史的故事，最终的目的是要纠正主流社会对于华工已经形成的偏见，就如《唐老鸭》里的白人教师，将诸如华人是女性化而缺乏男子气概的、华人愚蠢等偏见当作知识教授给学生，从而使得一代代的美国人接受了这些污蔑并将之作为真理和常识，甚至华工的后代也这样认识自己的先辈。其间表现出刻板印象的强大影响以及恶劣后果。只有纠正了这些偏见，华裔们才能够树立起自身的自我形象。因此华裔作家重塑历史的目的也是要改变美国社会关于中国的刻板印象，这也构成他们文化主题的第三个表现形式。

美国主流社会很早就形成了关于中国的刻板印象，这一印象影响到通俗文化，出现了两个主要人物形象。一个是傅满洲，在通俗文化中他被塑造成残暴嗜血、没有人性、野心勃勃的形象，最重要的是他始终对白人社会满怀敌意，以颠覆美国作为目标。这样的一个人物让美国公众感觉他们受到了威胁，虽然傅满洲的诡计最后都被挫败了，但那种威胁感却留在美国白人的心里。另一个华人形象是陈查理，这是在美国社会华人形象有所改善、排华氛围逐渐松动的情形下出现的新形象，作为侦探的陈查理聪明、圆滑、忠诚，但是他的聪明是用来给白人英雄作为陪衬的，他的忠诚也无限地献给了白人，无论是他还是他的儿子都扮演着在白人身边唯唯诺诺的角色，更为重要的是，陈查理无论从形象上还是行动上都不具备白人文化所赞赏的男性气概，他是一个没有性别的人。美国通俗文化中的华人形象，不论好的还是坏的，都只表现出和美国社会普通人、美国文化价值观不一样的地方，是典型的异类、非我。而美国社会将他们作为华人的标准形象，即使在生活中接触到华人或华裔不符合这种形象时，也只会认为是真实的华人或华裔是个别特例，而华人群体的面貌不是傅满洲就是陈查理。

华裔要打破美国社会的这一刻板印象，首先要做的就是证明这两个形象的虚假性。赵健秀在《唐老鸭》中通过对唐老鸭父亲和叔叔的描绘告诉人们，华人并非是野蛮或愚昧的，他们有自己悠久的文化历史，也有自己的勇气，其勇敢程度甚至还要超过白人。《水浒传》《三国演义》里的英雄人物富有感染力，他们的形象说明了不仅是在美国的华人具有勇气，这种勇气有其悠久历史。而出现在唐老鸭梦里的华人领导者关公更是智勇双全，他不但能克服恶劣的自然条件，让华工的修建速度快于白人工人；同时也擅长领导族群进行机智而巧妙的斗争，能够充分调动起人们的勇气和干劲。关公和他的同伴们的遭遇说明，华人对于白人社会并没有傅满洲式的恶意，相反，是白人社会一直在压迫他们，并刻意抹杀他们在人类历史和美国历史上留下的印记。《支那崽》则通过辛伯伯的形象解释了白人无法理解的华人智慧，辛伯伯是一个学者，文雅、博学，在崇尚暴力的文化中他显然不是强者，然而他的智慧却能够使人保持自己的本心不在现实中迷失，对于丁凯来说拳击教练教给他的是生存的技能，辛伯伯的教导才是做人的根本。丁凯的父亲也是一个不同于主流社会描述的华人形象，他是一个勇敢的战士，这一点就算是美国军校的教官都给予承认和肯定，讽刺的是一个勇敢的中国军人，完全接受了美国文化，来到美国后他的人生却逐渐衰败下去，他缺乏的不是能力，而是机会，主流社会没有给他展现才能的机遇，他只能在华人的圈子里寻找工作。丁父的形象展示了美国化的华人所遭遇的困境：他们认同的国家不接纳他们，而他们因为认同了美国却无法很好地融入华人的圈子里，也就失去了改善生活的可能。美国排斥华人的理由之一就是华人"不可同化"，永远是美国的客人，不会维护美国的利益，然而丁父的遭遇说明华人并非不可同化，只是他们即使彻底同化于美国也一样被社会排斥，不可同化的责备不过是一个借口而已。

华裔不仅再现早期华工的历史，塑造早期华人移民的形象以驳斥主流社会的歪曲，同时他们的创作目光主要是投向将来，投向现实的，为父母正名只是努力的第一步，他们最后需要塑造的还是华裔自身的形象。赵健秀的《甘加丁之路》中讲述了一群华裔青年的故事，其中的尤利西斯·关是一个自觉捍卫族裔权利的人，他的父亲是一个美国化的华人，毕生的追求是能够扮演陈查理，尤利西斯十分痛恨父亲的美国化，他寻求各种途径认识自己的华裔身份。尤利西斯作为赵健秀心目中理想的华裔形象与另外两个华裔青年构成鲜明对比，在尤利西斯的文化追求中体现的是赵健秀关于华裔文化的设想。伍慧明则塑造了莱拉这个形象，莱拉的特点是既能够融入美国生活中，同时也不会忘记自己的华人民族，并且认识到华人特性是构成自我的重要部分，只有平和地接纳这一点她的自我映像才是真实的。李建孙笔下的丁凯则是以美国文化为表，中国文化为里，寻找到自己在美国社会中的位置。

华裔在建构文化身份的时候出现了一股重塑早期华人历史的写作潮流，一些新移民作家敏锐地抓住了这一点，也展开他们自己的美国华人历史叙事。严歌苓的《扶桑》就是对早期华人和唐人街的描述，此外，她的短篇小说《魔旦》《橙血》也表达了同样的写作意图。《魔旦》向我们讲述了一个唐人街的传奇故事：犹太家庭教师在观看唐人街的戏曲演出时爱上了扮演旦角的少年，少年却与他的女学生产生暧昧，当教师想带着少年离开时落入一个陷阱，被女学生的情人当作情敌而杀害。小说的叙事口吻充满了猜测与想象，作者不时出面对着读者讲述为了这个故事查找资料的过程，故事因此被笼罩在迷雾之中。最后作者暗示了唐人街历史展览馆的那个老人也许就是当年的少年，但这一暗示太过模糊，因此故事中少年最后的下落还是没有确定。飘忽不定的叙事方式影射了华人历史被遮蔽和改写的事实。少年在唐人街的男扮女装反映了当时唐人街是一个单身汉社会的事实，美国政府限制华人女性入境造就了这个畸形的社会形态；少年的前任死于白人对唐人街的围攻事件中，原因却只是人们为他在舞台上的美丽所诱惑，想要亲自验证这一美丽的真实；犹太教师在对旦角的爱慕中具有极强的支配欲和控制欲，本应是平等双向的感情，教师却从未考虑过少年的意愿。《橙血》中的玛丽小姐如果没有阿贤改良橙子品种的努力早就破产了，她却自居为阿贤的恩人，阿贤想要结婚组织一个家庭的愿望被她看作是背叛，她亲手设计了一场谋杀。玛丽小姐的态度其实是许多白人共有的态度，他们自视为救世主，一旦华人不遵照他们的安排，他们就将之毁灭。阿贤的经历也说明了白人社会的态度，故事中当中国土地上已经没有人留着辫子的时候，阿贤却还留着，因为玛丽小姐除了满意于他的女性化气质外，最喜欢的就是他的辫子。玛丽小姐的喜好说明白人有意识地将华人固定在前现代时期，这满足的不仅是猎奇心态，同时也满足了他们的优越感。就像那些到果园里来的白人必定会和有辫子的阿贤合影留念一样，通过辫子这个物体华人的形象被符号化、物质化、对象化了。

移民作家对于美国华人历史的发掘一方面是他们将对抗主流社会歧视的斗争深化的表现，另一方面也说明他们作为美国少数族裔的自觉意识正在加强。

第四章

文化策略：建构与解构

从 20 世纪 60 年代末参与亚裔运动开始，美国华裔就表现出建构族裔文化的急迫感，他们的族裔文化是针对美国主流社会而言的。美国社会在 60 年代涌现出少数族裔运动，运动中的主力黑人群体获得了极大的成功，他们以独特的黑人文化在美国社会中稳占一席之地，这对于华裔来说极富有启发性，因此华裔将斗争的重心放在族裔文化建构上，同时，族裔文化也构成族裔身份之内涵，文化建构与身份建构，对华裔来说是同一件事情。

华裔要建构文化，首先要解决的就是主流社会关于华族文化的既有印象，这一印象自 19 世纪后期以来已经固化，并渗透到日常生活中，成为美国白人的常识。而这些固有印象传播的时间，正是美国社会出于各种原因大力排华时期，这决定了这些既有印象突出的是华族群体及其母国的负面特征，其间多有歪曲甚至凭空想象的成分。华裔要建构新的族裔文化并立足于社会文化之中，就必须先扭转纠正这些极具负面性的刻板印象，而族裔运动中华裔若不能做一种正面的自我表征，运动就无法实现提升华裔族群地位的目标，华裔的文化建构过程不得不与解构刻板印象相伴随，在华裔作家的文化策略中，建构与解构是同时并行的。

华裔作为流散族群，他们的文化背景兼有美国文化和中国文化，但这并不意味着将二者简单相加就等于华裔。实际上对于跨文化群体而言，这种跨文化体验极为复杂，从华裔群体来说，一方面他们自小成长于美国社会，接受的是白人主流文化教育，在身份认同上倾向于美国，即使对于白人主流文化抱有批评的态度，从根本上说他们的文化立场与之不会偏离太远，在思想观念上仍不由自主地受到白人主流文化的影响。另一方面，华裔也成长于华人移民家庭，在这些家庭中父母的生活方式、思维方式对他们的影响是潜移默化的，在孩子们学会用理性和知识批判父母之前，父母就是他们的榜样，无论是生活上的还是文化上的。此外从心理学的角度来说，中华民族的集体无意识也存在于华裔的意识深处，即使他们无所觉察，也一样会对他们的心态、行为等发生作用。从这一点上看，华裔想要完全抹去身上的华族特性几乎是难以实现的。美国文化和中国文化在华裔的身上产生了冲突，无法被简单地叠加起来；而作为个体的华裔必须保持自我的统一性和连续性，他们从个体经验出发，选取某个特定的角度在两种文化的差异、矛盾处制造出一种微妙的并存关系，让个体可以对文化差异、文化矛盾视而不见，从而取得一种平衡。而每个具体个人的生存境况和生命体验并不相同，因此华裔作家们选取的角度也往往有很大差异，这便是在族裔运动展开的时候，华裔作家一面对族裔之外的白人主流文化宣战，一面也对族裔内部不同倾向的人们宣战的主要原因。

赵健秀与汤亭亭代表了华裔群体内部的两种主要倾向，发生在他们之间的争论也是最为激烈的。

在处理自身跨文化经验时，汤亭亭主要选择具有普遍价值的文化作为切入点，从文化角度来看，单一文化经验显然不及双重乃至多重文化经验来得丰富而深刻，因而具有双重文化体验的华裔在文化表达与文化建构上具有优势。为了凸显这种文化的双重特质，汤亭亭选择了一个文化边际人的身份，同时站在白人主流文化与中国文化之外，对它们进行审视和评判。而这种文化边际人身份是一种边缘性身份，无形中汤亭亭及其笔下的人物重复了主流社会对华裔的定位。此外，为了表现这一双重文化，尤其是美国读者极为好奇的中国文化，在进行文化描述的时候，汤亭亭不得不在有些地方按照美国公众的一般认识来进行描写，以确保她的读者不致质疑她写的"不是中国"或"不是华人"，美国公众的中国知识中包含了大量的陈旧、负面信息，汤亭亭的这一做法显然无意中强化了美国社会关于中国的刻板印象，具有东方主义色彩，而这些本来正是她所要对抗的。

　　赵健秀则将华裔面对白人主流社会的斗争转化为意识形态的斗争，认为这是一场弱势群体面对西方霸权主义的战斗，因此华裔确保自己立场的正确性就十分之必要，战争中的二元对立思维方式也表现得十分鲜明。正是出于这样的认知，赵健秀争论华裔特性即"华美感性"时，对那些似乎无法帮助文化建构的事物采取了彻底否定的态度，这一态度在早期以一种极端的形式表现出来。他认为真正的华美要同时抛开美国和中国，剩下的部分就是华裔真实的自己，然而人不可能脱离具体环境而存在，华裔本来就是跨文化境况下的产物，他们身上的特质无不具有某一种甚至是两种文化的渊源，彻底抛开两种文化，也就彻底放弃了自我。意识到这一点后，他不再采取极端的态度，而将中国文化纳入文化建构的设想中。即便如此，他依然坚持着二元对立模式，不过将这一思维方式转移到对华裔作家所写的中国文化之真/假的问题上。在赵健秀看来，华裔作家笔下中国文化的真与假问题，关乎作品是否能解构主流社会对中国的刻板印象的关键，真的中国文化以不同于过往主流社会熟知的形象揭穿谎言、瓦解偏见，而假的中国文化在迎合主流社会的同时背叛了族群，成为华裔被边缘化的帮凶。

　　强化族裔斗争的意识形态特征的做法，在保持斗争的警觉性、战斗性等方面显然有其可取之处，当今世界文化现象极为纷纭复杂，不同文化间交流的速度加快、程度加深、范围扩大等情形也加剧了文化形态的流动性，文化间斗争的形式也日益隐蔽，因此华裔作家们的战斗随着时间的推进容易失去目标和方向，或是对斗争变得迟钝麻木。但二元对立思维方式的缺陷也是显而易见的，它造成了人们相对褊狭的战斗观念。如赵健秀对汤亭亭小说《女勇士》的指责，赵健秀认为汤亭亭过分强化了唐人街重男轻女的状况因而迎合了东方主义的想象，并以此判定汤亭亭笔下的中国文化叙事是假的，是对主流社会的谄媚，他忽略了汤亭亭不仅是一个华裔，同时也是一个华裔女性，20世纪六七十年代以来女性主义运动也十分兴盛，作为少数族裔女性的汤亭亭感受到被双重边缘化的困境，她的小说不仅要为族裔呐喊，更要为女性呐喊。在族裔运动和女性主义运动之间不存在何者优先的问题，作家的创作必然离不开个体直接的体验和感受，因此赵健秀与汤亭亭之间的争论不可能有最终答案。

在文化建构的角度上华裔作家存在差异，但共通的一点就是针对美国社会遮蔽美华历史现象展开历史重塑。他们有的从家族史叙事入手，讲述先辈到美国后的历程，再现当年排华浪潮下华人移民的生存困境以及不得不隐忍的处世选择，证明华人刻板形象中的负面特征并非华人的本性，而是环境压迫下的被动选择与改变。有的作家讲述早期华工对美国建设做出的巨大贡献，这一贡献却被白人窃取，白人社会的行径证明了从华人踏上美国土地的那一天开始他们就被有意识地边缘化了，同时早期华工的贡献也说明，华工及华工的子女后代有资格做这片土地上的主人。赵健秀的《唐老鸭》、汤亭亭的《金山勇士》等都是这类历史重塑的代表之作。

重塑历史不仅是一种建构，同时也构成一种解构，它揭开了主流历史叙事刻意隐瞒的真相，改变了历史的面貌。华裔英文小说中更为突出的解构策略表现在作家对于后现代小说手法的运用，后现代小说手法具有强烈的颠覆性，以及去中心化的特点，华裔作家将之很好地运用到族裔文化建构当中。

赵健秀的《甘加丁之路》可以说是这种后现代解构的代表作①。在小说中作家运用了拼贴、戏仿、互文性等后现代手法，不仅解构了美国主流文化关于中国的刻板印象，同时也表现出华裔内部争论的状况以及一些华裔表面张扬自身的族裔性实则与主流文化勾结、共同毁坏华人及中国形象的事实。

拼贴是一种写作技巧，其特征是将一些原有的材料组合成新的整体，或是一个段落、一个章节，或是一个文本。拼贴后的整体改变了原有材料的内容及含义，其意义指向有两种：一是作者巧妙地将不同的材料组合在一起产生新的意义，抹平材料间的差异性；一是作者有意突出材料之间含义上的冲突性，进而产生颠覆原有意义的效果。而

---

① 《甘加丁之路》的后现代主义特点分析主要借鉴了张龙海的相关论述，见张龙海《透视美国华裔文学》，南开大学出版社 2012 年版，第 104—116 页。

在对材料差异性进行抹平的过程中由于材料被赋予了新的含义从而不同于过去，这也是一种改写，是一种颠覆行为。《甘加丁之路》中赵健秀对拼贴手法的运用几乎贯穿文本，他将不同的文化拼贴成文化大杂烩，目的在于揭示美国华裔的特殊处境。小说中记叙了古代中国神话：盘古开天辟地和女娲补天的故事，并且据此将小说分为四个部分。同时故事又是发生在美国的，美国文化表现随处可见，华族同化的代表人物关龙曼是一个电影演员，他的经历将美国文化最有特色的电影文化带进文本。小说的标题灵感则来自英国作家吉卜林的小说，在这部关于印度人甘加丁故事的小说中吉卜林塑造了一个同化于英国殖民者而损害了自己民族利益的人物，赵健秀以小说标题暗示了关龙曼的与美国同化、渴望饰演陈查理的行为等等，都和甘加丁一样是在同化道路上背叛了自己族裔的行为，关龙曼是华裔中的甘加丁。至此，小说中出现了三种文化类型，彼此交错，让人眼花缭乱。盘古和女娲的故事不再是中国传统的创世故事，而变成美国华裔获得族裔自觉意识后开始权利争取运动的开端，是华裔的开天辟地。关龙曼对陈查理的角色求而不得，他的儿子尤利西斯·关对此嗤之以鼻却在舞台上扮演陈查理获得成功，父子间命运的差异表现了对美国主流鼓吹的同化之路的嘲讽与否定。而对吉卜林作品的隐喻性使用，更使吉卜林小说中塑造的人物上升为一个特定的类型，有了更为丰富的社会和文化含义，同时也通过吉卜林小说，赵健秀将野蛮的殖民时代的英国与文明的现代的美国、强调多元化的美国联系起来，从而揭开在多元化面纱下隐藏起来的少数族裔依然没有获得应有地位的现实。当美国社会开始倡导文化多元化时，种族歧视的行为变得越来越隐蔽，也是因此才有了"玻璃天花板"的说法，而赵健秀的小说借助后现代的拼贴手法祛除了平等的幻觉，让这种歧视显形，对于华裔的族裔运动而言具有重要的意义。

拼贴手法也被用来揭示人物的本质，小说中的关龙曼就是这样一个拼贴型的人物，他是华裔，同时对于陈查理角色的追求使他将陈查理内化为自我，而他以自己的彻底同化而自豪，他对妻子说过这样的话：

你不是基督徒，但是，正如你所看到的，我还是爱你。作为陈查理，我要引导你，让你得到拯救。书上这样写道：上帝以一个白人的形象放弃一个儿子，引导白人走上正义大道，拯救他们，让他们颂扬上帝。所以，白人以一个纯华裔的形象放弃一个儿子，带领黄种人修筑从接受到同化的道路。……（《甘加丁之路》）

在这段话里，关龙曼采取了早期白人教士教导所谓"野蛮人"与美国同化的口吻，具有帝国殖民者的特征。可以说关龙曼本身就是这几种特点的大拼盘。而他作为个体的人的特点并非来自自我深处，而是由外在文化特点拼接而成，这些文化特点之间存在着差异和矛盾，但这种矛盾对于作为主体的关龙曼来说毫无觉察，说明他及他所代表的这些实现了同化的华裔并非真实的存在，而是一种文化的拼凑，是浮于表面的。

赵健秀将族裔文化建构活动政治化，因此对于其他华裔作家文化上的妥协十分敏感，他的小说也对这些人进行抨击。赵健秀争论的对手中最著名的就是汤亭亭，他们之间的争论也构成华裔运动中的重要事件，争论后汤亭亭曾经在小说中对赵健秀进行戏仿。《甘加丁之路》中赵健秀则进行了回敬。戏仿是一种谐谑性的模仿和借用，通过改变语境的方式凸显模仿对象的不和谐甚至可笑之处，以此达到嘲讽或颠覆的效果。戏仿主要发生于文本之间，但是对于著名人物身上的突出特征，因其广为人知也具有戏仿的可能。赵健秀的文化建构设想里，汤亭亭的文化态度是他要战胜的一种不好的倾向，因此在小说中借助戏仿塑造了一个表现这种倾向的人物——华裔女作家潘多拉，通过对这一人物的批评表达自己对这种文化倾向的批评。潘多拉在婚姻上选择白人，这让人联想起汤亭亭的婚姻；而潘多拉在为自己的作品《村庄的声音》做宣传时将之定位为"非小说"，《女勇士》在出版时也是这样标明的；在作品受到批评时，潘多拉表示并非自己要采取这种噱头，而是白人主流社会要求所致，这种解释及理由与汤亭亭谈论《女勇士》时几乎如出一辙。汤亭亭在《女勇士》中严厉批评了华人族群内部对于女性的歧视和压迫，这种表达下华族男性的形象自然受到损害，赵健秀对此抱以激烈的反应，而在小说中他对这一点作了夸张处理：潘多拉的散文表示，之所以选择白人男性是因为华人男性无法满足她的性欲。这种表达充满了嘲谑，其荒诞之处一望即知。被赵健秀戏仿的华裔作家不止汤亭亭一位，小说中的本尼迪克就是对另一位作家黄哲伦的戏仿，对于赵健秀而言具体的作家并非他批评的目标，这些作家代表的倾向才是他战斗的对象。戏仿剥去了这些作家自我辩护的伪装，展现了他们行为之下掩盖着的用意和目的，看似委婉的处理手法背后是屈从于主流社会压力、寻求个体自我成功的野心在起作用。

互文性强调的是文本并非封闭的意义系统，而是与其他文本一同构成一种或几种符号系统，不同的符号系统之间存在着意义互换的情况。作家的创作离不开前代的文本，也会受到同时代其他文本的影响。有时候作家在作品中引入其他文本，从而达到隐喻或暗示的目的。在《甘加丁之路》中尤利西斯的名字就是互文性的一种表现，首先这个华裔的名字和名著《尤利西斯》同名，暗示了人物与《尤利西斯》中的主人公布鲁姆一样是少数族裔，具有同样的漂泊感；此外，这一名字还暗示了古典作品《奥德赛》，这部作品中的人物经历了漫长的漂泊和磨难才最终找到归宿，正如《甘加丁之路》中的尤利西斯·关，从 22 岁担任铁路扳道工，到成为演员、作家，他的身份一直是漂移不定的，最后在用文学方式记录中国文化时才找到自己的人生目标。作者借助经典文本表达了作品语言层面以外的含义，并显示了华裔的真实处境和人生选择。

不仅赵健秀在作品中使用后现代手法对已有文化及现象进行颠覆，其他华裔作家也多采用了同样的手法。汤亭亭的《女勇士》为了表现对男性中心文化的颠覆也采用了拼贴手法，将中国古代的花木兰故事、蔡文姬的故事与现代时期的无名姑姑、母亲勇兰的故事拼贴在一起，又与当下的华裔后代"我"的故事和姨母月兰的遭遇并置，从而在故事层面上将过去—现在—将来联系起来，表现出男性中心文化对于女性的压迫是由来已久的，同时女性的抗争也始终没有彻底中断过。此外，在将华裔故事与蔡文姬故事并置的时候作者还表达了她的文化诉求。蔡文姬曾被掳到匈奴并嫁给了单于生下子女，她的跨越两个民族文化的经历和华裔十分相似，最后她在夜风中唱起《胡笳十八拍》感染了匈奴人——即使他们并不了解歌词的内容。这个细节表明文化的影响并不会因为语言的障碍而有所损失。蔡文姬的故事影射了华裔所遭遇的文化困境，在不同民族的环境下自身的民族文化如何与对方进行交流或是与之融合，能够依托的只有文化艺术的感染力量。

新移民作家的族群文化建设自觉发生得比较晚，但他们很早就意识到自身与国内同胞的差异，由于多数新移民在身份认同问题上是将国籍身份与民族身份区分开的，他们在文化上更希望获得国内同胞的理解与共鸣，若说他们的文学创作是作为一个少数群体而进行的文化建构，他们首先是中国（而非美国）的少数群体，直到20世纪90年代后他们才开始有意识地参与到美国华族的斗争中去。

由于新移民创作是新时期出现的文学现象，无论新移民作家自身还是国内研究界都习惯将这一文学看作是中国当代文学的一个类型，其在创作上表现出来的差异也被视为同一民族内部文学的不同特点，因而新移民作家们没有华裔那种急迫的斗争意识。民族身份上他们与国内保持一致，其具有的特点只与国内文化构成差别，而非本质上的差异，因而他们的文化建构在于写出新移民群体的特殊处境，强调他们由此所获得的新目光与新的文化态度。在文化身份的塑造上，他们也是代国内人立言的，与国内文学的流行趋势一同通过解构内地主流历史叙事来重塑当代中国人形象。

因此在新移民小说中作家塑造新的华人移民形象的过程也是文化建构的过程，与这一新的华人移民形象构成对比的是过去的中国人（而非仅仅是过去的华人移民）。过去的中国人形象在内地主流历史叙事中已经有了确定的轮廓，如在主流历史叙事中，当代中国人可以从启蒙角度来进行区分，或是接受启蒙文化的觉醒者，或是沉迷在封建旧梦中的落伍者；而在革命历史叙事话语中，中国人的形象则可以从阶级意识及阶级立场加以区别。这样的描述角度使得中国人形象显得单一，同时过分关注宏大历史及对其整体规律的态度，个体的特点、个人化的选择等等都被遮蔽了，人被按照类型划分，个体性反而消失了。作为对此的颠覆，新移民作家在小说中极力解构主流历史话语，民间写作立场的选择、个人历史话语的表述、从生存角度瓦解启蒙话语和启蒙思想等都是这一意图的表现。

新移民作家在塑造新移民群体形象的时候，国内同胞固然形成对比，美国也成为一个潜在的参照背景。由于作家们在民族身份上不存在矛盾，故而这一建构并不像华裔那样需要依靠否定来形成，作家们写出了新移民的特点，他们的文化不适症，以及所背负的历史包袱等问题。

华文小说与英文小说在文化策略上表现出共同的地方，即将建构与解构并举。但在具体的实施过程中却存在着明显的差别。一是在建构方面，华裔英文小说意图建构一个独立的族裔文化，它属于美国文化之一种同时又具备独立地位、能与主流文化构成对话关系；新移民的华文小说也在进行文化建构，但作家们多是突出这一文化比较于国内主流文化的独特性，是中国文化发展出的一个新类型，与国内主流文化之间显然缺乏那种对话性。二是在解构方面，华裔英文小说不仅从内容上解构美华历史的主流叙述，解构主流社会形成的中国刻板印象，同时在艺术手法上通过对后现代手法的运用表现颠覆性；新移民华文小说则通过重新讲述人们熟悉的历史，以不同的叙事角度和叙事方法令其展现出前所未有的一面，人们陌生的一面，从而让历史的面貌多重化，以此达到解构主流叙事的目的，在文学手法上作家虽然将一些现代小说技巧引入文本，大部分作品还是侧重于写实。

美国华族文化策略的另一个方面，即是进行文化翻译。文化翻译指的是流散族群在跨文化境遇中为了保持自身民族性的差异性，将家园文化与历史以另一种文化语言表达出来。这种文化翻译实际上是一种文化再创造。提出这一理论的童明借用了本雅明的翻译理论，指出，流散族群的文化与文学必然具备文化翻译的特点，在跨文化的情境下，他们的民族性在与另一民族的比较中得到了充分的表现，为了保持本民族的差异性，他们必须在文化创造中将自己的民族文化与历史以另一民族能够理解的方式表现出来。其二，流散族群在流散的过程中不仅要保存自己的家园文化与历史，同时也要将之传播开来，由此带来了文化翻译的努力。在本雅明看来，所谓翻译是一种文化创造，那种完全依据原文的翻译是一种机械性的翻译，功能性的翻译；真正的翻译不在于对原文亦步亦趋，而是抓住原本的本质并将它表现出来，由于不同语言及不同文化之间必然存在差异，对原文本质的表现必须以另一种语言和文化能够理解的方式进行，这带来了翻译者的再创造。① 在美华族具有跨文化体验，是我们所说的流散群体，他们为了建构族群文化而进行的文学创作也属于流散文学，他们的作品中都存在着文化翻译的情况，只是在不同作家笔下，具体情况有所差别。

华裔作家生活在美国社会，他们的生活是建立在这一背景之上的，对于美国社会来说，华裔身上的华人文化与华人特性是他们区别于主流社会的重要特征，华裔想要进入主流社会得到接纳，就必须对之进行解释和说明，也就是我们所说的对之进行文化翻译。华裔对中国文化的翻译具有典型的协商②特点。

首先华裔的文化翻译是针对美国社会和白人文化的，因此协商也是发生在他们的华族特性与美国白人文化之间。美国白人文化是典型的西方文化，与华人的东方文化有着显著不同，美国华裔将他们所理解的华人文化以美国人能够接受的方式加以表达，寻求文化理解的基点，同时又要努力保持华族文化的差异性不被美国文化同化，不因为美国社会的不能接受而被排除在文化主流之外。在具体的文学写作中，华裔作家采取了多种方法。

汤亭亭的处理方式是将中国文化作一个整体的理解，并不刻意追

---

① 参见童明《飞散的文化和文学》，《外国文学》2007 年第 1 期。该作者将 Diaspora 译作"飞散"，国内相关论述中多译为"流散"，本书采取了后一种译名。

② "协商"概念的使用，受到［美］凌津奇《叙述民族主义：亚裔美国文学中的意识形态与形式》第一章论述的启发，不过在本书中主要从"沟通、协调、商议"的含义出发使用这一概念，与凌津奇著作中使用这一概念时有所不同。见［美］凌津奇著《叙述民族主义：亚裔美国文学中的意识形态与形式》，吴蓉译，中国社会科学出版社 2006 年版。

求对中国文化的完整再现。正如她在一次讲座中说过的："我写中国文化时，我不是照搬中国文化。我……是写我所熟悉的生活。那是美国生活。生活在美国的移民，对母国的文化只记他们有兴趣的事情，没有兴趣的事情他们会忘记。他们还会因为需要而创造一些中国神话、中国文化。"[①] 正是在这样的观念下，她只关注能够引起她的兴趣并且适用于华裔的具体处境的中国文化内容，为了将这种产生于不同处境的内容能够运用到美国社会和生活中去，她不惜对中国文化进行改造，做自己的发挥。《女勇士》中对花木兰故事的改写就是一个突出的例子，中国故事中的花木兰是出于孝道而替父从军，汤亭亭的花木兰却是为了报仇，为了保护那些受苦的人们而组织军队；中国故事里的花木兰是孝顺的典范，汤亭亭的花木兰却是女性独立和崛起的代表。在《第五和平书》中为了表达"和平"这一主题，汤亭亭假借中国古代有过和平之书，名为《三平书》，在历代的禁书毁书中湮没，她以此为精神资源而写作了该部作品。所谓《三平书》无处可考，在小说中它的价值主要在于为小说题目提供了来源以及凸显了小说的和平主题。对于中国读者来说汤亭亭小说中的中国文化十分陌生，然而对于美国读者来说，《女勇士》中的花木兰追求个体价值的行为完全符合他们的文化价值观念，《三平书》的和平理念明显易懂。汤亭亭的这种文化翻译策略虽然有效，然而也冒着迎合主流社会的风险，想要在文学创作中完全消除文化差异造成的理解困难，有时作家不得不牺牲文化的本来面目，而从读者的立场上进行描述。华人群体在美国的经历十分特殊，从近现代以来华人及中国在西方被塑造成他者，成为西方世界最好的对照物，西方世界关于中国的刻板印象也由来已久，影响深远。在汤亭亭的创作中，她想要完全消除文化差异带来的理解困难，有时候就必须按照已有的刻板印象来描写华人描写中国，因为偏离刻板印象太远的内容是西方读者一时间难以接受的，这超出了他们的已有认知。在作家做出这样的妥协之时，无意中

---

　　① 转引自徐颖果《文化研究视野中的英美文学》，人民文学出版社 2008 年版，第184 页。

就成为将中国刻板化的帮凶。

赵健秀的方式则是对中国传统文化做符合美国价值观念的阐释。如美国文化崇拜英雄，尤其是以个体之勇对抗社会及权威的英雄，赵健秀选择了中国传统故事中那些富有反抗性的作品：《西游记》《水浒传》《三国演义》，通过对里面的英雄人物的讲述，转变了华人一向怯懦的旧观念。而中国读者都知道，《三国演义》讲述的是朝代更迭的故事，小说中的人物在乱世中逐鹿天下，与所谓的反抗性或反社会性并无关联，赵健秀只是从族裔文化建设的需求出发，对中国传统故事做出了自己的阐释。和汤亭亭不同的是，虽然赵健秀在确切文化含义上以自己的理解和需要取代了中国传统文化本身的含义，但在具体形态上却力求保持中国传统故事的原貌。对故事作新的阐释是要让古老的故事获得新意义，这样才能在今天发挥相应的作用，而保持故事原貌则表现出对于华人文化的一种坚守，避免华人文化在主流文化压力之下失去自己的独特特征。同样的处理手法在李健孙的作品里也可以看到，《支那崽》里丁凯和他的父亲都把中国武术与美国拳击相提并论，强调二者的一致性，实际上中国的武术不仅仅是一种技击术，同时也是一种哲学。但作者和他笔下的人物显然都忘记了这一点，因为若是谈论武术中的哲学，西方读者容易产生混淆，简单地把武术与拳击等同，目的在于说明中国古代就已经具备了勇者的传统，武术在民间社会十分盛行，恰恰说明中国民间社会一样崇尚勇敢，这同美国主流社会所宣扬的华人形象构成鲜明对比，其对华人的叙说中的虚假性与荒谬性就显现出来了。

另外多数华裔作家在描写表现父母一辈的华人移民时，对他们的生活及观念往往从华裔立场出发进行表现及评价，华裔接受美国主流社会教育长大，他们的价值观念与主流社会文化在许多地方是保持一致的，因此这些表现和评价就带上了主流社会文化的立场，主流社会觉得不可理喻的，也是华裔们觉得不可理解的；华裔们感到荒诞可笑的，也是主流社会觉得荒诞可笑的。然而小说中华裔与父母之间的浓厚亲情毕竟不可忽视，华裔们从理智上不能接受父母的一些行为和习惯，但是从感情出发他们理解了父母。这样的文本产生了一种渴求主流社会宽容的诉求倾向：即使不能理解，这些文化及行为并未给他人带来损害或影响，因此应该报以宽容的态度。这种写作其实也构成了一种文化翻译，从感情诉求的方面出发瓦解了主流社会因为对中国文化的不理解而产生的被威胁感，将文化差异落实到生活选择的层面上，而不是停留在种族对立的层面。

新移民作家的情况与华裔不同，他们也在进行着文化翻译，不过翻译的对象主要是中国社会而非美国社会。新移民作家出国后感受到两种文化的差异，在美国生活的过程中他们逐渐接受了一些西方的现代思想和文化，获得一种新的眼光，当他们再回顾国内的状况时不由产生与国内主流文化不同的想法和认识，他们需要将这些新的认知表达出来。而考虑到国内读者比较于他们，没有那么熟悉西方文化新的趋向，因此在文学表达时他们首先要对这些新趋向作相应的解释。另外，来到美国后新移民作家感受到另一种文化造成的冲击与震撼，有了"十七年"及"文革"期间的中国社会做比较，加之当时追求现代化还是国内主流，他们将自己亲身感受到的西方现代文化介绍到国内，也是符合国内主流的一种文学表达，有利于他们确立起自身在国内文学界的位置。

新移民作家的文化翻译同样需要处理文化差异性的问题，与华裔不同的地方在于，新移民作家民族身份上认同中华民族，对于他们而言，笔下的美国文化是异质文化；而华裔作家由于环境及教育的原因，虽然接受了自身的华族特性，但中国文化对于他们来说也是需要通过学习与理解才能习得的，他们在进行文化翻译时很难站到中国文化的内部位置上来理解这种文化。新移民作家向国内读者介绍他们同样感到惊讶和新异的美国文化时，主要是将自身的感受与观察如实写来，而他们的解释及批评很容易引起国内读者的共鸣，因而在具体手法上他们只需重点关注文学艺术上的创新，而不必通过特殊的手法来形成文化翻译的途径。

20世纪90年代以后，新移民作家更多地参与到美国华族的族裔斗争中，他们的文化翻译不再只是对国内介绍美国文化，也增加了向美国介绍中国文化的内容，一些新移民作家如严歌苓开始尝试英文写作就是一种自觉参与族裔斗争的表现。和美国华裔比较，新移民对于中国文化显然更为熟悉了解，可以确保所介绍的中国文化之真实，同时也较能够抓住中国文化的核心所在；弱点在于，毕竟新移民作家的美国文化是后天学习掌握的，对于美国文化的思维方式不如华裔来得了解，在文化翻译的过程中并非理解了母国文化就能将之很好地介绍出去，把握不住美国人的思维方式，文化翻译就难以收获预期的效果，这个过程的掌握是一个复杂的问题，而新移民作家的此种尝试也才刚刚开始，结果如何，还需我们拭目以待。

结　语

　　美国华族的小说创作到今天仍然在发展与变化之中，本书的研究主要集中于 19 世纪至 20 世纪 90 年代前后的创作现象。而 20 世纪末至今，一批年轻的作家登上了文坛，由于经历的差异、文化环境的变化等原因，这些年轻作家与他们的前辈相比，在所关注的问题以及解决问题的角度选择上有了新的变化，这些变化因为仍旧在发展之中，尚不能对之做出定论。

　　从英文小说的创作情况来看，华裔们渐渐不再像赵健秀等人那样纠结于族裔身份认同的问题，他们意识到身份是一个不断流动变化的过程，而非凝固的稳定的对象，在文学创作里他们开始淡化文化选择，将之处理成个人的事情而非群体的事情，个人选择有很大的自由度，同时个人选择没有鲜明的民族意识形态印记。这种将身份认同尤其是民族身份认同问题泛化处理的最初代表，是任璧莲（Gish Jen）的小说《莫娜在希望之乡》（*Mona in The Promised Land*，1996），小说中莫娜的身份就是一个不断变化的过程，她可以做华人，也可以做犹太人，身份并不因为自然血缘种族的关系而确定，完全是由个体在具体生活体验中自由选择而带来的结果。个体的身份与政治无关，只与个体的意愿有关。这一表达淡化了族裔意识，对于族裔斗争来说是不利的，因为在长期的斗争中不可忽略的一个事实是，美国主流社会并没有完全消除种族歧视，只不过以更为隐蔽和透明的方式将之隐藏起来，作为少数族裔的华裔要获得主流社会真正的接纳还需要走过一个漫长的过程，在这种时候族裔意识的淡化，无异于自我削弱族裔力量，斗争的目标想要实现更加困难。但是从个人的角度而言，任璧莲的小说带来了一种新的可能性，个体属于群体，同时也属于自己，一味地将个体置于群体性语境下有可能剥夺个体意志和个体自我价值，华裔若始终只从族裔斗争的角度思考问题视野则难免有所遮蔽。此外，对于文化身份族裔身份的讨论由来已久，一些年轻的华裔在追求自我实现的过程中则会感到过分重视这些身份所带来的束缚，莫娜的选择说明身份的确定不在于外部的环境或条件，而完全是个体能够把握和决定的事情，人的主体性得到了很好的确认。身份认同的讨论既成就了 60 年代以来华裔文学的辉煌，同时在今天的语境下也显示出它的局限，究竟前路该如何选择，还有待华裔作家做进一步的开掘。

新移民作家群体中也涌现了一批年轻作者，与 20 世纪 80 年代出国的新移民不同，这些年轻作家成长于中国社会市场经济化的 90 年代，对于"十七年""文化大革命"缺少强烈的感觉，受到 90 年代中国社会追求个性化潮流的影响，对于主流叙事及趋向也缺乏兴趣，他们更关注的是个人的生活与感受，没有强烈的族群意识。在他们的华文小说中，作者几乎不怎么涉及如白人社会的歧视、族群身份建构等宏大主题。如吴越的小说《最寒冷的冬天是旧金山的夏季》，着重讲述了几个赴美留学的青年之间的爱情与友情故事，他们所寻求的是能够获得绿卡留在美国，美国只是他们选择生活的地方，追求绿卡完全不影响他们身为中国人的民族身份认同。对于旧金山的唐人街他们也缺乏足够的了解和兴趣，虽然也意识到了文化差异并感受到某种潜在的歧视性处境，但这些对他们并不会产生大的影响，他们对这些情况的接受程度远胜于他们的前辈新移民。小说由于主要关注于人物的个人生活及体悟，表现出一种内省的特点，对外部环境则显得有些迟钝。这些青年作家们已经不再关注族裔运动，也不像他们的前辈作家们那样将人性主题与民族、历史、文化等紧密联系在一起。

无论美国华族小说如何发展，其文化价值都不会消失。因为民族性只有在跨民族的处境中才能真正得到体现，只要我们需要认识自己，就必然离不开对海外华族文学创作的研究，通过对这些文学如何表现中华民族的民族性、如何对另一种文化翻译中国文化的研究，我们获得一种观照以认识因为太过熟悉反而轮廓模糊了的自己，在全球文化交融、文化混杂日益增强的今天，这种认识可以帮助我们在融入全球化潮流的同时，也不迷失自己的民族之根。

参考文献

一 英文文献

Abe, Frank. 1991. "Frank Chin: His Own Voice". *Contemporary Literary Criticism*, Vol. 135, 1986.

Amirthanayagam, Guy, ed. *Asian and Western Writers in Dialogue: New Cultural Identities.* New York: The Macmillan Press Ltd. , 1982

Asian Women United of California, ed. 1989. *Making Waves: An Anthology of Writings by and about Asian American Women.* Boston: Beacon Press.

Bloom, Harold. ed. , *Asian-American Women Writers.* Philadelphia: Chelsea House Publishers, 1997.

Brown, David M. *The Chinese-American Heritage*, New York: Facts On File, 1988.

Burke, Kenneth. 1982. Realism, Occidental Style. In *Asian and Western Writers in Dialogue: New Cultural Identities*, ed. Guy Amirthanayagam, 26—47. London: Macmillan.

Chan, Sucheng, *Asian Americans: An Interpretive History.* New York: Twayne Publishers, 1991.

Cheung, King-kok and Stan Yogi, *Asian American Literature: An Annotated Bibliography*, New York: The Modern Language Association of America, 1988.

Chin, Frank, et al. , eds. 1974. *Aiiièeeee! An Anthology of Asian American Writers.* Washington, D. C. : Howard University Press.

Chin, Frank, Jeffery Paul Chan, Lawson Fussao Inada and Shawn

Wong. Eds. , *The Big Aiiièeeee*! *An Anthology of Chinese American and Japanese American Literature.* New York：Merdian，1991.

Espiritu, Yen Le，1992. , *Asian American Panethnicity*：*Bridging Institutions and Identities.* Philadelphia：Temple University Press.

Gong, Ted. 1980. "Approaching Cultural Change Through Literature：From Chinese to Chinese American. " *Amerasia Journal*，7. 1：73—83.

Kim, Elaine H. , 1982. *Asian American Literature*：*An Introduction to Their Writings and Their Social Contexts.* Philadelphia：Temple University Press.

二　中文文献：

［英］安东尼·吉登斯：《现代性自我认同》，赵旭东、方文译，生活·读书·新知三联书店 1998 年版。

朱耀伟：《当代西方批评论述的中国图像》，中国人民大学出版社 2006 年版。

［美］刘禾：《跨语际实践——文学、民族文化与被译介的现代性（中国，1900—1937）》，宋伟杰等译，生活·读书·新知三联书店 2002 年版。

［美］阿里夫·德里克：《跨国资本时代的后殖民批评》，王宁等译，北京大学出版社 2004 年版。

王岳川、尚水编：《后现代主义文化与美学》，北京大学出版社 1992 年版。

王斑：《全球化阴影下的历史与记忆》，南京大学出版社 2006 年版。

陈定家编：《全球化与身份危机》，河南大学出版社 2004 年版。

《第欧根尼》中文精选版编辑委员会编：《文化认同性的变形》，商务印书馆 2008 年版。

［加］查尔斯·泰勒：《自我的根源：现代认同的形成》，韩震等译，凤凰出版传媒集团、译林出版社 2001 年版。

［美］查尔斯·蒂利：《身份、边界与社会联系》，谢岳译，上海

世纪出版集团 2008 年版。

[美] 迈克·费瑟斯通：《消解文化——全球化、后现代主义与认同》，杨渝东译，北京大学出版社 2009 年版。

[美] 乔纳森·弗里德曼：《文化认同与全球性过程》，郭建如译，商务印书馆 2004 年版。

罗钢、刘象愚主编：《后殖民主义文化理论》，中国社会科学出版社 1999 年版。

马元龙：《雅克·拉康：语言维度中的精神分析》，东方出版社 2006 年版。

王宁：《"后理论时代"的文学与文化研究》，北京大学出版社 2009 年版。

[美] 周敏：《美国华人社会的变迁》，郭南译，上海三联书店 2006 年版。

姜智芹：《美国的中国形象》，人民出版社 2010 年版。

姜智芹：《傅满洲与陈查理：美国大众文化中的中国形象》，南京大学出版社 2007 年版。

[美] 令狐萍：《金山谣：美国华裔妇女史》，中国社会科学出版社 1999 年版。

刘登翰：《双重经验的跨域书写：20 世纪美华文学史论》，上海三联书店 2007 年版。

徐颖果：《文化研究视野中的英美文学》，人民文学出版社 2008 年版。

唐蔚明：《显现中的文学：美国华裔女性文学中跨文化的变迁》，南开大学出版社 2010 年版。

李贵苍：《文化的重量：解读当代华裔美国文学》，人民文学出版社 2006 年版。

张龙海：《透视美国华裔文学》，南开大学出版社 2012 年版。

程爱民主编：《美国华裔文学研究》，北京大学出版社 2003 年版。

单德兴主编：《故事与新生：华美文学与文化研究》，南开大学出版社 2009 年版。

刘登翰：《华文文学跨域的建构》，福建人民出版社 2007 年版。

［美］凌津奇：《叙述民族主义：亚裔美国文学中的意识形态与形式》，吴燕译，中国社会科学出版社 2006 年版。

蒲若茜：《族裔经验与文化想象：华裔美国小说典型母题研究》，中国社会科学出版社 2006 年版。

赵文书：《和声与变奏：华美文学文化取向的历史嬗变》，南开大学出版社 2009 年版。

［美］尹晓煌：《美国华裔文学史》，徐颖果译，南开大学出版社 2009 年版。

高鸿：《跨文化的中国叙事：以赛珍珠、林语堂、汤亭亭为中心的讨论》，上海三联书店 2005 年版。

黎湘萍：《文学台湾——台湾知识者的文学叙事与理论想象》，人民文学出版社 2003 年版。

朱立立：《身份认同与华文文学研究》，上海三联书店 2008 年版。

陈涵平：《北美新华文文学》，宁夏人民出版社 2006 年版。

黄万华主编：《美国华文文学论》，山东文艺出版社 2000 年版。

李亚萍：《20 世纪中后期美国华文文学的主题比较研究》，博士学位论文，暨南大学，2004 年。

董美含：《90 年代后美国华裔女性小说研究》，博士学位论文，吉林大学，2011 年。

金学品：《呈现与解构：论华裔美国文学中的儒家思想》，博士学位论文，华东师范大学，2010 年。

付明瑞：《从伤痛到弥合——当代美国华裔女作家笔下女性文化身份的嬗变》，博士学位论文，上海外国语大学，2010 年。

陈晓辉：《当代美国华人文学中的"她"写作：对汤亭亭、谭恩美、严歌苓等华人女作家的多面分析》，博士学位论文，福建师范大学，2003 年。

杨华：《二十世纪美国华人文学中的中国形象》，博士学位论文，山东大学，2012 年。

解孝娟：《二十世纪五六十年代旅外作家与八九十年代"新移民

作家"小说比较研究》，博士学位论文，山东大学，2008 年。

侯金萍：《华裔美国小说成长主题研究》，博士学位论文，暨南大学，2010 年。

丰云：《论华人新移民作家的飞散写作》，博士学位论文，山东大学，2007 年。

黄芙蓉：《论汤亭亭对国家叙事话语的重写》，博士学位论文，上海外国语大学，2007 年。

张栋辉：《论严歌苓新移民小说的跨域书写》，博士学位论文，山东大学，2011 年。

师彦灵：《美国当代华裔女性文学创伤叙事研究》，博士学位论文，兰州大学，2012 年。

向忆秋：《想象美国：旅美华人文学的美国形象》，博士学位论文，山东大学，2009 年。

盖建平：《早期美国华人文学研究：历史经验的重勘与当代意义的呈现》，博士学位论文，复旦大学，2010 年。

吕红：《追索与建构：论海外华人文学的身份认同》，博士学位论文，华中师范大学，2009 年。

刘增美：《族裔性与文学性之间——美国华裔文学批评研究》，博士学位论文，南京师范大学，2011 年。